FOLIO POLICIER

Attica Locke

Au paradis je demeure

Une enquête du Ranger Darren Mathews

Traduit de l'anglais (États-Unis)
par Anne Rabinovitch

Liana Levi

Titre original :

HEAVEN, MY HOME

Attica Locke est romancière et scénariste pour le cinéma et la télévision. Native de Houston (Texas), elle vit à Los Angeles avec son mari et sa fille.

Pour Nigton

« Tel un arbre planté au bord de l'eau,
Je ne bougerai pas d'ici. »

Quand Jessie Mae Hemphill le chantait

Le comté de Marion

Texas, 2016

Dana lui flanquerait une raclée s'il ne retraversait pas le lac d'ici le coucher du soleil. Elle l'avait dit en le chassant de leur caravane, dès l'instant où Rory Pitkin s'était approché sur son Indian Scout avec le moteur éteint, les pointes de ses bottes de moto raclant la poussière. Elle avait donné à Levi la clé de l'abri à bateaux de leur grand-père et quelques dollars tirés de son porte-monnaie, le menaçant, s'il ne revenait pas avant le retour de Ma et de Gil, de brûler toutes ses cartes Pokémon et de le forcer à regarder. Putain, sa sœur était capable de se comporter en vraie salope, se dit-il, appréciant la note agressive du mot au point de le prononcer à voix haute, un secret entre lui et les cyprès. La clarté rouge rouille ruisselant à travers la mousse espagnole suspendue aux arbres lui confirma qu'il ne serait jamais rentré avant la nuit et avait donc enfreint deux des règles de sa mama : en ne respectant pas le couvre-feu et en allant faire du bateau seul sur le lac.

Levi n'était pas autorisé à piloter le vieil esquif de douze mètres avec un fond en V sur les eaux profondes du lac Caddo, si vaste qu'avec du temps devant soi, l'envie de se lancer et une réserve d'huîtres fumées et d'eau pure, on pouvait naviguer jusqu'en Louisiane. Gil disait qu'il n'existait nulle part dans le pays un pareil endroit, que ce lac était le seul à traverser deux comtés et une frontière d'État. Mais il racontait un tas de choses qui n'étaient pas vraies – qu'il aimait Ma, par exemple. Putain, ça se voyait pas dans sa façon de se comporter. Le vrai papa de Levi venait l'embrasser dans le cou quand elle faisait frire des saucisses, penchée au-dessus de la cuisinière, et elle riait avec un petit cri et lui rendait son baiser. Mais chaque fois que Gil entrait dans une pièce, Ma l'accueillait avec des injures ou se figeait sur place, pétrifiée de terreur, comme si elle voulait disparaître dans le canapé en velours côtelé marron où Gil avait laissé une dizaine de brûlures de cigarettes depuis son installation chez eux. Levi ne se fiait pas plus à lui qu'au sourire d'un alligator. Mais ce vieux Gil avait peut-être bien raison, se dit l'enfant, quand il parlait de l'eau. Le lac Caddo était un monstre, une masse capable d'engloutir tout entier un garçon de son âge. Dans beaucoup d'endroits, il ressemblait plus à un marécage étouffé par les mauvaises herbes qu'à un vrai lac, à une forêt de cyprès inondée et abandonnée depuis une éternité, et Levi dut reconnaître qu'il avait peur d'être seul ici. En franchissant le passage au sud de l'île Goat, on arrivait directement à Hopetown, la petite communauté de caravanes et de cabanons sur la côte nord-est où il vivait avec sa mère, sa sœur et Gil. Il souffla sur une mèche blonde qui lui cachait la vue et fit rugir le moteur. Il tira la barre à gauche, risquant un raccourci.

En l'espace de quelques minutes, la lumière violet

foncé avait pris la teinte gris-bleu de la tombée de la nuit, et la brise de décembre s'était engouffrée sous le mince tissu de son coupe-vent, la veste KARNACK HIGH SCHOOL INDIANS qu'il avait dérobée dans la partie de l'armoire réservée à sa sœur. Il l'imagina soudain toute nue emmêlée avec Rory Pitkin dans la chambre qu'ils partageaient et il sentit dans son corps un frémissement qui l'embarrassa. Il n'était pas stupide. Il savait ce qu'ils faisaient. Ils *baisaient,* c'était le mot qu'employait CT.

C'était la faute de CT, décida-t-il. Levi avait fait une partie de foot sur la Xbox de son ami et perdu la notion du temps. Il voulait mettre en place une équipe virtuelle car d'après Ma, il y aurait peut-être une Xbox sous l'arbre de Noël cette année si Gil concluait le marché qu'il négociait près de Jefferson. Mais depuis que Gil vivait sous leur toit, aucun de ses projets n'avait eu d'effet positif sur l'existence de Levi. La plupart du temps, il n'y avait toujours pas de lait dans le frigo.

Contraint de quitter la caravane tout l'après-midi, Levi avait navigué le long de la rive pendant une douzaine de kilomètres, jusqu'au cabanon familial de CT situé de l'autre côté du lac, dans le comté de Harrison, et il avait oublié l'heure en jouant au jeu vidéo, profitant d'une chose qui, savait-il au fond de lui, ne lui appartiendrait jamais. Il était si jaloux de son ami qu'il lui avait volé une de ses manettes de jeu au moment de s'en aller, la glissant dans la poche de son coupe-vent. Il détestait faire ça, mais il ne pouvait pas s'en empêcher. Quelquefois c'était plus fort que lui. Comme si l'*envie* dominait son cerveau tout entier. L'envie de ce qu'avaient les autres enfants, une

Xbox ou un papa à la maison, peu importait : alors il se jetait dessus aveuglément. L'angle de la manette lui rentrait dans les côtes à travers son coupe-vent en nylon. Égaré sur le lac avec Dieu comme seul témoin, il sentit la honte lui brûler le visage.

Il était cinq heures passées, lut-il dans le ciel.

Il manquait de temps pour prendre en sens inverse le chemin suivi à l'aller : il avait serré de près la rive nord du lac et longé un étroit canal relativement sûr, se repérant grâce à l'entrée éclairée des abris à bateaux, et aux lueurs fugaces de civilisation dans les cabanons délabrés. Plus d'une heure de trajet. Il ferait nuit noire à ce moment-là, et Levi n'avait pas apporté de torche. Il était parti vêtu d'un anorak léger avec à bord la vieille radio de papy et un aviron solitaire piqueté de traces de pourriture que son grand-père utilisait pour accoster. Le son de la radio coupait sans arrêt. L'antenne était à moitié repliée vers le bas, et dans les poches de silence, une peur plus profonde l'étreignait. Il avait entendu dire qu'à la tombée de la nuit le silence s'étendait, la mousse espagnole sur les branches de cyprès absorbant tous les bruits, et que sur ce lac primitif à la lisière de l'État, ce marais à l'extrême limite du temps, vous aviez alors l'impression d'être le dernier être humain sur terre.

Bien sûr, il ne s'était jamais trouvé sur le lac aussi tard, même quand son grand-père était encore en vie. Papy tenait à dîner à dix-sept heures pile. En ce moment même, le *Swamp Loon* aurait été en train de sécher dans l'abri à bateaux, et papy devant la télé, avec sa quatrième ou cinquième bière. Le vieil homme évitait le lac après le crépuscule, rappelant toujours à Levi à quel point il était facile de se perdre une fois la nuit venue, avec seulement une lampe frontale ou un pâle clair de lune pour s'orienter. Le lac était vaste et complexe – les innombrables bayous, déversoirs et criques, tel un enchevêtrement de serpents du côté du Texas, en particulier dans le secteur du comté de Marion –, un labyrinthe de zones humides qui depuis des siècles plongeait les étrangers dans la perplexité. Si on connaissait mal le lac, on risquait de se tromper de cyprès, de s'engager dans le mauvais bayou, et de ne jamais trouver le moyen d'en ressortir, encore moins par une nuit sans lune. À cette pensée, le cœur de Levi s'affola. La radio retentit de nouveau, le faisant sursauter, la voix de Patsy Cline perçant à travers le crépitement des parasites. C'était une station proche de Shreveport qui passait du zydeco à la country peu avant le dîner – encore un signe de son retard.

I go out walkin 'after midnight...

Minuit.

Le mot résonnait comme un avertissement. Son grand-père appelait ça « passer une nuit au motel Caddo ». *Ne t'avise surtout pas de t'aventurer ici tout seul dans le noir, petit. Pas'qu'y aura personne pour te sauver.* Papy était assez vieux pour se souvenir des récits de son propre grand-père sur les contrebandiers et les assassins qui se cachaient sur toutes les grandes îles du lac. *Les Indiens comme les négros, mon garçon, les voleurs et les Yankees aussi.* Papy était assez vieux pour se souvenir des horribles récits de fusillades et d'attaques au couteau que lui racontait son grand-père, sans parler des histoires de fantômes, d'esprits errant sur les eaux, et d'âmes perdues cachées dans les arbres. Selon papy, on ne savait pas combien de gens avaient disparu dans ce lac.

Levi essaya de contourner un épais bouquet de cyprès, mais ses paumes humides glissèrent sur la barre qu'il tira à droite alors qu'il s'efforçait de la manœuvrer à gauche. Lorsqu'il tenta de rectifier sa direction, l'arrière de son embarcation heurta les racines d'un cyprès. Il entendit plusieurs cliquetis dans le moteur, comme si un petit caillou dégringolait un escalier. Il coupa la radio et guetta d'autres signes de panne. Mais le cliquètement cessa, et le moteur ronronna de nouveau. Il s'essuya les mains sur son jean sale, puis orienta son bateau vers la maison. Levi n'était pas aussi habile que papy sur l'eau, n'ayant eu la permission de piloter le canot que deux ou trois fois avant la mort de son grand-père, en septembre, laquelle avait mis un terme définitif à leurs séances de navigation – quelques semaines à peine avant le corso nautique de Karnack où il était censé faire ses débuts à la barre du *Swamp Loon.* Il avait économisé onze dollars pour acheter toutes les guirlandes lumineuses multicolores qu'il avait pu trouver au Dollar General, à Jefferson. Mais à présent, alors qu'il naviguait seul sur l'eau, le soleil sur le point de le quitter, l'image de ce canot vide flottant au milieu du corso – papy mort et Levi *disparu* – lui traversa soudain l'esprit. Il ignorait d'où avait surgi cette pensée, mais elle lui parut si réelle qu'il en eut les os glacés, et ne put ignorer sa terreur. Une paire d'ailes de corbeau fendit les airs, et Levi, surpris, glissa de son siège. Le canot pencha légèrement, et un peu de cette eau marron terne pénétra dans le fond, mouillant la pointe de ses baskets. Il calcula qu'il lui restait moins d'un mille à franchir, et tout d'un coup il eut une envie irrépressible d'être à la maison, d'embêter Dana à cause du bordel qu'elle laissait de son côté du lit ; mieux encore, ça ne lui posait plus de problème d'entendre Gil péter et jurer à chaque minute. Le soleil déclinant avait assombri le lac, telle une main divine déployant un écheveau de laine noire sur sa surface avant de border Caddo pour la nuit. Levi conclut un marché avec Dieu : s'Il le sortait de là tout de suite, il avouerait tout. Il dirait à Ma qu'il était sorti sans sa permission et il subirait sa correction sans broncher. Il commencerait à bien agir en toutes circonstances, et renoncerait même à faire l'idiot avec M. Page et ses Indiens.

Il voulait juste rentrer à la maison.

Le cliquètement recommença. Puis le moteur rendit l'âme, plus vite qu'il ne l'aurait cru. Pas de gargouillements ultimes rappelant l'agonie des victimes de coups de feu qu'il avait vue à la télé, ni de propos incohérents comme ceux de papy les derniers jours – regrets décousus et pleurnicheries au sujet de son ami Leroy –, juste un silence si absolu qu'il le sentit dans sa poitrine. Levi retint son souffle, guettant la reprise du moteur. Mais il était bien mort et refroidissait rapidement. Il ne vit aucun autre bateau entre lui et sa caravane ; les pêcheurs, les plaisanciers, les touristes en kayak, étaient tous partis. *À l'aide.* Il aurait beau chuchoter ou même hurler, le résultat serait le même. Il était seul, et il le savait. S'il continuait droit vers l'ouest, il finirait par atteindre la rive où sa famille était installée. Mais pour se déplacer il ne disposait que de cette rame pourrie, et il risquait de tourner en rond et de se retrouver en train de dériver à mi-chemin de la Louisiane. Non, il ne bougerait pas d'ici avant le matin. Dans quelques heures, Ma – ou Dana – emprunterait un bateau pour venir le chercher. Il tiendrait sûrement jusque-là, s'il s'abstenait de poser un seul doigt sur le bord du canot sous lequel il entendait déjà le murmure de la faune aquatique. Quelque chose heurta l'arrière de l'embarcation. *Un alligator,* pensa-t-il, pris de panique, et il se redressa d'un coup, se levant même, comme s'il pouvait courir pour lui échapper. Le bateau pencha de nouveau, l'eau lui montait presque aux chevilles à présent. Il entrevit une forme devant lui.

C'était une ombre noire qui flottait.

Il crut entendre le bourdonnement sourd d'un moteur.

Mais il pouvait aussi bien l'avoir imaginé, et perdu un peu la raison dans ces circonstances. *Une nuit au motel Caddo.* Toutes ses pensées se tournaient vers cette réalité immédiate. Une torche s'alluma avec un bruit sec et l'éblouit au moment où l'ombre se rapprocha. Levi resta debout, agitant les mains au-dessus de sa tête, et l'étroit canot bascula, menaçant de se renverser. Levi était désespéré à présent, prêt à courir le risque de chavirer pour être sauvé. « Ici », appela-t-il, un son aussi ténu qu'une goutte d'eau sur du coton, ses mots aussitôt engloutis par la mousse espagnole qui, pour survivre dans le marais, avait autant besoin des cris des âmes égarées que de la sève du cyprès chauve.

PREMIÈRE PARTIE

1

Le soir où Darren s'introduisit dans la caravane de sa mère, il n'avait pas bu depuis plus d'un mois. Enfin, juste une bière une ou deux fois par semaine – et toujours en présence de sa femme, soutenant son regard quelques secondes avant d'avaler une gorgée, pour lui permettre de s'exprimer ou de se taire, appréciant chaque fois son silence en la matière. Lors de cette nouvelle phase de leur mariage, marquée par une extrême fragilité, elle avait fait des concessions, et lui aussi. Leur vie de couple s'était stabilisée contre vents et marées depuis leur séparation et son séjour à Lark, grâce à une sexualité harmonieuse, capable de faire remonter à la surface les souvenirs les plus heureux et d'enfouir les plus désagréables, comme les fruits pourris au fond de la poubelle. Pour être honnête, il avait oublié combien c'était agréable de baiser sa femme. Il avait oublié le sentiment de sécurité que lui inspirait Lisa ; et à quel point sa confiance en lui fluctuait au gré de l'amour et de l'attention qu'elle lui portait. Et le désir que Lisa ressentait pour lui – sa façon inédite de le chercher constamment sous les draps – avait renversé l'équilibre du pouvoir entre eux, à la surprise de Darren qui avait eu l'impression, à l'époque où il la courtisait, et depuis leur mariage, d'être sans cesse en train de la poursuivre, de la persuader, de la conquérir. À présent c'était Lisa qui chaque jour s'efforçait de tout faire pour lui plaire, d'être à la hauteur.

Elle savait qu'il avait failli ne pas lui revenir, elle savait que vivre seul dans sa propriété de Camilla était une option pour lui, elle savait qu'une partie de lui était capable de passer le restant de ses jours sur la terre de ses ancêtres, et d'y mourir ; à tous les avantages que pouvait offrir la ville de Houston, il préférait passer une soirée sur la véranda derrière la maison de Camilla, et observer les cerfs reniflant le sol dans les bois environnants. C'était un campagnard.

Il avait retrouvé sa femme, et sa vie.

Mais ça lui avait coûté.

Plusieurs séances avec une conseillère conjugale dans le centre de Houston – une Blanche imposante qui portait beaucoup trop de turquoise – avaient conduit à sa décision de renoncer au terrain. Du moins, il avait cru que la décision venait de lui. Il faisait très chaud dans cette pièce où flottait le parfum de musc mêlé aux ressentiments mesquins que Darren s'employait à exhumer pour les enfouir à nouveau – de manière définitive cette fois-ci. Et il reconnaissait s'être laissé aller à rêvasser une ou deux fois. Mais ils étaient venus à bout de leurs quatre séances – *je pense que vous allez vous en sortir tous les deux* – et il avait accepté de retourner au bureau des Rangers à Houston et d'y faire des recherches sur la Fraternité Aryenne du Texas avec la force opérationnelle fédérale et mixte. Du lundi au vendredi, il garait son

Chevy devant le bureau, emportait son déjeuner dans son minuscule réduit, et consacrait des heures entières à éplucher les données de surveillance numérique sur la Fraternité Aryenne. Les relevés téléphoniques et bancaires. Les échanges sur les forums de discussion. Il était devenu un rond-de-cuir, rentré à la maison à dix-huit heures le plus souvent, selon la circulation. Lisa ne lui imposait pas une sobriété absolue, et il l'en aimait d'autant plus. Assez, espérait-il, pour étouffer la colère que lui inspirait sa volonté de l'empêcher de retourner sur le terrain. Certes, rester à la maison n'était pas le pire.

Il y avait de la bière.

Et du sexe.

Bien sûr, le problème avec sa mère le tourmentait.

Pendant quelque temps il avait réussi à se persuader que Bell était motivée par une forme de désespoir, et non par l'hostilité. C'était une femme de près de soixante ans qui vivait seule dans une caravane de location, dont le fils unique, sans enfant, était peu démonstratif et se contentait de lui rendre visite une fois par trimestre, encore moins s'il pouvait se défiler. Son chéri, un homme marié qui était *aussi* son patron, la payait au-dessous du salaire minimum pour récurer des toilettes cinq jours par semaine. Elle n'avait pas eu d'homme à elle depuis le lycée, et elle en voulait amèrement à toute la famille Mathews de l'avoir privée de la vie qu'elle aurait eue, croyait-elle, si elle avait épousé le père de Darren; elle nourrissait son acrimonie comme un enfant abandonné pressé contre son sein. La dette reposait désormais sur les épaules de Darren. Il avait passé les deux derniers mois à téléphoner chaque jour à sa mère, lui rendant visite presque tous les week-ends. Il arrachait les touffes de mouron blanc et de pâturin des prés autour du mobile home, balayait les marches et nettoyait les gouttières sans qu'elle le lui demande, et lui laissait toujours plusieurs centaines de dollars et une caisse de bières en repartant.

Ils exécutaient alors une sorte de danse, une sorte de chorégraphie, chacun prétendant que Darren avait attendu le moment adéquat pour prendre soin de sa mère vieillissante, et n'était pas là seulement à cause du chantage qu'elle lui faisait subir. Bien sûr elle n'utilisait jamais un mot aussi cru, et lui non plus. En fait, la fois où il lui avait posé une question directe sur le pistolet, elle l'avait interprétée comme une façon de lui proposer de passer plus de temps avec elle, allant jusqu'à s'inviter à dîner chez lui, à Houston, un châtiment qui n'avait pas échappé à Darren. À commencer par le menu ridicule qu'elle avait demandé : palourdes farcies et forêt-noire dont elle avait découpé les recettes dans un exemplaire du *Ladies' Home Journal* conservé depuis le lycée, et envoyées par mail à Lisa.

Elle était soûle quand elle avait sonné à la porte de leur loft situé dans le centre de Houston, demandant avant même de retirer son manteau où était le reste de la maison. Lisa avait suspendu la peau de lapin râpée de Bell dans le placard de l'entrée et pris soin d'étreindre la main de Darren en signe de solidarité avant d'escorter sa belle-mère jusqu'à la table de la salle à manger. Leurs fenêtres donnaient sur le Buffalo Bayou, mais cela n'avait pas non plus impressionné Bell. « Nous avons aussi de l'eau sale à la campagne », dit-elle quand Darren tira sa chaise. Lisa se hâta de poser l'entrée sur la table : une soupe à l'oignon glacée qu'ils mangèrent à la chandelle. Darren ne but pas une goutte d'alcool de la soirée, regardant Lisa et Bell s'empresser de vider une bouteille de chardonnay apportée par sa mère – sa seule offrande – et achetée dans un drugstore.

Ces deux derniers mois, sa femme avait posé très peu de questions.

Elle avait accepté son besoin soudain de renouer avec Bell, l'interprétant comme un signe de maturité, une évolution inévitable qu'elle avait anticipée bien avant lui. Elle ne vit rien de pernicieux dans ses paroles lorsqu'il annonça tout à coup qu'il voulait passer plus de temps avec Bell, veiller plus sur elle s'il le pouvait. À deux reprises, Lisa avait même dit que c'était *gentil.* Ce soir-là, ses cheveux relevés en une fine queue de cheval, ses boucles d'oreilles en or dansant chaque fois qu'elle riait ou hochait la tête, elle se délectait des récits de Bell sur l'enfance de Darren – l'écoutant raconter comment elle avait saupoudré ses mains de piment rouge pilé pendant qu'il dormait, pour l'empêcher de se sucer le pouce (*sans moi, ses dents de lapin auraient pu relier Houston à Dallas*) ; ou avait tendu une ficelle entre le loquet de sa porte d'entrée et la première dent branlante de Darren *pour arracher net cette petite garce.* Il ne savait pas pourquoi ses histoires étaient toutes liées aux dents. Mais quelle importance ? Sa mère ne l'avait pas élevé et ses oncles William et Clayton, qui s'en étaient chargés, n'avaient accordé à Bell ni leur amour, ni leur confiance. Tout cela n'était qu'une fiction inventée entre le potage et le plat principal.

Sauf quand elle rapporta la fois où, postée derrière la clôture métallique de son école primaire, elle avait regardé son fils jouer à feu rouge, feu vert dans la cour de récréation, et où elle avait pleuré ensuite lorsque Clayton l'avait appris et prié le directeur de lui interdire de s'approcher de l'établissement. « C'est vrai ? » demanda Darren. « Oui », marmonna sa mère, et il eut une sensation de chaleur dans la gorge. Sa langue resta inerte, et il fut incapable de prononcer un seul mot. Au dessert, Lisa était très éméchée. La peau moite, les yeux brillants et vitreux, elle le regarda et dit : « Darren, pourquoi avoir attendu si longtemps pour me présenter ta mère ? »

Bell lâcha un petit rire, plutôt un grognement. « Quelle bonne question, Darren. Pourquoi as-tu attendu si longtemps pour me présenter ta femme ? », dit-elle d'un ton qui tournait en dérision la manière de parler de Lisa, trop soûle pour s'en rendre compte, les mots séparés avec soin, les consonnes et les voyelles définies avec acuité, chaque son à sa place, tout le contraire de la bouillie qui se déversait de la bouche de Bell. Elle adressa à son fils un petit sourire, comme si elle attendait qu'il s'explique. Et quand elle se heurta à un silence abrupt en guise de réponse, elle tendit le bras pour s'emparer de la bouteille et versa dans son verre le dernier doigt de vin avant de lancer sa grenade sur la table dressée avec élégance, observant, l'air de rien, qu'il était bien dommage que le département du shérif du comté de Jacinto n'eût jamais retrouvé le petit .38 qui avait tué Ronnie Malvo – la raison pour laquelle Mack n'avait pas encore été blanchi de cet homicide –, que ce truc pouvait se trouver n'importe où, mais que *quelqu'un* savait sûrement à quel endroit. *Eh bien, il suffirait d'un coup de téléphone à M. Frank Vaughn pour résoudre le crime.* Elle posa son regard sur Darren pour bien lui faire comprendre qu'elle connaissait le nom du procureur du district de San Jacinto, tout en étalant sa serviette en lin sur les genoux de son jean Lee. Darren la fixa en secouant la tête, un avertissement peu convaincant. Il n'avait dit à personne que sa mère avait découvert l'arme présumée du crime dans la propriété des Mathews, et – le tenait par les couilles.

« Quoi ? » dit Lisa, appuyant le doigt sur les miettes de chocolat dans son assiette pour les lécher ensuite. Il y avait une minuscule tache sur son chemisier de soie – une goutte de jus de cerise de la forêt-noire. Elle était toujours resplendissante, et Darren éprouva le désir de la protéger, et de préserver la sérénité qui s'était installée dans leur couple. Sa mère la détruirait s'il la laissait faire. Mettre en danger sa carrière ne lui suffisait pas.

Cette nuit-là il n'avait pas fermé l'œil.

Mais le lendemain il s'était levé et tout avait recommencé comme avant.

Bonjour, mama, tu as besoin de quelque chose ? Je pensais à toi.

Pendant des semaines et des semaines, il n'avait cessé de penser à elle – c'était exactement ce qu'elle voulait. Il réussirait à contenir la menace. Le .38 devait sans doute se cacher quelque part à l'intérieur des quarante-quatre mètres carrés de la caravane qui lui tenait lieu de maison, et bien sûr, l'idée lui était déjà venue d'y faire irruption un jour et de le récupérer de force. Mais sa mère avait la rapidité et le tempérament d'un chat sauvage. Au moindre geste brusque, elle attaquerait. Elle le ferait payer pour le punir de l'avoir privée de l'autorité toute neuve qu'elle détenait. Il la connaissait trop bien. Il se dit que tout était sous contrôle, un mensonge qui lui permettait de dormir la nuit. Jusqu'au jour où ce ne fut plus le cas.

Le vendredi où il finit par craquer commença de manière assez simple.

Il devait retrouver des amis Rangers ce soir-là, et c'était son tour de les accueillir. La dernière fois, Roland Carroll avait vomi dans la salle de bains réservée aux invités, ratant la cuvette des toilettes d'un mètre, et Lisa avait dit qu'il n'était plus question pour elle de les recevoir, aussi Darren avait-il décidé de changer de lieu et d'organiser la fête dans sa propriété familiale de Camilla, à cent cinquante kilomètres de là. En y repensant, il se rendit compte qu'il avait déjà commencé à mettre au point un plan d'action. Avant même d'entendre la voiture tourner sur la route de terre menant à la ferme cet après-midi-là. Il était en train d'arroser les derniers plants de piments bananes, se disant qu'il avait le temps de les faire mariner en prévision du dîner de Noël, quand Frank Vaughn, le procureur du comté de San Jacinto, se gara dans l'allée, les pneus de sa berline Ford retournant des mottes de terre rouge humide. Darren ne l'avait pas vu depuis son témoignage devant le grand jury, lorsque Rutherford « Mack » McMillan, ami de longue date de la famille, avait échappé à une condamnation pour le meurtre de Ronnie « Redrum » Malvo, membre de la Fraternité Aryenne du Texas, et connard de première. À l'époque, Vaughn avait soupçonné Darren de savoir où se trouvait l'arme du crime, en d'autres termes de couvrir Mack, et à la fin le grand jury avait renoncé à engager des poursuites. Le degré auquel Vaughn le jugeait complice était difficile à déterminer. Darren savait cependant qu'il ne s'agissait pas d'une visite de courtoisie.

Quand Vaughn descendit de voiture, ses cheveux raides et la puce en diamant de sa chevalière A&M[1] étincelèrent au soleil de midi. « Bonjour », dit-il, plissant les paupières de telle sorte que son visage avait presque l'apparence d'un masque, avec des fentes sombres à la place des yeux. Il avait quelques années de plus que Darren, sans doute la cinquantaine, et aurait pu prétendre depuis longtemps à un poste dans une grande ville s'il en avait eu le talent ou le désir. Son district comprenait plusieurs comtés des environs, qui relevaient tous de sa compétence ; dans cette petite partie du Texas de l'Est, les rouages de la justice étaient suspendus à son bon vouloir, et ça lui convenait.

« Je peux vous aider ? » s'enquit Darren. Il tendit la main vers le robinet extérieur de la maison. Le jet tiède diminua et se réduisit à un mince filet d'eau quand Vaughn parvint au pied de l'escalier.

« J'ai cru voir votre pick-up en ville. » Le procureur était d'humeur sombre, mais pas du tout hostile, amical, même, comme s'il était venu le prévenir de l'arrivée imminente d'un orage, et lui conseiller de fermer les fenêtres de toute urgence. « J'espérais vous trouver pour parler un peu avec vous.

— Eh bien, me voici », répondit Darren d'un ton

1. Université A&M du Texas. *(Toutes les notes sont de la traductrice.)*

égal, ne laissant rien paraître de sa panique à l'idée que Vaughn avait cherché à le voir. Il savait parfaitement que si les autorités entendaient parler du pistolet .38 au nez retroussé que sa mère avait découvert dans sa propriété l'automne dernier, il pouvait être condamné pour entrave à la justice ou pire encore. Non seulement il perdrait son insigne, mais il risquerait aussi une peine de prison.

Darren commença à enrouler le tuyau autour d'un crochet rouillé que Mack – qui travaillait pour la famille Mathews – avait cloué des décennies plus tôt sur le rebord de la véranda en bois. Il faisait frais dehors, l'air était cru, vivifiant, le ciel bleu comme un lapis-lazuli taillé, les nuages de pluie ayant survolé la ville aussi vite qu'un homme poursuivi par ses créanciers. Le coup de gel de décembre était encore loin. Inutile de protéger les oignons et les choux avant deux bonnes semaines, se dit Darren en rangeant le tuyau. Il accomplit sa tâche avec des gestes précis, patiemment, affichant un calme impavide.

« Eh bien, on ne peut pas laisser passer ça, vous savez, dit le procureur, comme s'ils reprenaient une conversation interrompue. Un mort et tout ce qui s'ensuit. Ronnie Malvo était une ordure, ce n'est un secret pour personne. Mais on ne peut pas autoriser les gens à se faire justice eux-mêmes. Pas dans mon district, Ranger.

— Je ne vois pas en quoi ça me concerne. J'ai dit ce que j'avais à dire au tribunal.

— En effet.

— Et Mack a été acquitté.

— Oui, confirma Vaughn. Pour l'instant. » Il fit quelques pas et s'arrêta face à Darren, sur le côté de la maison. « Mais si quelqu'un d'autre est impliqué dans cette affaire, je finirai par le savoir. Vous le savez, Ranger. Vous pouvez donc considérer que ceci est une visite de courtoisie. » Il jeta un coup d'œil aux pointes de ses bottes, des Ropers marron au lustre terni par la poussière de la propriété Mathews. Quand il leva les yeux, un sourire narquois se dessinait sur ses lèvres, il dit sans autre forme de procès : « J'aurais pu me rendre au bureau des Rangers à Houston et faire tout un foin en leur annonçant que vous n'étiez pas forcément innocent dans cette histoire.

— *Moi?*

— J'espère bien que ce n'est pas le cas », poursuivit Vaughn. Son sourire s'accentua, creusant les ridules au coin de ses yeux étroits, et il ajouta : « Mais si vous tenez encore à protéger Rutherford McMillan, vous risquez de comparaître devant douze hommes et femmes prêts à sceller votre destin. Il y aura un autre grand jury, Ranger, souvenez-vous-en. Vous pouvez témoigner devant lui et être celui qui tremble pendant la délibération. »

Darren se raidit aussitôt.

C'était la première fois, depuis l'homicide de Malvo qui pendant des mois avait semé le chaos dans sa vie et sa carrière, que le procureur le menaçait de manière aussi explicite. Vaughn essaya d'en atténuer l'effet en posant une main sur l'épaule de Darren, un geste maladroit parce que le Ranger mesurait au moins cinq centimètres de plus que lui, dix avec ses bottes, et ce rapport de force mit les deux hommes mal à l'aise. « J'espère pouvoir compter sur votre coopération dans cette affaire, dit Vaughn en se dirigeant vers son véhicule. Mon bureau va recommencer de zéro, en réexaminant en détail toutes les pièces du dossier. Nous convoquerons de nouveau certains témoins, et nous voulons en interroger d'autres, ajouta-t-il, s'interrompant pour prendre ses clés de voiture dans la poche de son pantalon bleu marine, avant de lâcher cette petite phrase : Votre mère, par exemple. »

Darren fut pris de panique.

Il devait se montrer prudent, il le savait, mais sa voix monta dans les aigus à un point embarrassant. Sa terreur était visible, il n'en revenait pas. « Bell Callis n'a jamais rencontré Ronnie Malvo. Elle serait incapable de le désigner dans une séance d'identification sans avoir vu sa photo dans le journal. Ma mère ne le connaît pas.

— Mais elle vous connaît *vous*. » Vaughn le dévisageait par-dessus la portière conducteur. Son sourire narquois avait pris racine et n'était pas près de disparaître. Darren perçut alors sur ses traits ce plaisir outrecuidant, l'expression d'un homme qui a en main quelques centaines de dollars de plus et les cartes gagnantes. « Vous avez passé beaucoup de temps chez elle ces derniers temps. Du moins, c'est ce que m'ont raconté les adjoints de ce service.

— Je ne vois pas ce que vous entendez par là, répondit Darren.

— Peut-être que ça ne veut rien dire... ou peut-être que si.

— Vous l'avez vue ? » demanda Darren, regrettant ces mots dès l'instant où ils lui avaient échappé. Gagné par la honte, puis la terreur, il sentit qu'il perdait le contrôle. Lorsqu'il se remit à parler, d'un ton vertueux et mesquin, c'était avec colère. « Ma mère ne va pas bien », dit-il, parce que c'était sûrement vrai, d'une certaine manière ; cela expliquait sans aucun doute la vie qu'il avait vécue. « Si j'apprends que vous l'avez harcelée... »

Vaughn leva la main, non pas en guise d'adieu, mais pour mettre fin à cet échange, et lui signifier qu'ils reprendraient cette conversation une autre fois. « On en reparlera, Mathews », répliqua-t-il en se glissant sur le siège de sa Ford Taurus. « On en reparlera. » Quelques secondes plus tard, Darren entendit le moteur tourner. Il resta immobile, comme si des plantes grimpantes avaient jailli de la terre pour s'enrouler autour de ses chevilles et le maintenir au sol. Il fut incapable de bouger, même quand il ne resta du passage de Frank Vaughn qu'un tourbillon de terre rouge. *Merde.* Les carottes étaient cuites. Il devrait s'occuper sérieusement de Bell.

2

Il n'attendait que cinq Rangers ce vendredi soir : Roland de la compagnie A, stationné à Houston avec Darren ; Buddy Watson, compagnie B, travaillant au bureau du shérif dans le comté de Henderson, au sud de Dallas ; Ricky Nuñes, compagnie G, venu de Corpus en voiture ; Hector Martinez, compagnie E, comté de Pecos ; et Patricia Nolan de la compagnie F à Austin. Pourtant, Darren savait que les choses pouvaient dégénérer. En vérité, il y comptait bien ; il avait besoin d'une couverture pour ce qu'il projetait de faire. Il avait apporté quatre kilos de grillades et des saucisses épicées de la ville, et il était convaincu d'être capable de ne pas boire, juste pour se prouver qu'il en avait la force. Mais quand Hector arriva avec une bouteille de whisky Tennessee, et Patricia avec de la margarita épicée au mescal, il se sentit aussi reconnaissant qu'un chien à qui on jette un os. Buddy et Roland remplirent le vieux frigidaire de ses oncles de bières Shiner Bock et Miller High Life. Chacun d'eux s'était libéré pour quarante-huit heures, et ils avaient toute la nuit et la journée du lendemain pour se lâcher, car le mois précédent avait été infernal pour tout le monde. Lorsque Darren avait quitté Houston ce matin-là, Lisa lui avait dit de prendre tout son temps pour rentrer, une première. Elle s'était dressée sur la pointe des pieds pour l'embrasser. Depuis l'élection, il y avait eu plus de cinquante incidents de violence raciale dans l'État, et les sentiments de Lisa à l'égard de l'insigne s'étaient radoucis. « Reviens sain et sauf, c'est tout », dit-elle.

Darren mit un disque de Lightnin' Hopkins sur la platine, un blues style guitar-picking qui fit grogner Buddy Watson. Mais c'était une règle qu'ils avaient établie auparavant : la personne qui recevait décidait de la musique et du menu. Ce soir, ce serait un barbecue. La femme de Ricky avait tout de même envoyé des tamales. Ils étaient en train de les réchauffer au four, emplissant la maison d'un arôme doux et fumé tandis que les enveloppes de maïs doraient et que la graisse de lard coulait en grésillant. Sur les cent cinquante Rangers du Texas engagés par l'État, leur petit groupe de six ne représentait en aucune manière toute la diversité du département, mais ils étaient les seuls à bien vouloir admettre que leur job était plus facile quand on pouvait en discuter avec quelqu'un. Cinq hommes – trois Noirs, deux Latinos – et une femme blanche qui s'était jointe à cette fraternité informelle par solidarité. Une autre Blanche, Vicky Brennan, qui faisait partie de leur club amical depuis le début, avait cessé de répondre à leurs mails depuis l'élection.

Une fois les verres servis, les hypothèses fusèrent.

« Qu'est-ce qui lui a pris, à cette conne ? demanda Patricia.

— Elle a eu peur, sans doute », répondit Ricky. Il

portait un sweat noir et un Wrangler assorti, et il avait bu deux bières avant de s'asseoir.

Roland fit la grimace. « Tu crois vraiment qu'elle a voté pour lui ?

— Ça ne devrait pas compter, reprit Ricky. Pas dans un groupe comme le nôtre. »

Il parlait des personnes présentes, des amitiés qu'ils avaient forgées. Mais Patricia secoua la tête, indignée. « Bien sûr que si, ça compte », répliqua-t-elle. Âgée de vingt-six ans, elle était la plus jeune, sortie de l'académie[1] depuis huit ans à peine. Ancienne joueuse de basket-ball à l'université de Sam Houston State, elle était presque aussi grande que Darren, blonde avec un visage allongé et des traits d'une étrange délicatesse. Elle lécha le sel sur son verre.

« Vicky vise le quartier général, elle veut gravir les échelons, dit Roland. Je pense qu'on ne la reverra plus. » Il prit une pincée de tabac à priser dans une boîte en métal glissée au fond de sa poche de poitrine et la mit sous sa langue.

« Elle a toujours été de leur côté », dit Hector.

Il ne précisa pas de quel côté. Mais ils hochèrent tous la tête quand même.

« On va devoir faire le maximum pour tenir bon », observa Ricky, et les Rangers présents dans la pièce partagèrent cet avis. L'un après l'autre, ils reconnurent que quelque chose avait changé au cours des quatre dernières semaines, pas seulement dans le monde en général mais aussi dans leur travail. Ils géraient des situations auxquelles ils n'avaient jamais été confrontés de toute leur vie sauf à travers les récits des anciens

1. Texas Department of Public Safety Training Academy.

du département : incendies d'église ; dégradation d'une mosquée à Bryan ; enfants bruns et noirs bousculés dans les cantines, victimes de crachats en cours de gym ; une femme mexicaine actuellement dans un état critique après avoir été agressée devant son mari et ses trois enfants dans le parking d'un Kroger à Fort Worth. Buddy parla d'un foyer de troubles près de Jefferson, dans le comté de Marion. Il avait peut-être même mentionné la disparition d'un enfant dans ce coin. Mais Darren s'égarait sans doute dans ses souvenirs.

Tout était devenu un peu confus ensuite.

Il parvint à tenir une heure avant de passer de la bière au whisky, mais la chute fut rapide. L'alcool rendit sa colonne vertébrale aussi malléable que la cire ; les arêtes s'arrondissaient, la conversation sur le département se transformait en bouillie, ainsi que leurs aventures sur le terrain. Mais Darren n'en avait aucune, cloué dans son bureau de Houston, s'ennuyant au point qu'il redoutait de se l'avouer, craignant que le mot ne recelât une vérité plus profonde, aussi triste que le disque qui passait. Darren était déprimé, animé d'une rage qui le dévorait de l'intérieur. Il s'étonnait chaque jour un peu plus de ce qu'une poignée de Blancs terrifiés étaient capables de faire à une nation. Il ne voulait plus jamais les entendre remettre en question l'intérêt de provoquer des émeutes à Ferguson ou Baltimore, ou Watts et Detroit en l'occurrence, ni les écouter se demander pourquoi les Noirs mettaient le feu à leurs propres quartiers, parce que dans un acte de fureur aveugle, des électeurs blancs avaient craqué une allumette pour embraser le pays qu'ils prétendaient aimer

– simplement parce qu'on leur demandait de le partager. C'était ça qui faisait le plus mal, la blessure entaillant la chair jusqu'à l'os. Après avoir été bercé des années par la certitude que l'univers s'orientait vers la justice, il voyait combien ses amis et ses voisins se souciaient peu de sa vie, de son droit à ce pays.

Après Obama, la trahison du pardon.

Hector emporta quelques bières et un paquet de Marlboro dans la véranda à l'arrière, et les autres l'y rejoignirent. Patricia s'installa sur l'une des chaises de jardin en métal vert et s'enveloppa dans une couette en patchwork que la grand-mère de Darren avait confectionnée avant sa naissance. Le coton usé sentait bon les blocs de cèdre rangés dans le placard de l'entrée, et la douceur de ce parfum se mêlait à l'odeur piquante des pins au-dehors. L'air était froid et au-delà de la clarté jaune tamisée de la véranda, l'obscurité était totale. Roland, qui ne passait jamais une nuit en dehors de la ville s'il n'y était pas obligé, tressaillait chaque fois qu'il entendait un petit duc ululer. Il ne tarda pas à taper des cigarettes à Hector, mettant au défi quiconque oserait un commentaire. Buddy parla de la dispatcheuse à Corsicana qu'il sautait trois fois par semaine. *Elle serait capable de dénoyauter une pêche.* Patricia le traita de macho répugnant et lui jeta un zeste de citron vert à la figure. Ricky était déjà en train de piquer du nez, ses baskets noires pendant par-dessus le bord de la causeuse, un coussin taché d'eau replié sous la tête. Ils avaient laissé ouverte la porte de derrière, et l'odeur des tamales et des grillades flottait dans l'air nocturne. Darren s'était assis tout près pour profiter de la chaleur de la maison et guetter la minuterie du four.

Il se versa un quatrième verre, se demandant comment il avait pu être assez fou pour croire qu'il avait une chance de ne pas se retrouver dans la merde jusqu'aux genoux cette nuit. Sa peau était en feu. Il étouffait dans son tee-shirt gris. En réalité, il fulminait contre lui-même. Le cerveau ramolli par l'alcool, il était capable d'admettre qu'il avait commis une grave erreur avec Vaughn cet après-midi. Le type bluffait ; ça ne faisait aucun doute. Mais si le procureur était venu à l'aveuglette, pour pêcher des informations, Darren s'était montré assez nerveux pour le convaincre de pousser plus loin ses investigations.

Pourquoi Bell Callis aurait-elle parlé au procureur, hein ? C'était absurde, et de toute manière, l'idée ne l'aurait même pas effleurée. Ça la priverait de ce qu'elle avait toujours désiré, l'attention de l'un des hommes de la famille Mathews : son fils, à ses pieds. Sans Darren, qui s'occuperait de l'entretien de sa cour et de sa plomberie ? S'il allait en prison, qui remplirait son frigo et paierait la facture du câble ? Sa mère ne ruinerait pas délibérément l'avenir de son fils unique. *N'est-ce pas ?*

Lightnin' avait son propre point de vue à ce sujet. *You got love like a hydrant... you know that turns off and on.* L'amour c'est comme une bouche d'incendie... Il jaillit et se tarit.

Le grattement des cordes de sa guitare, tel un couteau retourné dans sa plaie.

Lisa n'était pas au courant pour l'argent.

Elle ne connaissait pas toute l'histoire ; personne ne savait.

À qui pouvait-il se confier, en réalité ? Les paupières lourdes, il regarda les hommes assis dans la véranda avec lui et Patricia sur sa chaise de jardin, ses pieds nus posés sur la balustrade, tous avec un coup dans le nez. Il serait si facile de le dire tout de suite, d'interrompre les commérages et les conversations sur le travail pour leur faire des aveux : *Écoutez-moi tous, je suis dans de sales draps.* Mais il lui parut malvenu de leur imposer cette information, qu'ils seraient contraints de révéler sous serment si jamais il en arrivait là. Il agirait de même avec Greg Heglund, qui était l'un de ses meilleurs amis, mais aussi un agent fédéral. L'oncle Clayton de Darren, ancien avocat pénaliste et professeur de droit constitutionnel, comprendrait ce désir impérieux de protéger Mack, un vieil homme noir accusé d'avoir assassiné un fils de pute raciste, mais il insisterait pour que son neveu prenne un avocat, et Darren craignait que la nouvelle parvienne à son lieutenant à Houston. Il connaissait bon nombre de flics qui partaient du principe qu'un homme était coupable à cent pour cent simplement parce qu'il avait pris un avocat : ce droit constitutionnel souvent interprété comme une infamie, ou une supercherie.

Il se rendit compte soudain qu'il était très seul, sans personne à qui parler du gâchis qu'il avait causé, du secret qu'il gardait depuis des mois, du fait qu'il ne connaissait pas assez bien sa mère pour prédire ce qu'elle ferait dans cette situation. Ni Lisa, s'il le lui racontait. Ils venaient juste de retrouver un équilibre. Si elle découvrait qu'il avait mis sa liberté et leur vie commune en péril pour Rutherford McMillan, le comprendrait-elle ou bien en finirait-elle avec lui pour de bon ? Honnêtement, il n'en savait rien. Les deux femmes de sa vie étaient illisibles. Imbibé de whisky, son esprit s'attarda sur une tout autre personne. Randie Winston. C'était lui qui avait résolu le meurtre de son mari à Lark, en octobre. Il pensa à la soirée qu'ils avaient passée dans ce bistrot à Garrison, juste après la frontière du comté, à parler en buvant du bourbon et de la vodka bon marché – de son mariage, et du sien –, il avait failli mettre toute sa vie à nu. Il se souvenait que Randie lui avait presque pris la main sur la table. Il était encore persuadé qu'il aurait pu avouer n'importe quoi cette fois-là. Elle l'avait contacté depuis.

Juste un message laissé sur son répondeur quelque temps auparavant pour dire qu'elle avait suivi son conseil et enterré la dépouille de son mari dans la ville du Texas de l'Est où il était né. *Vous aviez raison.* Il avait été ému alors – comme à cet instant – en pensant à la distance qu'elle avait parcourue entre sa haine du Texas et la reconnaissance du rôle joué par cet État dans l'élaboration de la personnalité de l'homme qu'elle avait aimé. Se rendant compte qu'il était important d'honorer cela pour son époux, Michael, mais aussi pour elle. Dans l'état d'ivresse où il était, toute cette histoire brouilla ses idées. Cela avait été l'un des moments dont il était le plus fier en tant que Ranger. Il rit d'une blague de Buddy alors qu'il n'en avait pas écouté la moitié. Ensuite il se dit qu'il savait ce qui lui restait à faire. *Ce soir.*

Il attendit qu'ils soient ivres morts ou endormis, Patricia dans la chambre d'enfant, les autres écroulés sur les divers éléments de mobilier dans le séjour, leurs assiettes en carton souillées de graisse et les bouteilles de bière jonchant le plancher. Il était près de deux heures du matin quand il monta dans son pick-up

Chevrolet garé sur l'herbe devant la maison. À cette heure tardive – ou matinale, selon votre préférence, avant ou après minuit –, l'air adouci par la rosée, vif et léger à Camilla, apaisa son esprit échauffé quand il s'engouffra par les vitres baissées du véhicule. Darren conduisit prudemment, roulant durant tout le trajet à quinze kilomètres au-dessous de la limite de vitesse et éteignant ses phares dès l'instant où il s'engagea dans les ornières parallèles creusées par les pneus derrière la maison du propriétaire de sa mère pour atteindre la caravane de Bell.

Il s'était préparé à une éventuelle confrontation, mais la Chevette '92 de Bell ne se trouvait pas devant chez elle, et aucune lampe n'était allumée à l'intérieur. Deux nuits par semaine, elle et Fisher, son chéri, s'installaient dans l'un des bungalows au bord du lac Livingston où elle travaillait comme femme de ménage ; il devina qu'il avait eu de la chance pour une fois. À la faible lueur d'une Maglite de poche, il fouilla chaque centimètre carré de la caravane, exécutant sa tâche avec le soin méthodique qu'on lui avait inculqué. Il commença par la cuisine et examina d'un bout à l'autre la maison-boîte de conserve. Il passa en revue chaque placard, chaque tiroir, chaque récipient sur le plan de travail ; il fouilla le réfrigérateur et le congélateur, prenant le temps de déposer dans l'évier un épais bloc de glace grisâtre et de faire couler de l'eau chaude dessus. Il était rêche, sans doute vieux de trois ans.

L'arme n'était pas dans la cuisine.

Ni dans le séjour.

Il vida le meuble télé, souleva chaque coussin du canapé-banquette fixé au mur du fond. Rien non plus dans la salle de bains. Quand il retourna la chambre de fond en comble, une certitude s'imposa peu à peu. Le .38 n'était pas sous le matelas. Ni dans la commode près de la porte, ni sous la moquette que Darren arracha du sol à mains nues, les agrafes lui griffant la peau. Il n'était dans aucune des boîtes à chaussures qu'elle gardait dans sa penderie, mais il y trouva des photos de son père qu'il n'avait jamais vues, des instantanés jaunis de Darren « Duke » Mathews quand il était encore au lycée. Il empocha les polaroïds sans réfléchir, son cœur battant à grands coups.

L'arme avait disparu.

Se souvenant de l'espace sous la caravane, il eut une bouffée d'espoir. Une fois elle y avait caché un carton de papier toilette volé au travail. Il devrait jeter un coup d'œil derrière le grillage bon marché qui délimitait le vide sanitaire de moins d'un mètre de haut, entre le lieu de vie de Bell et le sol froid et dur. Il se tourna vers la porte à l'instant où les faisceaux de deux phares balayèrent la fenêtre avant de la caravane, projetant des ombres sur le mur du fond. Il fit un bond et se plaqua contre un côté de la paroi, glissant un coup d'œil oblique par la fenêtre, certain de voir la silhouette carrée de la voiture de sa mère. Mais cette fois-ci, c'était un véhicule de police.

La première impulsion de Darren fut d'éviter de se faire tirer dessus.

Il sortit avec son insigne dans la main gauche, sa Maglite dans la droite, tendant ses bras devant lui en un geste de totale soumission au lieu de les lever en l'air. Il descendit au pied des marches avant de voir le visage de l'officier. C'était un adjoint du shérif, l'un des plus jeunes que Darren eût jamais vus, et bien que l'insigne de Darren fût parfaitement visible, la main du policier resta en suspens au-dessus de son arme de service. Darren se dressa devant la caravane de sa mère et déclina son nom et son titre. Le policier, un garçon blanc aux cheveux noirs hérissés, répondit : « Je sais qui vous êtes. » Pourtant sa main était encore très proche de son pistolet.

Darren garda son calme, comme s'ils venaient de se rencontrer à la poste, et non sur le lieu d'une effraction potentielle. « Je connais la plupart des gens qui travaillent dans les bureaux du shérif. Ma famille possède une propriété à Camilla depuis plus d'un siècle, précisa-t-il, insistant sur son pedigree local. Je suppose que vous êtes nouveau. »

Le garçon ne rit pas, et sa main ne s'écarta pas non plus de l'arme.

Il était nerveux, pas très sûr de lui dans cette situation, en pleine nuit. Il pria Darren de lâcher sa torche.

Darren s'exécuta, regardant la Maglite tomber dans la poussière et rouler sur une cinquantaine de centimètres entre eux.

« Vous êtes ici en mission officielle, Ranger ? demanda le garçon.

— Je pourrais vous retourner la question, Adjoint.

— J'ai reçu un appel du propriétaire en haut du chemin ; il m'a dit que le fils de sa locataire se promenait dans la caravane en l'absence de sa mama à qui ça plairait pas du tout. » Darren avait juste assez de whisky dans les veines pour se demander si c'était un mensonge, et si, dans un accès de paranoïa, Frank Vaughn l'avait fait suivre. « Vous avez l'autorisation de la locataire pour entrer dans cette propriété, Ranger ?

— Je dois l'avoir puisqu'elle m'a donné la clé. »

Les mots jaillirent sans laisser à Darren le temps de se souvenir s'il avait endommagé la porte de façon visible en forçant la serrure. Il continua de parler, essayant de retenir le regard de l'adjoint sur son visage et dit la première chose qui lui vint à l'esprit. « Elle m'a prié de nourrir son chat pendant son absence. »

Il était presque content de lui, à cause de la simplicité de ce mensonge.

« Son chat ? » Les épaules de l'adjoint se relâchèrent, et il éloigna enfin la main de l'étui de son pistolet. Il faisait très sombre dehors, mais Darren crut entrevoir un soupçon de sourire. Le garçon était soulagé. L'incident serait bientôt clos. « Et ce chat est à l'intérieur maintenant ? » demanda-t-il, tendant le cou pour voir la porte d'entrée.

Darren lui bloqua la vue et répondit : « C'est bien mon problème. L'animal s'est échappé, et je n'arrive pas à le retrouver.

— Vous avez regardé sous la maison ? Je vais vous donner un coup de main », proposa l'adjoint.

Il se dirigea vers son véhicule : sa conviction qu'il s'agissait tout simplement de la disparition d'un chat avait à tel point allégé son humeur qu'il sautillait presque, désireux à présent de rendre service à ce Ranger du Texas. « Je vais reculer et braquer mes phares sous la caravane. Vous verrez tout ce qui s'y cache. »

La nuque de Darren s'enflamma. Il secoua la tête et dit à l'adjoint qu'il n'était pas nécessaire de prendre cette peine. « J'ai mon pick-up », répliqua-t-il, parlant avec plus d'emphase qu'il n'aurait dû.

« Noon, il est trop haut. Vous verrez pas grand-chose comme ça. »

Le garçon se glissa sur le siège avant du véhicule de police, mit le moteur en marche, puis repositionna son véhicule de façon à inonder de lumière l'espace vide sous la caravane de Bell. Il sortit une jambe de sa voiture et demanda à Darren : « Vous voulez que j'essaie moi aussi de me glisser là-dessous ? »

Darren secoua la tête, réfléchissant encore à une façon d'arrêter ça. Mais cela paraîtrait bizarre à présent, et même suspect. Il ravala un petit rire amer. Ce qu'il cherchait sous la caravane de sa mère le conduirait à sa perte s'il le découvrait sous l'œil vigilant d'un flic, membre du même service de police qui enquêterait sur Darren si Frank Vaughn convoquait un autre grand jury pour réexaminer le meurtre de Ronnie Malvo. Sous le regard attentif de l'adjoint, Darren arracha un angle assez grand du grillage de protection, se mit à quatre pattes, et rampa dans la poussière d'un bout à l'autre de la caravane en grattant le sol, fouillant chaque motte de terre. Il ne sut pas dire, une fois qu'il n'eut rien trouvé, s'il était soulagé ou terrifié. Il était absolument impossible de savoir ce qu'elle en avait fait. Cette arme pouvait se trouver n'importe où.

3

Darren reçut un appel le priant de venir voir son lieutenant lundi matin à la première heure, requête inopinée qui le crispa dès l'instant où il entra dans le bureau. On avait diagnostiqué un ulcère à Fred Wilson deux semaines après l'élection bien qu'il eût voté pour le nouveau président, du moins Darren le supposait : une intuition fondée seulement sur le chapeau de l'homme et ses bottes de cow-boy, dont il portait lui-même une paire en autruche à cet instant. Peut-être que la tenue d'un homme – ses bottes, en l'occurrence – ne révélait rien de ses opinions. Ne pas se fier aux apparences...

Wilson avait sur son bureau, alignée entre deux imposantes piles de dossiers, une ménagerie croissante de médicaments maison. La femme qui était son épouse depuis vingt-cinq ans affirmait, comme tout bon Texan, avoir un huitième de sang cherokee et insistait pour que Fred complète la prescription de son médecin de famille par des produits issus de la terre. Ces temps-ci il grignotait constamment du chou bouilli ou des carottes crues, ou buvait des mixtures aqueuses qu'elle concoctait à son intention. Les bons jours, ses rots embaumaient l'eau de noix de coco et la banane. Aujourd'hui, ils sentaient l'ail. Pas une seule fenêtre ne s'ouvrait dans ce bâtiment, et l'air du bureau de Wilson sentait l'aigre et le renfermé.

Darren s'assit sur le siège en face de Wilson et posa son Stetson gris sur un genou. Il portait un pantalon bleu marine qu'il avait pris soin de repasser dès l'aube, une chemise blanche à col boutonné, et une fine cravate bordeaux. Il était venu de Camilla en voiture ce matin, et il espérait que les détails de ses démêlés avec le département du shérif n'avaient pas filtré hors du comté de San Jacinto. Wilson avait posé devant lui, sur son bureau, un dossier assez mince pour que Darren s'imagine, dans son état de nervosité, que ce pouvait être le sien.

Wilson gratta une plaque de poils qu'il avait oublié de raser ce matin, et se félicita que Darren se soit remis au travail sans difficulté dans son bureau de Houston. Après le succès de Darren dans l'affaire de Lark, l'automne dernier, Wilson avait été fier de l'accueillir de nouveau. Il lui avait trouvé un poste dans la force opérationnelle mixte des Rangers du Texas, en collaboration avec l'ATF, la DEA[1] et le FBI, qui œuvrait afin d'obtenir une condamnation massive des membres clés de la Fraternité Aryenne du Texas pour trafic de drogue, vente d'armes illégale et divers autres complots criminels. Depuis son bureau à Houston, Darren avait apporté une précieuse contribution aux recherches, assura Wilson, en passant au peigne fin des milliers de pages d'enregistrements de téléphones portables.

1. Bureau of Alcohol, Tobacco, FireArms and Explosives (ATF), Drug Enforcement Administration (DEA).

Darren se garda de préciser qu'il avait failli se mettre à loucher à force d'ennui. Les mains croisées sur ses genoux, il écouta Wilson lui déclarer : « Jusqu'ici, j'ai été ravi de vous avoir de nouveau à Houston. »

Darren ne savait pas très bien où il voulait en venir, mais ça ne laissait rien présager de bon.

« Comment ça va à la maison, Ranger ?

— Ça va, répondit Darren, bien que le mot eût du mal à passer.

— J'ai appris que vous étiez dans le comté de San Jacinto ce week-end. »

Nous y voilà, pensa Darren.

Wilson prit un flacon d'antiacide générique. Il fit tomber deux ou trois comprimés dans sa main gauche, qui avait la taille et la texture d'un gant de base-ball. « Écoutez, je ne vais pas me mêler des affaires de famille d'un homme tant que ça n'affecte pas nos activités.

— Je peux expliquer.

— Inutile. Ce que vous faisiez dans la maison de votre mère reste entre elle et vous. Je me demande plutôt pourquoi vous étiez à Camilla ce soir-là. »

Puis, à brûle-pourpoint, il enchaîna :

« Vous et Lisa êtes de nouveau en bons termes ? Je veux dire, à votre avis, elle vous laisserait partir quelques jours ? Je sais, vous avez dit que vous souhaitiez rester à Houston et tout ça. Je ne vous le demanderais pas si les Fédéraux n'avaient pas formulé une requête spécifique. »

Darren glissa le doigt sur la couronne en feutre de son chapeau. Il eut l'impression d'avoir raté quelque chose. « Pardonnez-moi, monsieur. Je ne sais pas de quoi vous parlez. »

Wilson ouvrit alors le dossier, sans prendre la peine d'y jeter un coup d'œil. Il en connaissait le contenu par cœur. « Nous avons un enfant disparu près de Jefferson – au lac Caddo, en fait – dans le comté de Marion.

— C'est le territoire de la compagnie B.

— Je sais », soupira Wilson. Il fourra les antiacides dans sa bouche et Darren le regarda mâcher pendant plusieurs minutes d'un silence embarrassant. « Mais cette affaire exige une attention particulière. Beaucoup d'éléments posent problème.

— Comme quoi ?

— Le gamin, Levi King...

— Quel âge ?

— Neuf ans. »

Darren se revit au même âge, avec des dents de lapin, c'était vrai, mais peu importait les histoires à dormir debout de sa mère sur le rôle qu'elle avait pu jouer dans son éducation. Lorsque Darren avait neuf ans, les hommes qui l'élevaient – ses oncles William et Clayton Mathews – étaient toute sa vie.

Wilson hocha la tête et lâcha un léger rot. Il chassa les antiacides crayeux avec une rasade de Coca, qui n'était certainement pas sur la liste des toniques approuvés par sa femme. « Eh bien, le problème, c'est que le gosse est connecté. C'est pourquoi les Fédéraux veulent quelqu'un de prudent pour cette affaire.

— Connecté ?

— La famille du gamin fait partie de la Fraternité. »

Darren fit la grimace. Il ne s'en rendit même pas compte jusqu'au moment où Wilson ajouta : « Ce n'est pas la faute du gamin.

— Bien sûr que non », dit aussitôt Darren. Il n'était

pas fier du millième de seconde où son dégoût pour la Fraternité Aryenne du Texas avait fait passer au second plan sa sympathie pour le gosse. Mais il ne pouvait pas non plus s'abstraire de l'antipathie tenace – ou plutôt de l'apathie – qu'il ressentait pour les malheurs d'une famille de la Fraternité. Il masqua sa réaction en soulignant l'erreur flagrante qui avait été commise. « Les Fédéraux ont donné mon nom ?

— Ils ont demandé un Ranger de la force opérationnelle. J'ai proposé votre nom.

— Merci », se contenta de répondre Darren. Il espéra ne pas donner l'impression qu'il prenait la situation à la légère ou qu'il n'appréciait pas d'avoir été sollicité pour cette mission. Mais le moment était mal choisi. Il ne voulait pas retourner sur le terrain maintenant. Pas lorsque sa relation avec Lisa s'était stabilisée. Ni quand la situation avec sa mère avait échappé à son contrôle. Il ne lui avait pas parlé depuis qu'il avait découvert que le pistolet ne se trouvait ni à l'intérieur de son logis, ni au-dessous. Elle n'avait donné suite à aucun de ses appels. Dimanche, il avait passé cinq bonnes heures le cul vissé sur les marches de sa caravane, attendant qu'elle rentre chez elle et s'explique ; il était même passé en voiture devant les bungalows et le terrain de camping du Starfish, cherchant la Chevette ou guettant un signe de sa mère soûle titubant entre les bungalows, vêtue de sa blouse bleue effrangée.

Darren remua sur sa chaise, ses longues jambes aussi raides que du petit bois.

À travers le mur du bureau de Wilson, il entendait le ronronnement constant des sonneries de téléphones et les conversations des Rangers dans l'entrée, le piétinement de leurs bottes sur la mince moquette industrielle. Une pile d'enregistrements téléphoniques l'attendait sur son bureau à côté de centaines de pages de correspondance entre des membres de la Fraternité interceptées en prison. Il avait envisagé de passer la journée à repérer les modes opératoires et les connexions, à cracker des codes permettant d'organiser des coups, d'écouler des kilos de meth ou de procéder au transfert d'espèces par l'intermédiaire d'entreprises légales qui vendaient de tout, pneus, produits de beauté, ou revêtements de sol, dans des petites villes dispersées à travers l'État. Depuis que Darren avait repris le travail, c'était sa seule contribution apportée à la force opérationnelle qui surveillait la Fraternité Aryenne du Texas depuis des années.

Mais aujourd'hui on lui demandait de quitter ce poste.

« Le père du garçon, Bill "Big Kill" King, est un capitaine de la FAT qui purge une peine de vingt ans à la prison de Telford près de Texarkana pour une série d'inculpations liées à la drogue. Vente, production, attaque à main armée, la totale. »

Peu importait qu'il s'en fût tiré dans une autre affaire où il était accusé de violences envers un homme noir, père de deux enfants, dont il avait causé la mort, pensa Darren.

« Et voilà que pendant qu'il paie sa dette à la société, poursuivit Wilson, sa femme se met avec un parasite minable, un vrai connard qui s'appelle Gil Thomason et qui lui aussi a fait plusieurs séjours en taule, surtout pour des arnaques et des mauvais tours joués aux vieilles dames pour les dépouiller de l'argent qu'elles ont gagné au bingo. En fait, Bill King ne veut pas que son fils continue de vivre près de ce type.

— Vous pensez qu'il s'agit d'une sorte de droit de garde ?

— Nous n'en savons rien, dit Wilson. Mais le gosse a disparu depuis vendredi soir.

— Ça nous mène à soixante-douze heures », dit Darren.

Wilson acquiesça, ils savaient tous les deux que cela ne présageait guère une fin heureuse. « Le père, King, reprit-il, jure qu'il ne sait pas où est son gamin. Les rapports internes de Telford disent qu'il est dans tous ses états. Il implore le bureau du shérif à Jefferson de faire quelque chose, de ne pas tenir rigueur au fils des crimes du père. Il a même écrit une lettre au gouverneur. » Wilson consulta pour la première fois le dossier ouvert sur son bureau. Il y avait, posée dessus, une lettre écrite à la main interceptée par le département de la Justice pénale du Texas, adressée par Bill King en toute simplicité à *Capitol Hill, Austin.* Wilson la poussa vers Darren. La lettre n'était jamais parvenue au gouverneur, et se trouvait à présent entre ses mains noires. Il ne la lut pas tout de suite. Il la laissa sur ses genoux. « Ça ressemble à un règlement de comptes local, dit-il.

— Officiellement, oui, répondit Wilson. Mais je mentirais si je vous disais que nous n'y avons pas vu une opportunité.

— Une opportunité ? »

Wilson fit la grimace en l'entendant répéter ce mot. Il plaqua ses deux mains sur son bureau et croisa ses doigts épais. « Écoutez, dit-il. Dans un peu plus d'un mois, nous aurons un nouvel homme à la

Maison-Blanche et un ministère de la Justice flambant neuf, et Dieu sait comment tout ça va tourner, si leurs priorités s'aligneront sur ce que nous avons fait depuis six ans avec les Fédéraux et cette force opérationnelle. Depuis six ans, Ranger, nous essayons de faire tomber cette organisation terroriste. »

Organisation terroriste.

Il n'avait jamais entendu son lieutenant décrire la FAT en ces termes. Et il sentait vaguement que Wilson employait cette formule à son intention, qu'il lui vendait quelque chose.

« Douze capitaines de la Fraternité et vingt autres membres de la base sont susceptibles de se retrouver sur la sellette dans cette affaire. Ce dossier tient la route, Darren. Ça pourrait changer la donne, permettre de démanteler la Fraternité Aryenne dans cet État une bonne fois pour toutes.

— Qu'attendez-vous de moi ? demanda Darren.

— Nous avons besoin d'une inculpation, le plus tôt possible. Les Fédéraux veulent que ça passe devant un grand jury avant l'arrivée d'une nouvelle équipe à Washington. Avant qu'un ministère Trump de la Justice ne confonde la Fraternité Aryenne avec une sorte de garde d'honneur. Les Fédéraux affirment être près du but avec les preuves dont ils disposent. »

Wilson poussa alors le dossier entier sur son bureau. « Deux membres de la FAT pris dans une cocotte-minute de conflit domestique, s'accusant mutuellement...

— C'est ce qui se passe en ce moment ? »

Wilson indiqua du menton la lettre manuscrite sur les genoux de Darren, le priant de la lire. « L'un des hommes, ou l'épouse, pourraient se mettre à parler des activités de la Fraternité, un sujet qu'ils ont refusé d'aborder auparavant, et fournir des informations qui apporteraient la touche finale à un acte d'accusation. Le FBI n'a pas pu relier Bill King à cette affaire plus grave, surtout parce qu'il est en prison depuis longtemps et prétend avoir changé. Mais si la femme et le nouveau compagnon commencent à s'énerver, peut-être...

— Vous voulez utiliser le gamin comme moyen de pression ? »

Wilson parut gêné par le sous-entendu. « Nous souhaitons juste mener cette enquête avec doigté, de telle sorte que si des secrets devaient être éventés au cours des recherches pour retrouver cet enfant, nous pourrions en tirer parti.

— Vous pensez qu'il est encore en vie ? » demanda Darren. Il ne savait pas vraiment d'où lui était venue cette question : il n'avait pas lu le dossier et ne savait presque rien sur cette disparition. Néanmoins il lui semblait que s'il s'agissait d'un problème familial, le gosse serait déjà revenu.

La question ébranla Wilson ; il pâlit, son teint virant au gris. « Je crois que ça fait près de trois jours, et plus vite vous vous mettrez en route pour le bureau du shérif dans le comté de Marion, mieux ça vaudra, dit-il.

— Pourquoi moi ? demanda enfin Darren. Ça me paraît évident.

— Je ne suis pas sûr de vous suivre », répondit Wilson.

Darren détestait quand les Blancs se comportaient ainsi, comme si la race n'avait rien à voir là-dedans. Sans doute leur avait-on appris que c'était une question de politesse, du style on ne dit pas à quelqu'un qu'il a un grain de poivre noir entre les dents. Mais la seule leçon qu'en tirait Darren, c'était que la personne assise en face de lui depuis un quart d'heure ne le voyait pas tel qu'il était. Cette invisibilité déconcertante avait le don de l'exaspérer. Il s'était persuadé que Wilson et lui avaient dépassé ce stade. « Allons, dit-il à son lieutenant. Vous m'envoyez démêler un nid d'embrouilles dans la Fraternité, vous pourriez au moins m'expliquer pourquoi. »

Le visage de Wilson se crispa, comme s'il se préparait à expulser un calcul rénal. Il poussa un léger soupir et reconnut qu'en effet on avait signalé beaucoup de conflits raciaux dans l'endroit d'où venait le gamin, une petite communauté du nom de Hopetown située au bord du lac, à environ vingt-cinq kilomètres de Jefferson.

« Je n'ai jamais vu de Hopetown sur une carte du Texas, répliqua Darren.

— Je pense qu'il n'a jamais été *indiqué* sur une carte depuis vingt ans, peut-être trente. C'est une petite ville agonisante. Il y a eu des problèmes entre des nouveaux venus et des gens qui vivaient là depuis, euh, je ne sais même pas combien d'années. Quiconque y mettra les pieds aura besoin d'échanger avec autant de témoins que possible, et ils vont pas ressembler aux gars de la Fraternité, ni parler comme eux, si vous me suivez.

— Il y a des Noirs à Hopetown, dit Darren, allant à l'essentiel.

— Quelques-uns, oui. »

Darren accepta de se charger de l'enquête avant même de savoir comment il l'expliquerait à sa femme.

« Un adjoint du comté de Marion vous accompagnera.

— Je crois être capable de m'orienter dans le Texas de l'Est.

— C'est pour votre protection.

— Je ne pense pas que ce soit vraiment nécessaire...

— Ce n'était pas une suggestion, annonça Wilson d'un ton définitif.

— Y a-t-il quelque chose de particulier que je devrai chercher ?

— N'importe quel bout de papier ou témoignage prouvant un lien entre Bill King et les opérations de la Fraternité, répondit Wilson. On croise les doigts. »

Darren se leva, le dossier à la main, la lettre de Bill King bien rangée à l'intérieur, et il posa son Stetson sur sa tête. Il avait besoin d'une coupe de cheveux, mais le temps lui manquait pour ça. Il était déjà à la porte quand Wilson le rappela. « Ah, Mathews, dit-il d'un air entendu. Plus de cambriolages, hein ? Je viens juste de vous ramener là où je veux. Ne foutez pas le bordel. »

Darren adressa à son lieutenant un sourire forcé.

Puis il inclina son chapeau et sortit.

Pour revenir sur ses pas deux secondes plus tard. « À propos de la force opérationnelle, dit-il, lâchant ces mots comme une arrière-pensée, feignant la nonchalance. Vous n'avez jamais pensé à signaler au comté de San Jacinto que Ronnie Malvo était un indic ? »

Wilson plissa le front. « Et compromettre une enquête fédérale ?

— Ou convaincre le procureur de faire ce qu'il aurait dû décider avant que Malvo soit sous terre : prendre d'autres suspects en considération. »

Certes, Darren y avait déjà réfléchi. La Fraternité Aryenne du Texas ne laissait pas les indics chanter et vivre pour le raconter. Ils vous coupaient tout de suite la langue et vous la faisaient bouffer. En théorie, aucun membre de leur gang n'avait mis un contrat sur la tête de Malvo. Darren avait passé des journées à lire des pages et des pages sur les méfaits de la Fraternité – et quelquefois il pensait qu'il serait facile de prendre un nom au hasard, de poser sur le bureau de Frank Vaughn la photo d'identité judiciaire d'un membre tatoué de la FAT et de le dénoncer comme l'assassin de Ronnie Malvo, ce qui détournerait l'attention de Mack et du rôle que lui-même aurait pu jouer après les faits. Il perçut la désapprobation de feu son oncle William, qui avait été lui aussi un Ranger du Texas, un homme qu'il vénérait pour son intégrité et sa foi aveugle envers l'état de droit. Mais Darren doutait à présent de la capacité de la loi à lutter contre le manque de discernement. Il avait protégé Mack d'instinct, parce que sa propre lecture de l'histoire lui enseignait que la peur d'un homme noir était légitime. Autrement il serait toujours en train de mourir à cause de la peur d'un autre. *C'est eux ou nous, hein?* Cette conviction pesait comme une lourde brique sur sa poitrine, rongeant les os de sa cage thoracique à chaque inspiration, le brisant de l'intérieur. Mais cela la rendait-il moins vraie? Pendant les semaines écoulées depuis l'élection, son cynisme s'était-il avéré infondé? Peut-être *fallait-il* changer les règles. La justice, comme l'amour, n'était sans doute pas un concept figé, et les poètes le savaient mieux que nous. Il se souvint d'un vieux disque de Lightnin' Hopkins, d'une chanson que n'avait jamais appréciée William, mais que Clayton, son frère jumeau, fredonnait avec un sourire désabusé. *Yeah, I'm black and I'm evil, but this black man did not make himself* Oui, je suis noir et je suis mauvais, mais cet homme noir ne s'est pas fait tout seul. Pour Clayton, la justice était toujours relative.

Wilson lui lança un regard bizarre, puis répondit : « D'après ce que je sais, Frank Vaughn a perdu un procès malgré de solides preuves et un comté partisan du "Pendez-les haut et court". » L'image qu'il venait d'utiliser à l'intention de Darren le fit rougir, comme s'il avait lâché un pet dans un ascenseur. Il s'éclaircit la voix et poursuivit. « Vaughn a eu son procès, il a eu son grand jury, mais il n'a pas réussi à obtenir une inculpation. Ça devrait le faire réfléchir à deux fois avant de recommencer.

— Ou bien ça le persuadera de battre le fer quand il est chaud. »

Wilson parut envisager un instant cette éventualité, puis il réitéra sa directive : « Ne foutez pas le bordel, Mathews. Je suis sérieux. Mack n'est pas votre problème. Cette affaire de meurtre n'est pas votre problème. » Darren ne pouvait pas dire à Wilson qu'il se trompait du tout au tout – il serait contraint de révéler l'histoire sordide du pistolet et de sa mama qui jouait double jeu. Bien sûr, il n'en ferait rien. Il se contenta d'acquiescer docilement quand son lieutenant lui dit de se rendre le plus vite possible à Jefferson.

4

Il téléphona à sa femme depuis son pick-up, lui laissant deux messages avant d'atteindre l'autoroute. La secrétaire promit que Lisa le rappellerait alors qu'il avançait cahin-caha dans le dernier embouteillage du matin, se frayant un chemin à travers la ville en béton pour gagner la 59 qui le conduirait hors de Houston, au cœur du Texas de l'Est. Il roulait vers le nord, en direction de Jefferson, environ deux mille habitants, près de la frontière de la Louisiane. Le dossier était ouvert sur le siège passager de la cabine du Chevy, tandis que la lettre de Bill King était posée sur le volant pendant qu'il conduisait. Il la lisait par à-coups, quittant la route des yeux à peine quelques secondes d'affilée. Après avoir dépassé la ville de Humble et l'aéroport George-Bush, la tâche devint plus facile : les immeubles et les centres commerciaux, les concessionnaires de tracteurs et les stands de feux d'artifice cédèrent la place à une campagne austère – d'épais bosquets de pins de part et d'autre de l'autoroute – et la circulation devint plus fluide.

Bill King commençait par une citation du Deutéronome.

Dieu voulait qu'il soit fort et courageux, qu'il ne cède pas à la peur, écrivait-il, car Il ne lui accorderait pas de pardon. Il le savait. Mais il supposait que Dieu avait des soldats saisis par la grâce, et il avait besoin qu'on retrouve son garçon. S'adressant au gouverneur par son prénom, il le suppliait de persuader le shérif du comté de Marion de prendre au sérieux les rapports indiquant que son fils Levi était porté disparu.

Darren leva les yeux, se rendant compte qu'il s'était trop rapproché du semi-remorque qui le précédait. Il se demandait juste comment ces informations avaient pu parvenir à Bill King en prison. La lettre avait été écrite dimanche – du moins, c'était le jour où elle avait été confiée au système postal de Telford. Dans son courrier, Bill King reconnaissait que son influence sur le monde avait été fort peu chrétienne, et qu'il était un père merdique. Le mot *merdique* avait été rayé et remplacé par *mauvais.* Mais le gouverneur n'était pas sans savoir, poursuivait Bill, toujours sur ce ton bizarre, familier à outrance, qu'il payait sa dette envers la société et s'apprêtait à consacrer sa vie à Dieu et à sa foi. Ça le tuerait de penser que le gouvernement, représenté par la police locale, pouvait punir son enfant pour une faute que Bill était déjà en train de payer. Il espérait sortir de prison *bientôt* – le mot était souligné – pour commencer une nouvelle vie avec son fils, qui était une victime non seulement des mauvais choix de Bill, mais aussi de l'homme que son ex-femme avait accueilli sous son toit, une *crapule* qui, craignait-il, avait fait du mal à Levi, soit directement, soit par une négligence totale. Des sales types traînaient chez son ex, Marnie, et son mec, Gil.

Il était bien placé pour le savoir. *J'étais un de ces sales types.* Il demandait instamment au gouverneur de recommander au shérif de ne prendre au pied de la lettre aucun des propos que lui tiendrait son ex-femme, ni les mensonges qu'elle dirait sur lui et sa famille. Il pensait que son fils était en danger et que chaque seconde comptait. *Je vous en supplie, Monsieur. Retrouvez mon garçon.*

Darren replia la lettre et la remit dans le dossier posé à côté de lui.

Elle pesait sur son estomac comme une pierre.

Il n'avait pas d'enfants, et n'en aurait peut-être jamais à ce rythme-là. Lui et Lisa en avaient beaucoup parlé au début, cette première année où ils avaient hésité entre acheter un ranch avec quelques hectares d'anciennes terres des Prairies dans un secteur peu peuplé au nord-est de la ville, ce que souhaitait Darren, ou un loft dans le centre de Houston rénové depuis peu, proche du cabinet de Lisa et d'innombrables bars et restaurants, salles de concert et galeries d'art, et d'un studio de yoga qui lui plaisait mais où elle avait rarement le temps d'aller. Lisa avait gagné, et Darren supposa que c'était une bonne chose de ne posséder pas même un bout de terrain – aucun espace où apprendre à faire du vélo à un enfant, sans parler de monter un poney – car une fois que Lisa eut gagné sa première grosse affaire de litige délictuel, le projet d'avoir un enfant s'estompa. Certes, Darren n'avait jamais été père, mais il avait eu neuf ans, et comme Levi King, il s'était retrouvé à cette période de sa vie dans une forte tourmente familiale.

C'était l'année où il avait perdu son oncle William pour la première fois, l'année où celui-ci avait épousé

Naomi – et avait fondé sa propre famille –, l'année où William et Clayton, son frère jumeau, avaient cessé de se parler. Les deux hommes avaient élevé Darren après la mort de son père au Vietnam, ayant constaté que sa mère était totalement dénuée des capacités requises pour prendre soin d'un petit être démuni, et Darren avait été perturbé et réduit au désespoir par la rupture entre les frères. Clayton, qui était amoureux de Naomi depuis des années, avait chassé William de la maison familiale de Camilla, et Darren n'avait pas vu son oncle pendant près d'un an. Il avait eu pour la première fois l'impression d'être un bâtard, un enfant sans famille, en tout cas pas celle qu'on voyait dans les films et les livres d'images : une chambre, un papa et deux enfants. Tout d'un coup il s'était retrouvé seul avec Clayton, et la maison, son enfance tout entière, semblaient bien vides sans William, son oncle bien-aimé – l'homme qui lui avait appris à pêcher, à tirer avec un fusil calibre 12, à faire pousser des tomates aussi fermes et douces que des pommes. Darren en avait toujours voulu à Clayton d'avoir chassé William, de l'avoir privé de l'autre figure paternelle dans sa vie. Il lui faudrait des années pour comprendre les données du triangle amoureux qui avait détruit sa famille. Les faits étaient on ne peut plus clairs : William avait volé la fiancée de Clayton à sa barbe.

Clayton était en dernière année à l'université A&M Prairie View quand il avait vu Naomi pour la première fois, une étudiante de première année en sweat et pantalon corsaire, les cheveux lissés de frais et bouclés. Elle était si jolie, avec sa chevelure châtain foncé et ses yeux gris en amande, qu'il aurait trébuché sur son lacet défait si elle n'avait pas ralenti sur son quad pour le lui indiquer. Leurs regards se croisèrent, et Clayton tomba amoureux. Prairie View était la meilleure université pour les gens de couleur au Texas, mais il avait failli aller ailleurs, rompant presque la tradition Mathews en s'inscrivant au Wiley College à Marshall pour avoir la chance de ne pas être connu en tant que frère jumeau de William – pendant quelques années, du moins. Mais dès l'instant où il posa les yeux sur Naomi Cortland, il sut qu'il serait reconnaissant pendant le reste de sa vie d'avoir choisi PV.

William était un étudiant réserviste dans la même université, avec les maths et l'histoire comme matières principales, et il parut tout à fait indifférent à Naomi quand il fit sa connaissance, la qualifiant même de « maigrichonne » en privé. Il sortait alors avec une fille de Lufkin qui se spécialisait dans l'éducation. Après plusieurs mois de cour assidue, Clayton envisageait déjà d'épouser Naomi, mais il ne voulait pas acheter de bague avant d'avoir payé ses études. Alors qu'il était en troisième année à la faculté de droit Texas Southern de Houston, William termina son premier service volontaire au Vietnam et revint à Prairie View pour passer son diplôme. Naomi et lui firent plus ample connaissance, ne se limitant plus à quelques mots échangés à l'entrée du dortoir de Clayton. Ils eurent de longues conversations sur la guerre et les raisons qui avaient motivé l'engagement de William. Il souffrait d'un patriotisme qui le tirait par le nombril, disait-il ; c'était un sentiment qu'il s'efforçait toujours de contrôler ; il était constamment tourmenté par l'amour du pays que l'Amérique aurait dû être. Il était prêt à combattre pour l'idéal, convaincu que le devoir et le service lui permettraient d'y accéder.

À l'époque, Naomi voulait devenir infirmière et elle comprenait ce que signifiait une vie au service des autres : si on pataugeait dans le sang et la merde c'était dans l'espoir de réparer ce qui avait été brisé. *C'est le combat,* disait souvent William. *La noblesse est dans le combat.* Clayton, plongé dans ses livres de droit à Houston, leur paraissait lointain à tous les deux, et lors du dîner qui suivit la cérémonie de remise du diplôme de Clayton, William et Naomi le firent asseoir dans un coin tranquille pour lui annoncer qu'ils s'étaient fiancés. Clayton traita son frère de tricheur et Naomi d'imbécile ; elle serait veuve de guerre d'ici Noël, affirma-t-il, William se prendrait une balle pour un pays qui ne lui rendait même pas son amour. Ce furent des paroles qu'il ne retira jamais, même quand il se tint devant la tombe de son frère tué dans l'exercice de ses fonctions.

Darren se demandait parfois si à cause des différences profondes entre les deux hommes, la fracture entre les deux aspects de la loi qu'ils représentaient – William, le Ranger du Texas, et Clayton, l'ancien avocat pénaliste – était autant marquée par des affaires de cœur que par un réel désaccord idéologique. Avec le recul des années, Darren voyait comment ses efforts pour trouver l'équilibre entre les différences de mentalité des deux hommes – l'impulsion de recourir à la police lors des crimes contre les Noirs et, en même temps, de protéger les Noirs de la police – lui avaient causé tous ces problèmes avec Mack et le meurtre de Malvo.

William était mort à présent, et Clayton avait finalement ranimé son amour perdu autrefois. Il vivait avec Naomi à Austin, où il enseignait à la faculté de droit de l'université du Texas. Ils ne s'étaient pas encore mariés, mais ça ne tarderait pas à arriver, Darren n'en doutait pas. Un pareil gâchis lui donnait mal à la tête quand il y réfléchissait trop. Il ne savait jamais s'il devait éprouver du chagrin pour William ou se réjouir pour Clayton. Et Fraternité ou pas, il avait de la peine pour Levi King et pour tous les enfants dont la vie familiale était dictée par les amours chaotiques des adultes chargés de prendre soin d'eux.

Il appela sa mère à une heure de Marshall, à moins de cent cinquante kilomètres de Jefferson, le siège du comté de Marion, sur le mobile qu'il lui avait acheté le mois dernier. Elle répondit tout de suite. On entendait de la musique en arrière-fond, et le souffle du vent. Elle était quelque part en plein air, la radio calée sur son chariot de ménage, imagina Darren, écoutant Betty Wright – le rhythm and blues des exploités. Elle fut sèche avec lui, fâchée d'être interrompue et contrôlée par son fils. « Tu veux quoi ? » demanda-t-elle sans baisser le son, et Darren entendit alors des voix derrière elle, et des tintements de verre. Elle était à une fête avec un tas de gens. Il alla droit au but.

« Où est-il ?

— Où est quoi, petit ? Je t'ai dit que j'étais occupée.

— Le pistolet, mama. Putain, où est-ce que tu l'as mis ?

— Une seconde, je vais couper le haut-parleur.

— Mama...

— Quoi ? Y diront rien, reprit-elle. C'est Fisher et quelques-uns de ses amis de Lake Charles. Y s'intéressent pas à des ragots de village.

— Tu es en Louisiane ? Et ton boulot ?

— Je suis avec mon patron, alors je risque pas d'avoir des ennuis, répliqua-t-elle. Je sais pas pourquoi ça t'inquiète autant, t'es même pas venu me rendre visite.

— Je t'ai vue jeudi, rappela-t-il. J'ai tondu ta pelouse. »

Son discours culpabilisant démarrait en mode automatique, et prise en défaut, elle répéta : « Qu'est-ce que tu veux, Darren ?

— Il est où ?

— En sécurité.

— Où ?

— Il vaut sans doute mieux que tu l'ignores, tu crois pas ? Plausible je ne sais quoi », dit-elle, fouillant son cerveau pour trouver le mot juste. « Opposer un démenti, c'est ça. Je l'ai vu sur Investigation Discovery. » La chaîne câblée dont Darren payait aussi l'abonnement. « Je ne veux pas que mon bébé soit obligé de mentir.

— Je n'aurai à mentir que si quelqu'un pose une question sur le pistolet, rétorqua-t-il. Ce que personne ne fera si tu ne dis pas un mot.

— Jusqu'à présent j'ai gardé ton secret.

— Il ne s'agit pas que de moi. C'est la vie de Mack qui est en jeu aussi. Ils pourraient essayer de mettre l'un ou l'autre d'entre nous en prison pour le meurtre ou la couverture.

— Mack fait pas partie de ma famille, donc c'est pas mon problème. » Elle posa la main sur son téléphone pour demander à quelqu'un de lui passer une écrevisse et du maïs, puis elle fit une promesse à Darren : « C'est toi que j'vais protéger. Chuis ta mama, j'laisserai personne venir t'arrêter. »

Il perçut dans sa voix une intonation qui lui donna envie de la croire. Ce fut, étrangement, l'un des moments les plus empreints de tendresse maternelle qu'il eût jamais connus avec elle. Il se laissa aller à l'idée fantasque qu'il avait mal interprété la situation depuis le début. Peut-être qu'en réalité sa mère avait retiré l'arme du crime de la propriété où il vivait pour protéger son fils. Peut-être que toutes les fois où il était venu chez elle durant ces deux mois, tous les repas qu'ils avaient partagés avaient été sa manière de se rapprocher de lui. Elle avait pris son argent juste parce qu'il l'avait proposé. Mais l'avait-elle ouvertement fait chanter à propos du .38 ? Peut-être qu'il avait tort de la juger sur ses mauvaises actions passées, même s'il y en avait eu beaucoup. « Alors tu n'as pas parlé au procureur ? »

Bell émit un rire enroué, brutal. « Tu veux que je le fasse ?

— Non.

— Alors arrête de t'inquiéter, fils.

— Où est-il, mama ? demanda-t-il. Je me sentirais mieux si je le savais, si je pouvais le prendre et le mettre en sécurité quelque...

— Et laisser tes empreintes dessus ? C'est la dernière chose dont tu aies besoin. » Il entendit une capsule sauter d'une bouteille. Bell but une gorgée et lâcha une petite bouffée d'air, suivie d'un léger rot, très distingué. « Je te l'ai dit, fils, je tiens à toi.

— Merci », dit-il, se sentant troublé un instant, désorienté par l'affection de sa mère. *Je t'aime, mama.* Il essaya de le dire dans sa tête avant de le prononcer à voix haute. Cela paraissait juste pour une fois. Il n'était pas sûr qu'elle l'eût entendu. La musique, les bouteilles de bière, les rires dans le fond, Bell demandant du feu pour sa cigarette. Il entendit le papier brûler quand la fumée emplit ses poumons, puis le flot d'air qu'elle expira comme elle aurait pu le faire pour apaiser la brûlure de l'alcool sur une plaie si elle l'avait élevé, veillant sur le moindre de ses bobos.

« C'est vrai, assura-t-elle en l'apaisant encore, mama tient à toi. »

Elle tira sur sa cigarette, puis : « À ce propos, Puck réclame encore le loyer. Il a vu venir la compagnie du câble, et l'écran plat que tu m'as acheté, et il dit que trois cent cinquante ça suffit plus. Il veut cinq cents par mois à partir de maintenant. » Sa voix prit un ton interrogateur.

« Et tu veux que je paye ça ?

— De quoi diable parlons-nous depuis dix minutes, Darren ? » Elle paraissait exaspérée, mais pas plus qu'il ne l'était à l'autre bout du fil. Quelque chose entre eux, un espoir qu'il s'était autorisé à caresser, venait d'être brisé, et il se sentit lésé de nouveau. Chaque fois qu'il était disposé à tourner la page de leur histoire et à repartir de zéro, chaque fois qu'il s'apprêtait à tout lui pardonner, elle lui assénait une claque sur la main. Elle formula sa demande. « Tu peux y aller et le payer ? Fisher et moi nous allons rester au moins tout le week-end ici, précisa-t-elle.

— Je travaille, mama, je roule en ce moment vers le nord, en direction de Jefferson.

— Eh bien, envoie ta jolie petite chérie sur la route avec l'argent pour qu'elle l'apporte chez moi. On est une famille à présent, qu'elle le veuille ou non...

— Je te l'ai dit, mama, elle t'aime bien. »

Elle claqua la langue, son humeur tournant au

vinaigre dès la seconde où elle n'obtenait pas ce qu'elle voulait. « Eh bien, la famille aide la famille. Ne m'oblige pas à faire quelque chose pour te le rappeler, Darren. Le petit pistolet de Mack peut rester là où je veux... ou *pas*. » Elle adressa ensuite un mot ou deux à Fisher ou à quiconque était avec elle, mais Darren avait perdu le fil. Il avait la tête qui tournait ; pris de vertige à cause de ces allers-retours émotionnels. Plus de quarante ans passés à la côtoyer, et il se retrouvait à la case départ. « Je t'aime, fils », dit Bell. *Je t'aime moi aussi, mama.*

DEUXIÈME PARTIE

5

L'adjoint Bryan Briggs attendait Darren près du tribunal, ou du moins, il le guettait au coin de Polk et d'Austin, agitant les bras comme un clown de rodéo, sans doute persuadé que Darren, tel un étranger incapable de lire les panneaux routiers, manquerait le bâtiment qui se dressait devant lui. Briggs semblait avoir à peine vingt ans, bien que son ventre volumineux eût enjambé plusieurs décennies. Il avait la bedaine et la posture d'un homme plus âgé, malgré son visage enfantin et l'enthousiasme qui se lisait clairement sur ses traits. Il était blanc, ce qui allait presque de soi pour la police du comté de Marion. Les mains sur les hanches, il regarda Darren garer son pick-up Chevy près d'une peinture murale d'un ancien bateau à vapeur, le *Mittie Stephens*.

Ils se trouvaient à un pâté de maisons à peine du bayou Big Cypress, qui avait été autrefois la seule voie permettant les déplacements et les échanges commerciaux entre le monde extérieur et Jefferson. La ville portait le nom du troisième président de la nation et avait été pendant un temps l'une des plus grandes agglomérations de l'État. Le bayou était une large voie navigable qui se jetait à une trentaine de kilomètres à l'est dans le lac Caddo, autrefois route commerciale menant en Louisiane, de l'autre côté de la frontière. À l'époque, les bateaux à vapeur de Shreveport et de La Nouvelle-Orléans traversaient le lac jusqu'à la ville alors portuaire de Jefferson. C'est en partie ce qui lui avait donné cette culture particulière, fortement influencée par les colons français de Louisiane. Sa grand-place était un quartier français miniature – les immeubles coloniaux et style Queen Anne avec des galeries bordées de fer forgé alambiqué – mais sans son sens de l'humour, ni même un soupçon de débauche ; la grand-place ressemblait à une courtisane qui aurait trouvé Jésus. La ville avait un air coincé, pas vraiment conformiste mais enclavé, avec un sens des convenances manifeste dans son apparence distinguée, ses rues pittoresques en brique rouge, et ses jardins résidentiels parfaitement entretenus. Elle donnait l'impression d'en faire trop, comme si elle avait quelque chose à cacher.

C'était une ville réfractaire au progrès.

Autrefois très animée, elle n'était plus aujourd'hui qu'un lieu touristique endormi, rempli de magasins d'antiquités et de boutiques où on pouvait acheter des billets pour des visites guidées de maisons coloniales historiques ou pour les célèbres promenades hantées. Vous pouviez aussi vous procurer des ouvrages sur l'histoire de la grande époque de Jefferson, avant la guerre de Sécession, avant que Shreveport fût devenu à sa place le centre fluvial d'un commerce foisonnant. Lorsque les barons des chemins de fer du Texas et de la Pacific Railway Company abandonnèrent Jefferson pour Marshall, située tout près, la ville ne s'en releva pas.

Darren n'y était venu qu'une seule fois, à douze ans, pour rendre visite au colocataire de la première année de Clayton à Prairie View, Marcus Aldrich. Ce dernier vivait alors à Jefferson depuis des années, ayant rencontré et épousé une femme blanche qui tenait l'un des nombreux *bed and breakfast* en ville. Le mariage avait pris fin, et Clayton était venu donner un coup de main à son ami pour son déménagement. Darren le soupçonnait néanmoins d'avoir fait ce trajet de deux heures et demie en voiture pour savourer un je-te-l'avais-bien-dit et encourager son copain à faire enfin quelque chose de son PhD d'histoire au lieu de distribuer des dépliants sur les plantations aux clients de l'auberge. Apparemment Darren n'était pas le seul à être en butte aux commentaires de son oncle sur ses choix de vie.

Il descendit de son véhicule. L'adjoint Briggs l'attendait, sa hanche grassouillette appuyée contre un antique réverbère au gaz décoré de guirlandes de Noël et de minuscules clochettes qui tintaient dans la légère brise à l'odeur de bayou. Ils étaient assez près du lac Caddo pour capter l'odeur de tourbe de l'eau du marais, le relent musqué des coquilles d'huîtres, le parfum doux de la mousse espagnole. Ce mélange embaumait autant les rues de Jefferson que l'arôme du poisson-chat et de l'alligator frits flottant devant les restaurants à l'heure du déjeuner.

« Je vais chercher ma voiture de patrouille derrière le tribunal, dit Briggs. Vous pouvez me suivre jusqu'à la grand-route. Il y a pas mal de virages pour arriver là-bas, mais suivez-moi de près, et je m'arrangerai pour pas vous perdre.

— Ce n'est pas nécessaire », répondit Darren,

souriant pour lui montrer qu'il appréciait cette attention, et n'entendait pas être impoli. « Si vous me donnez des indications, je suis sûr de trouver mon chemin.

— Eh bien, oui et non. Hopetown est situé tout au fond des bois le long du lac Caddo. La dernière fois que j'y suis allé, je suis passé devant sans le voir, dit Briggs, sortant ses clés de voiture. En plus, j'ai reçu des ordres du shérif. » Qui avait été briefé par Wilson, savait Darren. C'était le deal auquel il avait donné son accord. Il hocha la tête en signe d'assentiment, puis remonta dans son pick-up pour attendre que l'adjoint démarre.

Lorsque Darren se gara derrière la voiture blanche de Briggs dans le minuscule hameau de Hopetown, Marnie King et Gil Thomason étaient assis devant leur caravane peinte en bleu larmoyant avec des huisseries blanches, calée d'un côté sur des briques. Près de soixante-douze heures après avoir signalé la disparition de Levi King, ils refusaient toujours de laisser entrer un membre de la police sans mandat. Gil Thomason connaissait ses droits, et il les énonçait d'une voix forte quand Darren descendit de son pick-up. « Je veux dire, putain, que si le gosse était dans la maison, on vous aurait pas appelés », tonnait-il. Gil se tourna vers sa chérie, la mère du garçon, dans l'espoir qu'elle témoigne elle aussi de cette situation absurde. Mais Marnie regardait au loin, ne prêtant attention ni à Gil ni aux hommes du shérif regroupés dans une cour jonchée de détritus et de débris de bateaux rouillés. Elle roulait une cigarette entre ses paumes comme si c'était un galet anti-stress. Elle glissa enfin la main sous la ceinture de son legging pour attraper un briquet et l'allumer. Puis elle dit à Gil de la fermer. Sa voix rauque faisait penser à de la vieille mélasse constellée de cristaux. Elle était très menue, avec des pieds aussi petits que ceux d'un enfant, et portait un débardeur rose pâle. Darren vit ses côtes saillantes sous le tissu.

À Hopetown, tout paraissait aussi misérable et sous-alimenté que Marnie King.

Sa caravane était située dans la rangée du milieu d'un réseau de chemins de terre, dont chacun était peuplé de logements mobiles de toutes sortes : des caravanes, deux camionnettes, une péniche tirée hors de l'eau et aménagée pour la rendre habitable. Quelqu'un avait fixé une antenne satellite sur le toit, et construit une allée grandiose jusqu'à la porte d'entrée en utilisant des coquilles d'huîtres pilées. Deux nains de jardin noirs en céramique encadraient le seuil. Une personne dotée d'une curieuse conception de l'histoire, et de l'humour, avait glissé de minuscules drapeaux confédérés dans leurs mains. Darren se surprit à rechercher des signes de la présence de la Fraternité Aryenne du Texas, par exemple des tatouages sur la peau de Gil Thomason. Le compagnon de Marnie King portait un tee-shirt à manches longues BIG PINES LODGE, et le seul détail visible depuis l'endroit où se tenait Darren était l'expression indignée de son visage. « Qu'est-ce qu'y fout là, putain ? » aboya Gil.

Il indiquait du menton l'homme noir avec son insigne et son chapeau.

Steve Quinn, le shérif du comté de Marion, se retourna vers Darren qu'il voyait pour la première fois. À quarante ans à peine, il était jeune pour ce poste, avec des cheveux bruns et une peau blanche grêlée par l'acné. Pourtant il était beau, solide. Debout à côté d'une voiture de police garée devant la caravane, il examina Darren un long moment, ne formula aucune objection, et répondit : « Le Ranger Mathews est ici pour vous aider à retrouver votre fils.

— Mon fils, rectifia Marnie. Vous avez parlé à sa grand-mère ?

— M'dame, je vous l'ai déjà dit, le protocole exige que nous commencions ici, pour exclure tout problème domestique, et même l'éventualité d'une fugue de votre fils qui se cache peut-être chez un ami en ce moment.

— Je sais exactement où il est, déclara Marnie. C'est Rosemary la responsable.

— Eh bien, si je peux jeter un coup d'œil à sa chambre, m'dame, je pourrais...

— Quoi, et laisser ce fils de pute fouiner dans ma merde ? s'exclama Gil. J'en ai rien à foutre de l'étoile sur sa poitrine, pas question qu'un nègre entre chez moi. »

Le shérif Quinn soupira avec une expression où se lisaient l'exaspération et une sorte de gêne. Darren sentit monter une bouffée de rage ; son cœur se mit à battre, et il avait des fourmis au bout des doigts. Il eut envie de frapper quelqu'un, Gil Thomason, par exemple, mais aussi son lieutenant qui l'avait obligé à faire plus de trois cents kilomètres pour se faire insulter de cette façon. Il parvint à se contrôler, essayant de se rappeler qu'il s'agissait d'un gamin de neuf ans, s'efforçant, comme toujours, de raison garder. Cet effort le fit soupirer. Il retira son Stetson et s'agenouilla devant Marnie King qui était assise sur les marches de sa caravane. Elle sentait le talc et les cigarettes, l'haleine aigre, fermentée à cause de ce qu'elle avait bu avant l'arrivée des flics. « Madame », dit-il. Gil essaya de se glisser entre eux, prêt à protéger Marnie de ce bizarre homme noir, rapprochant dangereusement ses genoux du visage de Darren. Le Ranger secoua vivement la tête et dit : « Tu vas devoir reculer de cinquante centimètres, fils. » Ce *fils,* cousin de *petit,* provoqua la fureur de Gil.

« Sale nègre, je vais...

— Comment ? » dit Darren, posant la main sur son Colt avant que Gil ait eu le temps de bouger.

Gil recula de quelques centimètres à peine, et le shérif Quinn intervint : « Allez, allez, on se calme. » Il était difficile de savoir s'il s'adressait à Gil ou à Darren.

Darren parla à Marnie avec une gentillesse qui ne dissimulait pas son dégoût pour ses choix de vie, dont un seul suffirait à expliquer la disparition de son enfant. « Il est parti depuis quand ? » Il scruta ses yeux d'un vert boueux, la couleur de l'eau marécageuse du lac Caddo.

« L'est pas rentré vendredi après-midi », répondit-elle, levant son menton osseux. Darren jeta un coup d'œil à son bracelet-montre, comme s'il s'apercevait à l'instant que c'était déjà lundi. « Eh bien, madame, commença-t-il, les chances de retrouver un enfant disparu depuis plus de quarante-huit heures sont très minces. Nous sommes là pour vous aider. »

Ce n'était pas sa vraie mission ici, mais ils n'avaient pas besoin de le savoir.

En tout cas, s'il parvenait à localiser le garçon, il aurait meilleure conscience concernant le plan qu'il avait élaboré plus tôt, à environ cent cinquante kilomètres du comté de Marion : s'il réussissait à découvrir la moindre preuve – réelle ou fabriquée – reliant Bill King au meurtre de Ronnie Malvo, Mack et lui seraient tirés d'affaire. Le procureur Frank Vaughn et le comté de San Jacinto ne pourraient plus rien contre eux, et Wilson aurait ce dont il avait besoin pour épingler Bill « Big Kill » King. Un contrat mis sur la tête d'un indic lui permettrait de réclamer une peine conséquente à ajouter à l'affaire fédérale contre la Fraternité Aryenne du Texas. Darren avait déjà imaginé une contrepartie tordue et eu à ce propos une discussion avec son oncle William sur la route. Bill récupérerait son gosse et en échange, il passerait le reste de sa vie en prison, où était sa place. William n'avait pas dit un mot, puisqu'il était mort, mais Darren sentait sa désapprobation, aussi glacée que le souffle d'un fantôme sur sa nuque. Il avait allumé la radio et baissé les vitres de son pick-up – n'importe quoi pour noyer sa peur de tomber de la falaise de sa propre morale. Lightnin'Hopkins et Jessie Mac Hemphill passaient à l'antenne, un blues de métayer sur une seule corde, de l'époque où le sens du bien et du mal n'existait plus quand on traitait avec les Blancs. Seule comptait la survie.

« Il n'a pas *disparu,* insista Marnie. Sa grand-mère l'a récupéré.

— Et si ce n'est pas le cas ? » dit doucement Darren.

Ce fut alors qu'il vit sa peur, et comprit qu'elle avait beau répéter que la grand-mère du garçon l'avait pris chez elle, Marnie King n'en était pas si sûre, c'était simplement une théorie à laquelle elle se raccrochait car l'alternative qui lui traversait l'esprit à cet instant la faisait frissonner. Darren vit son front plissé frémir d'une terreur qui irradiait son corps Elle leva les yeux vers son compagnon, Gil, debout près de l'escalier, et ravala aussitôt sa peur. « C'est un coup de Rosemary », dit-elle.

Gil acquiesça, se grattant la racine des cheveux, les épaisses touffes de boucles désordonnées virant au gris. Il portait un jean noir ample, maintenu par une ceinture ornée d'une boucle de la taille d'une brique qui, si elle avait été en argent, aurait pu lui permettre de repeindre la caravane et de se procurer une nouvelle paire de roues. Il était pieds nus dans la terre et les cailloux, et semblait craindre que le shérif ne lui emboîte le pas s'il rentrait chez lui enfiler ses bottes. Pour Gil Thomason, ce qui se trouvait dans cette caravane valait la peine de gaspiller le temps que Levi King n'avait pas. Darren leva les yeux et vit une adolescente debout à la fenêtre. Elle avait un teint laiteux, les yeux charbonneux, et portait une veste en cuir trop large de deux tailles. Elle observait toute la scène, Gil et Marnie devant la porte, le shérif et les adjoints, et Darren. La fille et le Ranger du Texas échangèrent un regard, et il s'aperçut alors qu'elle était en larmes, et pleurait sans doute depuis un bon moment.

« C'est encore une saloperie de magouille mijotée par Rosemary King, vous pouvez me croire », déclara Gil avec l'autorité d'un homme qui s'y connaît en arnaques. « Elle prend le gosse, elle met l'shérif dans l'coup, elle persuade le juge qu'elle a embobiné au tribunal de v'nir fourrer son nez ici, une bonne raison pour dire qu'on est des incapables, et Marnie perd la garde fissa, et Rosemary a pus besoin d'payer la pension pour le môme. »

Le shérif Quinn secoua la tête. « C'est vous qui avez signalé la disparition de l'enfant.

— Il a *pas* disparu, répéta Marnie d'une voix aiguë et glaciale. Y faut qu'vous alliez voir cette vieille pute à Jefferson, et vous me ramenez mon fils. » Sa voix se brisa sur ce dernier mot, ouvrant une brèche abyssale en elle. Marnie se mit à sangloter, de grosses larmes dégoulinant sur son débardeur rose qui vira au rouge sang.

Briggs avait raison. Hopetown était difficile à trouver.

C'était une bande de terrain sans statut légal enclavée au bout d'un chemin de terre si envahi par la végétation – pins et petits chênes à épingles, mouron des oiseaux poussant dans tous les sens – que quiconque ignorant ce qui s'y trouvait aurait renoncé et fait demi-tour dès les premiers mètres. Le seul autre moyen d'accéder à ce hameau était de traverser en bateau le nord du lac Caddo. Mais la rive du lac la plus proche était bordée de cyprès chauves drapés dans une mousse espagnole couleur des favoris d'un vieillard, les racines noueuses des arbres se dressant hors de l'eau comme une rangée de soldats tenant les étrangers à distance. Il y avait là des gens qui vivaient à l'abri des regards, entièrement dissimulés par la terre et l'eau. L'air sentait la mousse de tourbe, le poisson crevé et le sol humide et marécageux près de la rive.

Et le crottin de cheval. Ce qui était bizarre, parce que le seul animal à quatre pattes était un chien galeux en train de renifler un emballage de tarte aux cerises Hostess dans l'herbe.

Darren, le shérif Quinn et l'adjoint Briggs avaient

déplacé leurs véhicules pour les garer près d'une rangée de péniches, à quelques mètres du rivage, afin de pouvoir parler librement. Quinn racontait à Darren la dernière journée du garçon. « La maman et son copain faisaient des courses à Jefferson et Marshall, ce qui, connaissant Gil Thomason, pouvait aussi bien être l'achat de brillantine et de papier toilette chez Kroger que la vente de numéros de cartes de crédit sous un pont quelconque. Ce type est une merde intégrale. Trafic de faux papiers, de cartes de crédit, et de drogue, bien sûr. C'est une vraie crapule touche-à-tout. C'est pour ça qu'il refuse de nous faire entrer.

— Je suis surpris que le juge n'ait pas encore signé de mandat.

— D'après moi, tout le monde espère qu'il y a une explication simple à cette affaire, que le gamin est parti ou que la grand-mère est impliquée dans cette disparition d'une façon ou d'une autre. Les problèmes n'ont jamais manqué dans cette famille », dit Quinn en indiquant du menton la caravane bleu et blanc au loin. Depuis cet endroit si proche du rivage, Darren avait une vue d'ensemble plus large de Hopetown. Derrière la rangée de caravanes, il y avait un vallon peu profond, vert et luxuriant, aussi foisonnant que le parc était asséché et désolé. Pas de logements mobiles, mais de vraies maisons construites sur des fondations plus solides que des briques et des roues. Il y avait aussi une drôle de hutte en chaume, comme un chapeau de champignon. Darren repensa à l'odeur de chevaux et se demanda ce qu'il y avait là-bas, dans cet autre Hopetown. « Le gosse a eu des problèmes, dit Quinn. Il a séché l'école, commis des petits délits. Mes adjoints ont dû intervenir ici plus d'une fois. »

Darren fit la grimace. « Il n'a que neuf ans.

— Et un papa en taule et une mama qui s'est mise en ménage avec un criminel. Y a personne qui ose le dire tout haut, mais moi si », affirma le shérif. Il jeta un coup d'œil à la voiture de police garée derrière eux où Briggs était assis sur le siège du chauffeur, la portière ouverte, les pieds posés à l'extérieur. Il était en train d'écrire un texto sur son téléphone. « Mais les King ne s'attirent pas forcément beaucoup de sympathie dans ce coin. Sauf Rosemary. C'est une autre histoire.

— Bill King, son fils, est un capitaine de la Fraternité.

— Un tas de gens veulent l'oublier. Rosemary King est quelqu'un d'influent à Jefferson.

— Et Gil Thomason ? C'est un membre de la FAT ?

— Un aspirant, répondit Quinn. Mais ce sont les pires. »

Darren hocha la tête. Il aimait bien le shérif, le gars jouait franc jeu avec lui, et n'avait pas l'air du tout contrarié par la présence du Ranger dans son comté. « Bill King semble mettre ça sur le dos de Gil, poursuivit-il, et il croit que le copain de Marnie pourrait avoir fait quelque chose à l'enfant ou mis Levi en danger. Les gens sont vachement énervés en ce moment. Bordel, j'ai deux gosses à la maison, et j'aurais fouillé ce comté de fond en comble pour les retrouver s'ils avaient disparu. Quelque chose ne tourne pas rond chez Thomason, ça c'est sûr, y a un vrai problème. Mais jusqu'ici, aucune trace de crime, rien de ce genre. Le gosse a disparu, point barre. »

Il avait quitté la maison dans l'après-midi, raconta Quinn. Sa sœur aînée – la fille aperçue à la fenêtre de la caravane – avait permis à Levi de prendre le bateau de leur grand-père, alors que Marnie ne l'aurait pas autorisé, ils le savaient tous les deux. Le bateau n'avait pas beaucoup servi depuis la mort du père de Marnie à l'automne, et personne ne s'en occupait vraiment. Mais Dana recevait son petit ami et voulait un peu d'intimité. Elle avait demandé à Levi de partir pendant quelques heures. Le garçon était allé jusqu'à Karnack, de l'autre côté du lac Caddo – une étendue d'eau si vaste, comprit Darren, que certaines parties avaient leurs propres noms, ainsi que la poignée d'îles qui se dressaient au milieu des nénuphars et des cyprès drapés de mousse. Quinn, qui gardait une carte du lac dans sa voiture, la déplia sur le capot. Il fit glisser son index poilu sur la crique nommée Clinton Lake, dépassa Goat Island, et traversa la baie de Carter Lake à l'ouest, où Levi avait passé presque tout l'après-midi chez un ami, à jouer à des jeux vidéo. Le garçon, CT, avait été la première personne à qui Dana avait téléphoné quand son frère n'était pas rentré à la nuit.

Darren examina la carte plus attentivement. Même sur le papier, le lac Caddo était plus vaste qu'il ne l'avait imaginé. On aurait dit un monstre avec une tête qui crachait du feu au nord – les bayous et les criques jaillis de sa gueule ressemblant à une langue fourchue et à des flammes – et un corps si massif qu'il s'appropriait des parties de la Louisiane. C'était une mer fermée, tortueuse, totalement indomptée. Darren porta son regard au-delà des hangars à bateaux sur la côte escarpée de Hopetown. Seul un matelot qualifié pourrait naviguer au milieu de cette forteresse de cyprès chauves, de racines – ou genoux, ainsi qu'on les appelait – telles des matraques dressées dans l'eau. Le lac Caddo était à la fois majestueux et macabre. « C'est une longue distance pour un enfant de neuf ans dans un bateau pourri.

— Ici, c'est un autre monde. J'ai vu des gamins de sept ans naviguer sur des bateaux de pêche de quatre mètres. Ils les mettent dans des canots dès qu'ils savent marcher. Les anciens de Caddo aiment raconter qu'ils se rendaient à l'école en barque, en essayant de ne pas mouiller leurs devoirs. Pour les gens du lac, l'eau fait simplement partie de leur vie.

— Mais quelque chose aurait pu lui arriver ici.

— Noon, nous avons un témoin qui l'a vu rentrer chez lui, dit Quinn en lançant un coup d'œil à l'adjoint Briggs. Un voisin qui habite par là, précisa-t-il, désignant l'autre Hopetown, la vallée verte et les maisons après les caravanes et les camionnettes. Il affirme qu'il a vu le garçon verrouiller le hangar. Il n'a pas vu le bateau mais supposé que l'enfant venait de rentrer pour la nuit. Marnie et Gil ne nous ont pas non plus autorisés à y pénétrer, mais vous voyez qu'il est fermé à clé. » Il indiqua une remise en bardeaux bruts avec un toit de tôle et un épais cadenas accroché aux poignées de la porte. Darren leva les yeux. Il ne vit aucun réverbère, aucune lampe fixée aux hangars, aucune sorte d'éclairage. « Il est sûr que c'était Levi King ?

— Vous voulez le lui demander vous-même ? »

Darren sentit de nouveau une odeur de chevaux, il entendit le bruit des sabots sur le sol. Il sut qu'ils étaient trois avant même de tourner la tête. Le premier cavalier était noir, sans doute âgé de près de quatre-vingts ans ; les suivants étaient plus jeunes, à califourchon sur deux mustangs gris anthracite. C'étaient des Amérindiens du Texas, l'un devait avoir dix-huit ou dix-neuf ans, l'autre une quarantaine d'années, la peau couleur de bronze, les mains sur les rênes de leur monture, communiquant par des gestes infimes, maîtrisant avec douceur leur étalon. Tous les trois armés, les hommes d'un .45 chacun, l'adolescent d'un fusil suspendu dans son dos avec une lanière de cuir. L'homme noir regarda Darren et le salua de la tête en se présentant : « Leroy Page ».

6

Ils venaient de cet autre Hopetown.

Les habitants d'origine, découvrit Darren.

« Grâce à une sorte de marché des affranchis, les Noirs vivent là depuis la fin de la guerre de Sécession », expliqua Quinn lorsqu'ils s'assirent sur un canapé décoré dans le petit salon de Rosemary King, le terme employé par la domestique noire quand elle proposa au shérif et à Darren d'attendre Madame. Sur la table dorée devant eux refroidissait le thé servi dans deux tasses de porcelaine assorties. Elles restèrent intactes durant les vingt minutes où ils durent patienter.

À Hopetown, Leroy Page avait confirmé son compte rendu de vendredi soir. En tant que doyen de sa communauté, il se chargeait de faire régner la paix en ville. « Il y a eu quelques problèmes avec l'arrivée de nouvelles personnes, dit-il sans rentrer dans les détails. Je me fais donc un devoir de garder les yeux ouverts. » Il patrouillait à cheval quand il avait « vu le garçon verrouiller le hangar à bateaux là-bas ». Il avait désigné la remise construite de bric et de broc.

« Je l'ai salué de la tête, mais il m'a pas parlé. C'est

comme ça qu'ils l'ont élevé, vous savez», dit-il en regardant Darren. En fait, Leroy Page n'aimait pas beaucoup le garçon, et encore moins sa mama et la canaille qu'elle avait ramenée à Hopetown.

Pourtant ses hommes et lui offraient leur aide.

L'Amérindien le plus âgé, Donald Goodfellow, proposa de réunir une équipe de recherche en une heure. La nouvelle s'était répandue, et Donald aurait souhaité la même chose si l'un de ses enfants avait disparu. L'adolescent qui montait l'autre cheval était son fils Ray. Le shérif Quinn observa que tout le monde précipitait un peu trop les choses.

« Nous allons d'abord parler à la grand-mère de l'enfant, dit-il. Et sans doute régler cette affaire avant le coucher du soleil. » Sa façon d'aborder la situation était décontractée à un point que Darren avait du mal à accepter. Il demanda au vieil homme de décrire les vêtements du garçon, afin de déterminer clairement l'heure qu'il était à ce moment-là.

Leroy Page fronça les sourcils, s'efforçant de trouver la bonne réponse.

Ce fut l'apparence trouble de la cataracte dans ses yeux qui indiqua à Darren que l'homme avait sans doute plus de quatre-vingts ans. Lorsqu'il avait mis pied à terre pour donner sa version des faits, Darren avait perçu le poids de l'âge sur ses os, et le léger affaissement de sa posture. C'était un vieil homme à la vision défaillante dont le souvenir d'avoir vu Levi avait servi de base à la théorie du shérif selon laquelle l'enfant était rentré chez lui vendredi soir et avait disparu ensuite.

Darren pensait que le shérif se fondait trop sur des faits non vérifiés. Il mentionna l'eau de nouveau, mais

Quinn écarta son hypothèse du geste. « Elle paraît profonde, c'est tout, dit-il. Mais à certains endroits elle atteint un mètre à peine. Impossible de s'y noyer depuis l'époque des bateaux à vapeur. » Ça semblait malgré tout très profond pour un gamin de neuf ans.

Quinn prit l'un des biscuits au beurre sur un plateau de service, fit la grimace après une bouchée, et le reposa. Peu importe, pensa Darren. C'était l'enquête de Quinn. Darren était là pour chercher ce qu'il pouvait sur le lien avec la Fraternité, et glaner des infos pour la force opérationnelle. Tout ce dont il avait besoin, c'était de se retrouver seul dans une pièce avec Gil, Marnie ou Bill King, et il déclencherait alors son plan d'action. Aucun d'eux ne valait le crottin qu'il avait dû gratter sur les semelles de ses bottes devant la porte d'entrée de Rosemary King. Que cette femme vivant dans le palais victorien colonial où était assis Darren à présent fût la mère d'un capitaine de la Fraternité Aryenne, actuellement emprisonné dans un pénitencier du Texas, était à peu près aussi logique que l'existence d'une communauté d'affranchis partageant des biens immobiliers avec des nazis.

Darren avait reçu deux textos pendant qu'ils attendaient.

L'un, étrange, de son vieil ami Greg demandant : « T'es là où je pense ? »

Et l'autre, inquiétant : « Il faut qu'on parle », écrivait Mack.

Darren rangeait son téléphone quand Rosemary King entra dans son salon suivie d'un homme négligé un peu plus jeune qu'elle, moins de soixante ans. Rosemary était une femme aux larges épaules avec une masse de cheveux gris-blond qui s'échappaient d'un chignon. Elle avait le visage en feu. Ses joues et son décolleté, que laissait voir sa robe-chemisier blanche impeccable, étaient rose vif. On pouvait en dire autant de son invité. Il portait un veston – en lin, alors qu'on était au mois de décembre – mais pas de cravate. Darren n'avait aucune idée de la disposition de la maison, mais il paraissait évident qu'ils venaient d'en haut.

Rosemary pria Mary, sa domestique, de leur apporter deux verres d'eau. « Avec des glaçons », dit-elle en s'asseyant. Puis elle lança un regard en coin à l'homme qui avait pris place à côté d'elle. Il y avait dans cet échange quelque chose d'intime et de complice qui mit Darren mal à l'aise. Qu'avaient-ils interrompu au juste, et pourquoi cette femme n'avait-elle pas été prête à recevoir le shérif qui était à la recherche de son petit-fils disparu ? « Shérif, puis-je demander à Mary de vous apporter autre chose ? Préférez-vous un Coca ou du café ?

— Non madame.

— Ranger ?

— Je suis certain que Mary en a fait assez », répondit Darren.

Rosemary tourna de nouveau son attention vers le shérif local. « Steve, quand vous m'avez téléphoné hier, je vous ai dit que je n'avais pas vu Levi depuis avant Thanksgiving. Marnie ne fait pas grand-chose pour me permettre d'avoir une relation avec mon petit-fils. »

Darren se pencha et dit : « Peut-être vaudrait-il mieux discuter de cela en privé. » Il adressa un signe poli à l'homme assis sur le fauteuil King Louis en face de lui. L'autre sourit, un peu embarrassé.

« Oh, il peut rester, dit Rosemary, tendant la main pour attraper le verre d'eau offert par Mary avant même qu'elle l'eût posé sur la table basse. Roger Pressman est mon avocat. »

Darren lança un coup d'œil à Quinn qui hocha la tête :

« Roger.

— Steve. »

Les deux hommes se connaissaient.

Roger Pressman but son eau en trois gorgées, puis tendit son verre à Mary pour en avoir un autre. La femme noire, qui n'avait pas croisé le regard de Darren, repartit là d'où elle était venue sans prononcer un mot.

« Pour quelle raison avez-vous éprouvé le besoin de faire venir votre avocat ? »

Rosemary chassa cette idée de la main. « Il est passé par hasard. »

Encore ce regard entre eux.

Roger sourit, disant : « Mais tant que je suis là. »

Rosemary tripota le collier perle-goutte qu'elle portait. « Roger s'occupe de tous les dossiers personnels et professionnels de la famille King. Ce problème avec Levi le concerne tout autant. Je me sentirais plus à l'aise s'il restait. »

Quinn acquiesça.

Mais Darren se dit que tout cela ressemblait à une mise en scène. Il se demanda même si l'apparent cinq à sept interrompu n'était pas une comédie. Ne savait-elle pas que Quinn et Darren allaient arriver ? L'adjoint Briggs, qui était assis dans sa voiture garée près de la remise à calèches du manoir, l'avait prévenue par téléphone.

Darren fixa les yeux de la vieille dame. Bleu turquoise, nichés dans le pâle crêpe de sa peau, ils semblaient le sonder. Elle observait Darren Mathews avec une intensité égale à la sienne. À deux reprises, son regard se posa un bref instant sur l'insigne de Ranger. La présence de Darren sous son toit semblait la prendre au dépourvu chaque fois qu'elle l'examinait de nouveau, remuant imperceptiblement sur sa chaise dorée. Pour cette raison, sans doute, elle s'adressa au shérif Quinn et à lui seul : Darren était aussi invisible que les mains noires qui lui apportaient son eau glacée. « Je ne l'ai pas vu, dit-elle à Quinn. Et je n'exclurais pas la possibilité que Marnie ait inventé cette histoire juste pour retenir mon attention, et me soutirer plus d'argent.

— Excusez-moi, dit Darren. Mais comment la disparition de votre petit-fils serait-elle pour Marnie un moyen de vous "soutirer" de l'argent ? »

Rosemary l'ignora et répondit à Quinn : « Qui peut affirmer qu'elle n'a pas planqué le garçon quelque part juste pour me faire peur et réclamer de l'argent ? »

Roger posa une main sur son genou pour la mettre en garde. « Évitons de nous orienter sur la pente de la diffamation. Nous savons à quel point Marnie et Gil peuvent se montrer opportunistes. » Il portait une chevalière ornée d'un rubis à la main droite et un diamant au petit doigt de la main gauche, mais pas d'alliance.

« Je lui envoie deux cents dollars par mois et elle tend encore la main.

— Deux cents dollars n'est pas une grosse somme pour deux enfants, commenta Darren.

— L'aînée n'est pas ma petite-fille, rétorqua

Rosemary. Marnie est aussi légère qu'une tente de cirque dans un vent de tempête, comme disait ma mère. C'est le juge qui a ordonné à Bill de payer deux cents dollars dans l'accord de divorce. La pension alimentaire pour Levi. Je couvre les frais jusqu'à ce qu'il sorte de prison. » Elle jeta un coup d'œil à Roger. « Bientôt, nous l'espérons.

— Votre fils a écrit une lettre au gouverneur », intervint Darren.

La mention de son fils dans la bouche de Darren embrasa l'hostilité qui couvait déjà chez Rosemary à son égard. Elle refusa encore de s'adresser à lui directement, disant à Roger : « Je ne veux pas parler de Bill.

— Bill a écrit au gouverneur pendant les trois dernières années », répondit Roger à sa place, un acte chevaleresque destiné à lui éviter de parler à Darren, comme s'il lui tenait gentiment le coude pour l'aider à contourner une flaque d'eau. Cela inspira à Darren un curieux sentiment de dislocation ; l'espace d'une seconde il eut l'impression d'être devenu invisible. Comme s'il s'était égaré sur un plateau de tournage. Il voyait les comédiens, mais n'avait aucun rôle à jouer dans le scénario qui se déroulait autour de lui.

« Bill King a changé en prison, dit Roger. Il a fait la paix avec le Christ. Il a renoncé à son mode de vie d'avant, aux vilaines choses qu'il a commises. Nous avons toutes les raisons de croire que le comité de libération conditionnelle et le gouverneur en personne jugeront possible d'envisager sa mise en liberté anticipée.

— Il est temps, s'écria Rosemary, avec l'assurance d'une femme habituée à obtenir ce qu'elle voulait.

— Le Ranger Mathews, dit Quinn, fait partie d'une

force opérationnelle mixte qui enquête sur la Fraternité Aryenne du Texas. Toute information dont dispose votre fils qui pourrait aider les autorités lui permettrait d'avoir une longueur d'avance sur sa libération anticipée.

— Non », intervint aussitôt Roger. Il tapota de nouveau le genou de Rosemary, un geste destiné à la rassurer et non plus à la mettre en garde, sa main s'y attardant un instant. Rosemary serra violemment ses lèvres rouge corail et la peau tout autour s'enflamma, virant au violet. Elle contractait si fort sa mâchoire que Darren vit la veine sinueuse de sa tempe vibrer de colère.

« J'ai ordonné à mon fils d'en finir avec cette saloperie, dit-elle. Il rentrera à la maison sans fardeau. Il ne passera pas le reste de ses jours à regarder par-dessus son épaule de peur que quelqu'un cherche à se venger de lui parce qu'il s'est rendu coupable de délation. Il purgera sa peine. Ensuite il recommencera de zéro. Je lui ai dit d'oublier qu'il a été impliqué avec des nazis. »

Ah, vraiment ?

Darren sut qu'il avait le pouvoir de faire disparaître de son visage cette suffisance arrogante, et cela lui procura une telle satisfaction qu'il en fut à la fois excité et terrifié. Il n'arrivait pas à croire qu'il envisageait réellement de fabriquer des preuves, et ne se reconnaissait plus. L'idée effrayante que cette sensation d'invisibilité venait de sa propre imagination lui traversa l'esprit. « Je crains que ce ne soit pas aussi simple », dit-il. Une rage sourde monta en lui à l'idée que Bill « Big Kill » King pouvait simplement oublier qu'il avait été le membre d'un gang dont le rite d'initiation consistait à éliminer une vie noire. Il avait sauvagement tué un homme et n'avait été condamné à aucune peine après la décision d'un grand jury du comté de Marion de le relâcher ; c'était la vente d'opiacés et de meth à des Blancs qui avait paru inadmissible aux braves gens d'ici. « Vous dites que la Fraternité Aryenne est une saloperie. Eh bien, une partie de cette saloperie est venue de chez vous.

— Je n'ai pas élevé un raciste.

— Dit la personne qui m'a à peine adressé la parole depuis mon arrivée.

— Je n'ai pas de problème avec les Noirs, Ranger Mathews. J'en ai deux sous mon toit, Mary et Clyde, mon chauffeur. Mais je n'aime pas recevoir des inconnus chez moi, en particulier ceux qui cherchent à se servir de mon fils. Bill a changé. Il ne veut plus rien avoir à faire avec la Fraternité Aryenne, et il ne vous dira pas un mot. » Sentant comment cela pouvait être interprété, elle ajouta aussitôt : « Et ce n'est pas parce que vous êtes noir. »

Darren sourit malgré lui. « Vous voyez, je n'y pensais même pas. »

Le shérif Quinn grogna comme s'il avait émis un renvoi aigre. « Whou, on se calme. »

Roger baissait la tête, examinant un fil sorti de son pantalon. Mais Darren ne souffrait pas de l'affliction particulière qui accablait plus d'une personne blanche bien intentionnée – une réaction allergique à toute conversation sur la race, une urticaire émotionnelle qui se déclenchait et vous bloquait la gorge – et il ne se laissa pas démonter. « Madame King, votre fils...

— Je ne dis pas que je me suis toujours sentie à l'aise avec les Noirs », dit-elle assez doucement, jouant de nouveau avec la perle blanche de son pendentif. Elle était devenue pensive, s'interrogeant sur ce qui était arrivé à son fils. « Je ne les fréquente pas. Ça ne se fait pas ici ; je n'ai pas été élevée de cette façon. Ma famille est venue de Louisiane juste avant la guerre de Sécession, et nous avions notre manière à nous de faire les choses. Je n'ai jamais voulu de mal aux Noirs – je ne suis pas *comme eux,* si vous voyez ce que je veux dire ? » Plus effrayant encore, Darren vit que Roger et Quinn, qu'il commençait à apprécier, hochaient la tête d'un air compréhensif. Darren sentit ses membres se raidir sur ce canapé ridicule. « Je n'ai pas fait d'histoires quand ils ont intégré le lycée, dit-elle. Il y avait une fille de couleur dans ma classe d'économie domestique. Elle faisait le meilleur gâteau au citron que j'aie jamais mangé, et elle sentait la lavande et le miel, ajouta-t-elle d'un ton légèrement surpris. Nous aimions toutes les deux la même sorte de brillant à lèvres. Nous parlions même de garçons. Mais je ne l'aurais jamais ramenée à la maison. Je crois que je n'ai jamais accueilli de Noirs chez moi, à part Mary et Clyde, bien sûr... et vous.

— Rosie… » dit Roger, une tentative délicate pour l'obliger à se taire.

Elle secoua la tête, indignée, furieuse d'avoir été forcée d'admettre tout ceci. Puis son cou se redressa, et sa conviction d'être quelqu'un de bien se renforça elle aussi. « Mais écoutez, dit-elle à Darren, je n'ai jamais discriminé une personne noire, ni mexicaine, de ma vie. Je ne les ai jamais bannies de mon hôtel. Je veux dire, pas depuis que c'est devenu illégal de faire ce genre de chose. Nous avons toujours respecté la loi. »

Rosemary King possédait l'hôtel Cardinal, où

Darren logerait en ville. Elle tint à le préciser, et promit de téléphoner à l'avance pour s'assurer que le Ranger Mathews aurait l'une des plus belles chambres, une suite au rez-de-chaussée avec vue sur le jardin. L'hôtel de luxe était l'un des plus anciens de l'État. Sa famille l'avait construit l'année où elle avait quitté La Nouvelle-Orléans pour s'installer à Jefferson, le transformant en un palais somptueux où venaient les riches marchands et les barons du commerce maritime pendant le XIXe siècle et le début du XXe ; le bruit courait que le président Benjamin Harrison était descendu au Cardinal. Mais en 1910 les registres des clients avaient été détruits dans un incendie dévastateur.

L'hôtel était son héritage familial. Et celui de Bill aussi, si elle parvenait à le convaincre de changer de vie. « C'était un bon garçon, poursuivit-elle. Je n'ai rien vu venir ; qu'est-ce que je peux dire ? Un jour il est ami avec tout le monde, et puis il se bagarre avec un garçon noir à l'école, et j'entends le "mot N" beaucoup plus souvent. Tout d'un coup il se lie surtout avec des élèves qui n'aiment pas les Noirs. Ensuite les petits détails – il jette des œufs sur des maisons du quartier noir, des trucs de gosses, vous savez. Il refuse que Mary lui prépare ses repas. J'ai vu tout cela se produire ; mais je ne savais pas que ça mènerait aussi loin. Comme si un beau jour je levais les yeux pour découvrir que mon adorable fils avait des tatouages sur les bras et était sur la mauvaise pente. Et puis il a carrément arrêté de venir à la maison, et il s'est mis à traîner avec de très sales types, à Marshall, ou ici même, à Jefferson.

— Gil Thomason est peut-être l'un de ces sales types, lui dit Darren.

— C'est ce qu'il voudrait, du moins, intervint le shérif.

— Une racaille blanche, lâcha Rosemary, abondant dans son sens.

— Votre fils semble penser que Gil aurait pu faire du mal à Levi. »

Elle regarda ses mains, deux poings serrés sur ses genoux. Elle les dénoua ensuite, lissant les plis de sa robe. « Ça ne me surprendrait pas. »

Quelque chose bascula à ce moment-là.

Quinn le perçut lui aussi. Il croisa le regard de Darren.

Ça se présentait mal pour le gamin.

Marnie et Gil Thomason avaient juré qu'il était chez sa grand-mère tout en refusant de laisser le shérif et ses hommes fouiller leur caravane. Et Rosemary affirmait qu'elle n'avait pas vu son petit-fils depuis des semaines. « Je sais que ça doit vous paraître terriblement insensible, dit-elle. Mais en vérité, je n'ai jamais réussi à connaître Levi. Marnie nous permet rarement de passer du temps ensemble. Je ne sais même pas s'il se souvient vraiment de son père. Il était tout petit quand Bill a commencé à avoir des problèmes. On a toujours espéré que lorsque Bill sortirait, ils deviendraient un père et un fils pour de bon, et moi une vraie grand-mère. Mais peut-être que l'État du Texas a eu gain de cause en punissant Bill pour ce qu'il a fait, et que Dieu a changé d'avis. »

Darren vit ses yeux s'emplir de larmes, mais elle pleurait, devina-t-il, la perte du rêve qu'elle ne pouvait réaliser pour son fils et non la disparition du garçon de neuf ans. Où qu'il fût aujourd'hui, Levi King était seul au monde.

7

Ils fouillèrent tout de même la maison. Vingt pièces, y compris une bibliothèque, un bureau, un atelier de couture, et une salle à manger assez vaste pour servir de piste de danse, ce qui fut le cas à la fin du XIXe siècle, lorsque la famille de Rosemary King s'établit à Jefferson. Quand l'arrière-arrière-grand-mère de Rosemary perdit son mari, elle vendit la plantation familiale en Louisiane, emménagea à Jefferson, et fit bâtir le Cardinal, qui devint la pièce maîtresse de la fierté de la ville, capitale cosmopolite du Texas de l'Est à l'époque des bateaux à vapeur. Grande dame de la société de Jefferson, elle ne se remaria jamais et éleva sa fille dans la maison où Rosemary avait vécu depuis sa naissance. La salle à manger avait autrefois accueilli des gouverneurs, des banquiers et des propriétaires de plantations venus d'aussi loin que Denton et Dallas. La maison de North Vale Street était la plus grande du comté de Marion, dit Quinn, et une étape incontournable des visites guidées des demeures et jardins historiques de Jefferson. Une fois par an, Rosemary autorisait le maire et les conseillers municipaux à présenter des reconstitutions détaillées de la guerre de Sécession sur sa pelouse. Elle était, précisa Quinn, une personnalité de premier plan à Jefferson.

Elle n'imposa aucune limite à la fouille, priant même Roger de se taire lorsqu'il tenta de l'empêcher. Ce fut Mary qui guida le shérif et Darren dans la maison, comme s'il s'agissait d'invités normaux qu'il eût été impoli de laisser errer en quête des toilettes. Darren lui demanda si elle avait déjà rencontré Levi, le petit-fils de Mme King. « Une fois », répondit-elle, parlant si bas que si Darren n'avait pas vu ses lèvres remuer il aurait pu croire avoir tout imaginé. Quinn avait eu droit à un « Bonjour Monsieur », mais Mary évita de croiser le regard de Darren ; il se demanda si elle était contrariée qu'il la voie vêtue de son uniforme de domestique, une robe mal taillée à col croisé et double boutonnage, qui avait sans doute appartenu à la fille d'avant ou peut-être même à celle qui l'avait précédée. Selon les dires de Rosemary, aucun visiteur noir n'était venu chez elle avant ce jour, et les invités blancs ne prêtaient aucune attention à Mary. Mais la présence de Darren la renvoyait à sa servitude, et elle paraissait lui en vouloir pour cela.

Aucun signe du garçon dans la maison, même dans la chambre manifestement réservée à ses visites, qui, selon sa grand-mère, étaient rares et espacées. Il y avait un lit simple recouvert d'un édredon rouge parsemé de Quarter Horses, de selles et d'éperons. Les murs étaient peints en bleu pâle. Dans un angle un bureau avec, sur la tablette intégrée, un livre – la bible King James – et les seuls jouets dans la pièce étaient un camion à benne en plastique qui aurait laissé indifférent tout enfant de plus de cinq ans et un cocker en peluche couché sur le ventre. La chambre avait le même aspect désolé que celle préparée pour le retour de prison de Bill King, vide, intacte, qui attendait elle aussi.

Ils fouillèrent également la remise à calèches.

Clyde, le chauffeur de Rosemary, fumait une cigarette à côté du bâtiment qui abritait une Mercedes et une Cadillac Silver dernier modèle, aussi étincelantes que des pièces de monnaie frappées de frais. Il adressa un signe de tête à Darren mais ne lui parla pas non plus. Rien n'indiquait que Levi se fût trouvé dans l'un ou l'autre véhicule. Pourtant, Darren se crispa quand le shérif compromit des preuves potentielles en glissant ses mains dégantées à l'intérieur des deux voitures. Et s'ils avaient besoin de les passer un jour au peigne fin ? Darren se demanda d'où lui était venue cette idée. Pensait-il que la vieille femme avait un lien quelconque avec la disparition de son petit-fils ? Pas exactement, mais elle se montrait évasive sur certains points. Pour quelle autre raison aurait-elle requis la présence de son avocat ? En tant qu'ancien étudiant en droit, il savait qu'il avait tort de raisonner ainsi. Mais cette femme lui déplaisait. Une seconde plus tard, Quinn déclara que leur travail était terminé. Il ne congédia pas Darren, et ne lui proposa pas non plus de l'accompagner après avoir dit à Briggs qu'il retournait au bureau. « Je vous préviendrai si nous avons du nouveau à propos de ce mandat », informa-t-il Darren avant de tourner les talons et de descendre l'allée jusqu'à sa voiture.

« Quelque chose ne va pas », dit Darren à Wilson au téléphone. Il mentionna la curieuse dynamique entre Marnie et Gil, son compagnon, sa façon de se tenir en retrait, le fait qu'un avocat se trouvait chez la grand-mère du garçon, et par ailleurs qu'il avait été frappé par le peu d'empressement du comté à rechercher un enfant disparu du parc de caravanes. Quinn lui était sympathique, précisa-t-il, mais personne ne semblait très motivé pour retrouver le gosse. « À part Bill King, dit-il.

— Je fais des pieds et des mains pour que l'État vous autorise à lui parler dès que possible.

— À moins qu'il cache son gamin dans sa cellule, je ne vois pas à quoi ça sert.

— Bill King est potentiellement assis sur une tonne de preuves contre la FAT.

— Il ne parlera pas », répondit Darren qui se souvenait des protestations stridentes de Rosemary et les présenta comme un fait. Il savait à part lui qu'il jouait la comédie, préférant ne pas donner à Wilson l'impression qu'il était trop impatient d'avoir un tête-à-tête avec King.

« Nous verrons bien », trancha Wilson.

Darren se rappela brusquement la sœur en train de pleurer à l'intérieur de la caravane, et il se demanda tout haut s'il pourrait trouver un moyen de lui parler seul à seule.

« Ne vous avisez pas de le faire. C'est au shérif Quinn de gérer ce problème. Le comté de Marion n'a requis aucune assistance. Votre présence là-bas est une politesse que nous fait le shérif local. Agissez en conséquence. Souvenez-vous de votre mission. Faites en sorte de vous trouver dans cette caravane quand le mandat sera délivré.

— Bien monsieur.

— À propos, Mathews, vous n'avez rien laissé entendre à Frank Vaughn au sujet de Ronnie Malvo qui aurait été un indic de la force opérationnelle, n'est-ce pas ?

— Bien sûr que non », répondit Darren, gagné par une peur irrationnelle à l'idée que Wilson pouvait lire dans ses pensées, et deviner ce qu'il projetait de faire pour réorienter cette affaire. « Pourquoi ?

— Il a appelé mon bureau », répondit Wilson, et l'espace d'un instant, Darren l'imagina penché au-dessus d'une pile de ces feuillets de messages roses qu'utilisait encore sa secrétaire. « Il a laissé un message vendredi et encore un autre aujourd'hui. Il a mentionné votre nom les deux fois. Je veux être bien sûr que nous sommes sur la même longueur d'onde avant de le rappeler.

— Certainement, monsieur », affirma docilement Darren, se retenant de détacher ses syllabes comme s'il marchait au pas. Pourquoi Frank Vaughn téléphonait-il à son chef ?

« Le bon travail que vous avez accompli à Lark vous a permis de vous en sortir et de dissiper les soupçons des gens qui vous reprochaient d'en savoir plus que vous ne le prétendiez sur l'affaire Malvo. Restez à l'écart de tout ça à présent, compris ? Ne perdez pas de vue notre objectif à Jefferson, Mathews. Nous avons une vraie chance d'éliminer la Fraternité du Texas.

— Entendu », répondit Darren d'un ton neutre avant de raccrocher.

Comme s'il n'avait pas conscience du danger que représentait la FAT – lui ! – et qu'il cherchait à se soustraire au devoir de combattre cette forme de terrorisme local. Franchement, ça le mettait en rage. La menace de la Fraternité, il la comprenait d'une manière que Wilson ne comprendrait jamais. La naïve conviction de son lieutenant que la FAT disparaîtrait de l'État lui paraissait ridicule et dictée par le privilège de son statut d'homme blanc. Darren se dit qu'en fin de compte il était le plus avisé, et il identifia alors un sentiment qui pesait sur son estomac depuis des semaines. Cela fit remonter un goût aigre dans sa gorge et lui permit de donner un nom à ce qu'il ressentait : du *désespoir.* Loin de son travail fastidieux au bureau, de l'examen minutieux et stérile des rapports et des enregistrements qui l'empêchait de retourner sur le terrain, il pouvait enfin admettre qu'une partie de lui s'était contentée de faire semblant ces dernières semaines.

En vérité, il était moins optimiste que jamais en ce qui concernait l'éradication éventuelle de la Fraternité et de ce qu'elle représentait. Ils étaient trop nombreux ; avec leurs tatouages et leurs cravates, là dehors ; partout. Le pays semblait les produire en secret, comme une vilaine infection fongique qui s'étend dans des endroits obscurs qu'on n'ose même pas regarder. Les difficultés du pays étaient telles qu'aucune force opérationnelle ne pourrait les gérer. Darren le savait mieux que Wilson, mieux que tout le service peut-être, même si l'admettre lui faisait atrocement peur. Il songea à Levi King et tendit le bras vers lui comme si c'était une planche de salut, un terne rayon d'espoir. Darren ne pouvait pas piétiner la haine en un jour, mais il avait le pouvoir de trouver un gamin de neuf ans et de s'autoriser à coincer son père pour le meurtre de Malvo.

La liberté de King serait le prix qu'il paierait pour la vie de son fils.

Il était debout à côté de son pick-up Chevy garé à quelques mètres de l'hôtel Cardinal, un bâtiment en brique rouge qui occupait toute la longueur d'un pâté de maisons, avec des volets noirs et au premier étage, un balcon où flottaient quatre drapeaux du Texas. Briggs sortit de sa voiture dès que Darren eut raccroché son téléphone. Il remonta le pantalon beige de son uniforme et demanda au Ranger s'il cherchait un endroit où manger. Briggs avait un pote cuisinier au Steamboat Palace, et il pourrait sans doute leur trouver une table. Darren passa en revue les rues désertes du centre de Jefferson et réprima un petit rire. Bien qu'il fût à peine quatre heures de l'après-midi, il dit à Briggs qu'à moins d'avoir du nouveau sur la fouille de la caravane de Marnie et Gil, il ne sortirait pas de la soirée. Briggs proposa de l'aider à s'installer dans sa chambre, de surveiller les environs, ainsi qu'on le lui avait ordonné.

Darren lui fit comprendre que c'était ridicule. « J'ai pas besoin qu'on me regarde dormir.

— Mais le shérif a dit...

— Si je quitte l'hôtel, je vous appellerai, promis. Vous m'accompagnerez », dit Darren. Briggs acquiesça, appréciant l'idée d'être indispensable. « Mais pour l'instant je n'ai besoin de rien. »

Il prit le sac qu'il gardait toujours dans la cabine de son pick-up, glissa la lanière sur son épaule et salua Briggs. La réceptionniste de l'hôtel le vit par la fenêtre et l'avait déjà enregistré « aux frais de la maison » lorsqu'il s'approcha du bureau d'accueil dans le hall, qui ressemblait étrangement au salon doré de Rosemary King, bien que l'hôtel Cardinal laissât paraître son âge d'une manière qui n'affectait ni la vieille dame, ni sa demeure. Vues de près, les plinthes étaient éraflées, et il y avait de la poussière sur les rideaux de velours rouge ; la moquette de sa suite était usée dans le couloir menant à la salle de bains, qui arborait une antique baignoire sur pattes, et une des fenêtres ne s'ouvrait pas. On sentait le poids d'une histoire à la fois triste et régalienne, et dans chaque détail de la décoration, une gloire perdue. Un peu comme dans la ville. Darren s'assit sur le bord du lit à baldaquin en acajou, écoutant les ressorts grincer sous lui ; le matelas dégageait une odeur d'eau de rose et de poussière. Il attendit d'être sûr que Briggs soit vraiment parti, puis il ressortit, monta dans son pick-up, et repartit à Hopetown.

Darren ne savait même pas à quoi ressemblait le gosse, et n'avait rien à montrer à Leroy Page pour s'assurer que ce garçon était bien celui qu'il avait vu vendredi soir. À moins d'annoncer ses intentions au shérif Quinn, il n'existait qu'une seule manière de mettre la main sur une photographie de Levi King. Il conduisit courbé sur le volant – ignorant un deuxième appel de Mack – afin de se concentrer sur chaque ornière le long de Farm Road 727, sur chaque chemin envahi par les mauvaises herbes, et d'être sûr de ne pas manquer l'étroite route de terre rouge qui conduisait à Hopetown. Ses pneus en étaient constellés quand il se gara devant la caravane bleu et blanc de Marnie et Gil. Le soleil était descendu sous la cime des cyprès du lac Caddo à l'ouest, et une clarté de miel se déversait à travers la mousse espagnole, parsemant la surface de l'eau de cercles d'or. À l'intérieur des terres, des dizaines de pins à encens et de chênes centenaires encerclaient de leurs branches le parc de caravanes, donnant à l'endroit un air accueillant et chaleureux qu'il ne méritait pas.

Il n'avait aucune pitié pour ces gens.

Deux caravanes plus loin, les voisins de Marnie et Gil faisaient frire du poisson à l'arrière d'une camionnette couverte d'autocollants, avec des coquillages scotchés sur les portières, et d'énormes strass fixés à la galerie. Il y avait un drapeau DON'T TREAD ON ME[1] qui pendait à l'une des fenêtres, et une serviette de plage avec le drapeau confédéré étalée sur le pare-brise avant. Darren entendait le grésillement de la chapelure au contact de la graisse chaude qui bouillonnait dans une marmite placée au fond d'un vieux baril d'huile. Une femme blanche d'une cinquantaine d'années se tenait près d'une glacière de station-service remplie de cabillaud ou de poisson-chat, roulant un autre filet dans une assiette en plastique couverte de farine. Une cigarette au coin de sa bouche peinte en rouge, elle dit d'un ton neutre : « Le quartier nègre c'est par là » dès la seconde où Darren descendit de son pick-up. Il garda une main près du Colt .45 dans son étui quand un homme barbu émergea de la camionnette, et fit pencher d'un côté le véhicule en posant le pied au sol. Il jeta un coup d'œil à Darren

1. Drapeau jaune qui représente un serpent à sonnettes, avec l'inscription « Ne me marche pas dessus », slogan de la lutte des treize premières colonies d'Amérique contre l'Empire britannique, repris aujourd'hui par l'extrême droite aux USA (et par les manifestants lors de l'assaut du Capitole en janvier 2021).

et siffla, deux doigts calés aux coins de sa bouche, puis il hurla : « Gil ! »

La porte de la caravane bleu et blanc s'ouvrit d'un coup, ricochant sur la paroi quand Gil sortit. Il était encore pieds nus mais avait à présent un .38 calé dans la ceinture de son jean. « C'est quoi ce bordel ? Si t'as pas de mandat, tu ferais mieux de remonter dans c'pick-up et de foutre le camp d'ici. »

Le type de la camionnette commença à s'approcher, en quelques secondes ils furent deux contre un, et Darren se rappela qu'il n'avait dit à personne où il allait. Il pouvait sortir son arme, mais cela irait à l'encontre de toutes les règles de la désescalade qu'on lui avait inculquées. Il garda une main près de son Colt et tendit l'autre devant lui pour indiquer qu'il avait besoin que tout le monde garde la tête froide. « Je suis là pour l'enfant de Marnie, dit-il.

— T'as parlé à Rosemary ?

— J'ai fouillé sa maison et le reste, répondit Darren. Il n'est pas là-bas. »

Une étrange expression traversa le visage de Gil. Darren crut déceler un frémissement de peur, suivi d'une mimique de stupéfaction factice qui s'attarda un moment sur ses traits. Il passa les doigts dans ses cheveux, secoua la tête comme si Darren venait de lui dire que l'eau n'était pas mouillée. « Eh bien, ce petit salopard n'est pas ici, ça c'est foutrement sûr. Peut-être qu'il a filé quelque part. Marnie ne veut pas y croire, mais c'est pas un p'tit saint, ce môme.

— J'ai besoin de votre aide pour quelque chose, Gil, reprit Darren. Au cas où ce serait pas une banale histoire de fugue, au cas où le gamin se serait retrouvé dans un sale pétrin.

— Ch'uis pas obligé, j'vous dirai rien du tout. »

La femme aux lèvres rouges dit : « Bo, tu veux ton pistolet, chéri ?

— Je suis un Ranger du Texas, et si vous brandissez votre arme, je vous arrête sur-le-champ. Cette affaire ne vous regarde absolument pas. Fichez-moi le camp. »

Il modéra le ton avec Gil. « Je n'ai pas besoin d'entrer. Je voudrais juste une photo de l'enfant, quelque chose à montrer à vos voisins, les gens qui habitent par là », dit-il en désignant, après le parc des caravanes, la partie de Hopetown que la femme avait tout naturellement qualifiée de « quartier nègre ». « Le shérif Quinn a appris qu'un homme du nom de Leroy Page aurait peut-être vu Levi vendredi soir. Il est capital que nous confirmions cela le plus tôt possible. C'est la meilleure piste que nous ayons pour l'instant. »

Le voisin barbu adressa un signe de tête à Gil : « Tu veux que j'appelle les autres ? »

Gil secoua la tête avec un léger sourire, et l'expression d'un loup qui vient de trébucher sur un daim blessé. *Ça va êt' facile,* lut Darren sur son visage. Il cria par-dessus son épaule en direction de la porte ouverte de la caravane. « Dana ! » Ce fut Marnie qui sortit la première. Elle ne tenait pas sur ses jambes, les joues empourprées par un après-midi passé à boire. Darren connaissait bien cette démarche. Ensuite Dana, l'adolescente qu'il avait vue plus tôt, pencha la tête au-dehors. « Apporte à cet homme une photo de ton frère, lui dit Gil. Une de l'école, pas celles que ta mama a prises. Dépêche-toi. » Dana disparut dans l'obscurité de la caravane.

Marnie se tourna vers Darren et se mit à secouer la

tête. « Qu'est-ce qu'il raconte, Gil ? » demanda-t-elle, la voix prise, avant qu'un sanglot ne lui déchire la gorge, provoquant une nouvelle crise de larmes. « Il a pas trouvé mon petit ? »

« Non m'dame », répondit Darren. Il entendit le bruit d'une télé. *La Roue de la fortune,* ou autre chose. Dana revint avec une photographie format portefeuille, aux coins cornés. Elle soutint le regard de Darren quand elle la lui tendit. Elle avait les mêmes yeux vert boueux écartés que ceux qui le fixaient sur la photo dans sa main. Levi était blond, les cheveux plus clairs que ceux de sa mère et de sa sœur, et il vit une ressemblance avec Rosemary dans le visage du garçon, un port de tête vaguement aristocratique qui ne cadrait pas avec le monde environnant. Il y avait aussi autre chose. Il fallait regarder de près pour le voir, mais c'était présent dans son regard, et la légère moue de ses lèvres. La *rage.*

8

La colonie d'origine de Hopetown évoquait aujourd'hui une ville morte : les structures grisâtres en bois pourri d'une vieille église et d'un magasin d'alimentation dressées tels des squelettes, les maisons vides éparpillées dans le paysage, les mauvaises herbes et les fleurs sauvages jaillies entre les planches des vérandas, les fondations ébranlées par les racines d'arbres. Pourtant il y avait de la vie dans cet autre Hopetown, des arbres fruitiers, des champs de maïs et des potagers luxuriants qui s'étendaient devant les rares demeures qui se dressaient encore fièrement, peintes en jaune, rose pâle, et bleu foncé – sauf celle de Leroy Page, aussi blanche que la neige qui tombait parfois à Noël sur le lac Caddo. Darren sentit planer une forte odeur de peinture fraîche quand il descendit de son pick-up devant la maison. Une bâtisse d'un étage avec une large fenêtre en mansarde, un regard ouvert sur le monde au-delà de la véranda bien entretenue de M. Page. Il cultivait des choux, des navets, des blettes arc-en-ciel et des concombres, et avait un pacanier qui ombrageait un côté de la maison. Il récoltait les derniers fruits tombés sous l'arbre, le dos courbé pour les ramasser du creux de la main et les glisser dans un sac en papier froissé. Sa maison était construite sur un terrain de mille mètres carrés près des écuries et d'une cabane en chaume perchée sur une butte, un monticule de terre compacte. Donald Goodfellow et son fils s'occupaient des chevaux.

Leroy Page se redressa tant bien que mal et salua Darren de la tête. « Vous pouvez dire au shérif qu'on a rien trouvé encore. Le soleil va pas tarder à se coucher. On reprendra demain les recherches. » Il cria à Ray, le fils de Donald, de se dépêcher d'apporter les noix de pécan à sa grand-mère. « Dis-lui que je lui prendrai une demi-douzaine d'œufs en échange. »

Ray, qui était arrivé en courant dès qu'il avait entendu son nom, prit le sac en papier, et s'élança à travers champs en direction d'une maison jaune située à une vingtaine de mètres de là. Il n'y avait pas de rues dans cette partie de Hopetown, pas une seule, du moins, qui n'eût été envahie par le temps et les mauvaises herbes, et donc, aucun obstacle séparant un voisin de l'autre ; comme s'ils partageaient tous le même lopin de terre, et formaient une grande famille.

La grand-mère de Ray, une petite femme trapue au visage brun criblé de grains de beauté, sortit sur son perron pour prendre le sachet de noix de pécan et cria à M. Page : « Y a plus d'œufs, Leroy, Lou et ses filles les ont déjà pris, mais j'ai un plateau de pudding au maïs rouge au four. Nous dînons à dix-huit heures trente si vous voulez manger avec nous ce soir. »

M. Page acquiesça d'un air évasif, un geste sans doute impossible à interpréter à cette distance. Il regarda Darren en secouant la tête : « Margaret sait que je peux pas avaler une bouchée de son pudding au maïs. Dans la famille Page, comme chez les autres Noirs de Hopetown, on le prépare avec du maïs doux. Ce sont les piments habaneros hachés qui donnent cette note rouge à son pudding, et si j'en avale seulement une cuillerée je dors pas de la nuit. » Il haussa les épaules. « Je les cultive, mais je peux plus les manger. »

Darren dit à M. Page qu'il avait besoin de quelques précisions, et qu'il était venu à titre officiel. Le vieil homme hocha la tête aimablement. « Entrez, alors. Je reste plus dehors après la tombée de la nuit, du moins pas sans mon pistolet. »

Ils traversèrent la maison obscure, passant devant des photos de famille sur les murs, des impressions sépia dans des cadres en acajou. Des piles de journaux encombraient le couloir, ainsi qu'un équipement de pêche, du matériel de peinture, des couvre-pieds inachevés. Dans la cuisine, une radio était posée sur le frigo. Un blues métallique de Jessie Mae Hemphill passait – la prière d'un violon country. *Like a tree planted by the water, I shall not be moved.* Tel un arbre planté au bord de l'eau, je ne bougerai pas d'ici.

« Et vous êtes sûr, monsieur Page, que c'est ce garçon-là qui verrouillait le hangar à bateaux vendredi soir ? » Darren lui tendit la photo d'école.

Le vieil homme la regarda à peine. « Je connais ce garçon depuis qu'il est né », répondit-il, sortant une Miller High Life du frigo. Il la déboucha avec un décapsuleur accroché à son trousseau de clés. « C'était le petit King, aussi sûr que je suis ici devant vous.

— Et il était quelle heure ?

— Dix-huit heures trente, peut-être quarante-cinq. » Il but une gorgée de bière.

Darren ignora sa propre soif et consulta sa montre. Il observa la couleur du ciel par la fenêtre de la cuisine, la maison jaune de la grand-mère de Ray, et le lac en arrière-fond. Il ne faisait pas tout à fait nuit, mais ça ne tarderait pas. Il n'était que dix-huit heures quinze. M. Page devina ce que soupçonnait Darren. « J'avais ma lampe sur moi », dit-il, indiquant une ceinture à outils artisanale accrochée à un clou sur le mur, à laquelle était suspendue une torche. « J'étais en patrouille l'autre soir.

— Ah oui... ? Et vous faites quoi ? demanda Darren, se souvenant des chevaux et des fusils, style chasse à l'homme. Une sorte de surveillance de quartier, c'est ça ?

— C'est légal, peu importe comment ça s'appelle », répliqua M. Page, le regardant d'un air méfiant.

Darren leva les mains en l'air pour montrer qu'il ne lui voulait aucun mal, et que sous son insigne, il restait un Noir. « Avec des voisins comme les vôtres, reprit-il, forçant le ton pour indiquer qu'il se référait aux résidents du parc de caravanes, je ne vous en tiens certainement pas rigueur.

— Ce ne sont pas des voisins », rétorqua M. Page, reposant bruyamment la bouteille de bière sur la table en bois verni de la cuisine. « Ces gens se sont installés là-bas sans autorisation.

— Ah oui ?

— Ils habitent sur mes terres », s'exclama-t-il, bouillant d'indignation, et il engloba du geste la maison, la cour et les jardins, les écuries et les bâtiments, jusqu'à l'embranchement de la FM 727, la route qui menait à Hopetown. « Tout ça, c'est à moi. »

Leroy Page était né dans cette maison, sa mère et

sa grand-mère aussi. Ses ancêtres s'étaient installés dans la région après la guerre de Sécession, en tant que Noirs libres. Ils avaient bâti une utopie sur les rives du grand lac, labouré la terre avec les valeurs qui leur étaient les plus chères – pas seulement la liberté et l'autosuffisance, mais le pardon. Le *pardon* était un mot de la Bible des maîtres qu'on leur avait interdit de lire. Mais la grâce était venue naturellement aux ancêtres de Leroy Page, elle était intégrée dans leur ADN, et leur intelligence innée leur enseignait que la vraie liberté consistait à laisser partir les Blancs. On pouvait être en rage à cause de ce qu'ils avaient fait, ou bien se sentir libre. Ce n'était pas donnant donnant. « Les Noirs, dit Leroy, sont les êtres les plus indulgents sur terre. »

Darren ne parvint pas à définir l'expression de son visage, ne sachant pas s'il y lisait de la fierté ou de la peur. C'était un sujet dont ses oncles avaient souvent débattu : le pardon faisait-il d'eux des saints ou des larbins ?

L'année où Darren avait cessé de se rendre à l'église – affirmant, à douze ans, qu'il était trop vieux pour les cours de catéchisme –, William, de retour dans la maison de Camilla pour une courte visite autorisée par Clayton, fit asseoir son neveu à la table de la cuisine et lui dit : « Cette famille a prospéré dans le respect des enseignements du Christ, fils ; nous avons construit une vie fondée sur la solidarité, l'assistance et le pardon. » Clayton avait ricané depuis l'évier où il rinçait des navets qu'il cultivait lui-même dans le jardin. Ce mot était dangereux, dit-il. Il donnait aux Blancs l'impression que l'impunité leur revenait de droit, car dans un monde où le pardon vous était éternellement servi comme un buffet à volonté au Lunch Bucket, quel argument pourrait-on utiliser pour les convaincre d'adopter des lois équitables, de faire preuve d'intégrité dans le maintien de l'ordre, de se retenir de cracher sur les gens dans la rue ?

« On n'est pas en 1966, Pop, avait dit Darren, juste pour montrer qu'il était capable de suivre.

— Non, on est en 1986, et tu vois ce mariole que Reagan essaie de nommer juge fédéral à la cour du district sud d'Alabama ?

— Sessions ne sera jamais confirmé[1] », intervint William, allumant l'une des Lucky Strike qu'il fumerait jusqu'à sa mort. Dans ce but, il avait toujours une grosse boîte d'allumettes sur la table de leur cuisine et Darren remarqua pour la première fois que Clayton avait laissé à sa place ce rappel de la présence de son frère jumeau.

« Le problème, dit-il, c'est qu'ils ont le culot de désigner un crétin partisan du Klan. Leur pardonner tout ce qui s'est passé avant la loi sur le droit de vote leur fait croire que rien ne les en empêche. À force d'imaginer que nous *vaincrons*[2], nous nous sommes jetés dans la gueule du loup.

— Mais tu as manifesté, Pop », dit Darren. Cette conversation semblait être un plus grand sacrilège que son désir de ne plus aller à l'église. « Qu'est-ce que tu racontes ?

— Je dis que tu dois toujours leur demander des

1. Jeff Sessions, sénateur républicain, a été nommé en février 2017, par le Sénat américain, ministre de la Justice de l'administration Trump.

2. *We shall overcome.*

comptes. On les ignore à ses risques et périls. » Clayton posa les navets mouillés sur un torchon. « Le pardon a ses limites. » C'était un luxe que les Noirs ne pouvaient se permettre, conclut-il.

William regarda son neveu. « Darren, peut-être que j'ai besoin de retourner au catéchisme avec toi, parce que je ne me souviens pas dans quel passage de la Bible c'est écrit. »

Clayton, poursuivit-il, prenait la foi chrétienne pour de la faiblesse. « Je sais qui je suis, et quel est mon peuple. Je connais le pouvoir de notre grâce, de notre foi. Le vrai pardon n'a pas de limites », dit-il, avant de reconnaître que Clayton n'avait pas tort : « Il est seulement possible lorsque la douleur de l'offense initiale a disparu.

— Eh bien, bonne chance à toi, répliqua Clayton d'un ton caustique en remplissant une marmite avec de l'eau du robinet pour la faire bouillir. Depuis quand tu es marié avec Naomi déjà ? »

Il avait eu l'intention de faire une plaisanterie aigre-douce, se jugeant assez mature pour s'en amuser, mais William eut un petit rire triste qui sonnait creux. Bientôt les frères cessèrent de se parler. Et Darren fut de nouveau privé de la présence de son oncle William à la maison.

Dans la cuisine de M. Page, le vieil homme termina sa bière et en ouvrit une autre. Pendant des décennies, dit-il, Hopetown avait été une communauté autonome, avec une église et une école, un bar convenable avec des concerts de blues et de zydeco le week-end, une épicerie, et une salle des fêtes où ils donnaient des spectacles de Noël et organisaient des élections. L'arrière-arrière-grand-père de Leroy avait été le premier maire de la ville. Depuis des générations, chaque membre de la famille avait fait partie du conseil municipal à un moment ou à un autre, jusqu'aux années 1970, lorsque Hopetown avait perdu son statut de ville à part entière[1] et que les Noirs avaient commencé à partir, lui préférant Marshall, Longview ou Dallas – des lieux qui leur offraient plus d'opportunités qu'un trou perdu dans le comté de Marion. Même Jefferson ne leur paraissait pas assez attractive, l'industrie essentielle de la ville étant le tourisme, la revente d'une gloire d'avant-guerre qui n'avait guère été favorable aux Noirs. Loin de Hopetown il y avait de meilleurs emplois, une vie plus agréable. À mesure que les familles noires partaient, les unes après les autres, Leroy rachetait le plus possible de terres abandonnées et jurait de rester sur les lieux qu'il considérait comme son héritage, mais le temps grignota son projet telles des mites dévorant la laine. Le seul fait d'en parler embruma ses yeux, et sa voix devint mélancolique, voilée par la nostalgie. « C'est ici que j'allais mourir », dit-il. Il hocha la tête, admirant une image de l'endroit présente dans sa mémoire. « Oui monsieur, ici, dans ce petit morceau de paradis. J'y aurais passé le reste des années que Dieu m'a accordées sur cette terre à pêcher, à prendre soin de mes chevaux, à cultiver mes choux et mes piments.

— Moi aussi je cultive des piments », dit Darren, les mots jaillissant avec le vif plaisir de quelqu'un qui rencontre un compatriote dans un pays étranger.

1. La ville est alors intégrée dans une ville voisine plus grande, un peu comme dans la communauté des communes.

Il regarda les yeux de l'homme, aussi sombres que la chicorée torréfiée, et ce visage allongé, altéré par les années, et il eut l'impression de comprendre instantanément son lien avec la terre, et les racines qui l'avaient aidé à grandir. M. Page parut lui aussi regarder Darren d'un œil neuf, voyant en lui quelque chose qui méritait son approbation. « Ma famille a aussi des terrains, poursuivit Darren. Dans le comté de San Jacinto, six hectares que les Mathews ont acquis peu après la fondation de Hopetown.

— Alors vous comprenez l'effort que ça a représenté de bâtir ça. C'est pas juste de tout foutre en l'air. Mais y a plus que moi aujourd'hui. Je suis le dernier. Mes filles sont restées à Jefferson jusqu'au lycée, ensuite elles sont parties à l'université. J'en ai une à Dallas, et l'autre travaille dans l'immobilier dans l'Arkansas. Elle me pousse à vendre tout ça, et à venir vivre avec sa famille à Little Rock. Ils ont une piscine, me dit-elle. Qu'est-ce que vous voulez que je fasse d'une piscine alors que j'ai vécu toute ma vie à côté de ce lac ? » Il désigna le majestueux lac Caddo à quelques mètres de la fenêtre de la cuisine. La nuit tombait, les cyprès semblaient se confondre avec leurs ombres noueuses, et on avait peine à distinguer le réel de l'imaginaire. Une image de Levi King seul dans une barque au milieu de toute cette eau, peu avant le coucher du soleil, surgit à nouveau dans l'esprit de Darren.

« Et les caravanes, monsieur Page ? » demanda-t-il.

Il se souvint du rictus jubilatoire de Gil Thomason quand il avait mentionné le nom de Leroy Page, et il eut le sentiment contrariant d'avoir commis un impair à ce moment-là. « Vous avez eu des problèmes avec la famille du garçon ?

— Aucun problème avec le grand-père. Lester Wayne. Je lui ai loué quelques hectares dans les années 1980, quand il est devenu évident que Hopetown avait entamé son déclin. Il n'y avait plus que moi et ce qui reste de la famille de Margaret, Donald et Ray, la sœur de Margaret et ses enfants. Quelques-uns de ses cousins.

— Vous leur louez des terres à eux aussi ?

— Je leur demande seulement deux dollars par mois, juste pour respecter le contrat. C'est ma fille Erika qui me l'a expliqué. Mais je ne veux pas prendre de vrai argent aux Caddos qui habitent ici. Tout ça leur appartenait au départ, bien avant nous, fils. Les Indiens étaient là avant les Français, les Espagnols, les Anglais, *et* les Africains. Vous savez que les Hasinai – c'est une sorte de tribu dans la tribu, vous comprenez, c'est les Caddos qui viennent de la région, jusqu'à l'Arkansas, au nord, et Nacogdoches, au sud –, en tout cas, vous savez quels mots ils emploient pour dire "allié" ? *Tayshas.* C'est juste. *Tayshas. Tejas.* Texas. Les membres de ma famille ont toujours veillé sur les Indiens. Et les Indiens ont toujours veillé sur nous. *Alliés.* C'est ce que nous sommes. Des amis. Une famille. Je leur dois la vie.

— Les caravanes, monsieur », insista Darren, avec l'intention de contrôler son premier entretien sur cette affaire, sentant que la dynamique de ce lieu pouvait avoir un rapport avec la disparition de Levi King. « Et votre relation avec la famille de l'enfant ?

— Lester a installé la première, la seule jusqu'à l'été dernier. Il est venu ici après la mort de sa femme à

Marshall, il a emménagé dans cette petite caravane et il est resté discret. C'était un vieux *redneck,* ça c'est sûr. Il se soûlait et pêchait presque tous les jours. Mais comme il était veuf, je le laissais faire. Mes filles et moi on a perdu leur mère très tôt, alors je le connaissais, d'une certaine façon. Bien sûr, Lester pouvait dire des horreurs sur les gens de couleur sales et bruyants en ville, il avait un petit drapeau confédéré sur l'antenne de sa voiture. Mais il me traitait correctement, il payait toujours son loyer à temps, et il nous arrivait de bavarder ensemble. On s'est aperçus qu'on avait fait l'armée au même moment. On n'a pas combattu, ni l'un ni l'autre, on n'a pas eu de regrets à cause de ce qu'on aurait pu rater, de ce qui aurait pu changer dans nos vies si on nous avait envoyés en Europe. Est-ce qu'on serait rentrés chez nous si on avait vu Paris ou Rome ? Moi oui, j'en suis sûr. Pas Lester. On a découvert qu'on avait été stationnés dans la même base en Louisiane, moi dans la caserne des gens de couleur, et lui avec les soldats blancs. En quelque sorte, on a fini par être des potes, si on peut dire, à boire ensemble sur la véranda, à écouter les matchs de base-ball à la radio. Je l'aimais bien, vraiment. J'étais prêt à lui pardonner ce qu'il m'avait dit au début, que je prenais pour de l'ignorance, car il n'avait jamais vraiment passé de temps avec des Noirs. J'étais disposé à laisser de côté toute l'histoire qu'aucun de nous deux n'avait choisie, et à avoir avec lui une relation d'homme à homme. Je lui ai tendu la main et voyez ce que ça m'a rapporté.

— Et Marnie King ?

— C'est à ce moment-là que les problèmes ont commencé. Elle a emménagé quand son mari est parti en prison. C'est un skin, j'crois bien, et je suppose que du moment où il était bouclé, elle avait plus d'endroit où habiter, et son papa l'a prise chez lui avec les gosses. Levi portait encore des couches. Ensuite elle s'est mise avec le type qu'est encore là, et ses potes tarés ont commencé à traîner par ici. À me traiter de *nègre* sur mes propres terres. J'ai dit à Lester que ça pouvait plus durer, et qu'il devait surveiller sa fille. Il semblait débordé par ces changements, ils vivaient désormais à cinq dans la caravane, sa fille passait d'un raciste tordu à l'autre, et je sais pas, mais il y a trois mois, son cœur a lâché. Le vieil homme était à peine enterré que Gil a commencé à sous-louer les hectares que je louais à Lester. Et tout de suite, voilà d'autres caravanes qui arrivent, et des gens qui habitent dans des camionnettes, de plus en plus nombreux semaine après semaine. Un cancer de haine généralisé qui s'étend dans Hopetown, ma propriété.

— Vous ne pouvez pas juste les mettre dehors, demander au shérif de les expulser ?

— Le bail que j'ai signé avec Lester court encore sur une année. Et rien ne précisait dans les papiers que lui ou sa famille n'avait pas le droit de sous-louer une partie de ce que je leur louais. J'y ai même pas pensé en établissant le bail. Le shérif affirme que les gens des caravanes ont des droits eux aussi. Alors je suis coincé. Et il y a eu des problèmes.

— Comme quoi ?

— Des actes de vandalisme, pour nous faire fuir », répondit M. Page.

Darren dit qu'il ferait son possible pour qu'il obtienne de l'aide et une protection du comté. Peut-être que s'il parlait directement au shérif Quinn, il réussirait à lui faire comprendre qu'il fallait intervenir. Qu'il n'était pas juste qu'un homme soit harcelé dans sa propriété, en particulier quand Gil Thomason se livrait fort probablement à des activités illégales sur les lieux. « Peut-être que lorsque nous aurons procédé à la fouille de cette caravane il nous sera plus facile de le pousser dehors avec les autres.

— C'est sans importance », répondit M. Page avec un soupir, comme si l'air qu'il exhalait lui brûlait la poitrine, et que ça lui fendait le cœur de dire que tout était fini de toute manière. « Je vends. » Il fourra ses mains dans les poches de son jean souillé de graisse et d'herbe écrasée. Ses épaules s'affaissèrent, puis un sourire de chien battu éclaira son visage, et il se mit à pouffer. « Dans quelques mois, ils auront tous quitté les lieux que ça leur plaise ou non. Le garçon qu'a tagué *macaque paresseux* et *nègre* sur ma maison et qui m'a menacé pourra rien faire pour l'empêcher. Ni manquer de respect à Margaret et à son lieu de culte. Je serai installé chez ma fille à Little Rock quand ils viendront raser tout ça.

— Et Margaret et sa famille ? Que va-t-il arriver aux Caddos de Hopetown quand vous aurez vendu ? »

M. Page prit un air aussi vague que sa réponse à l'invitation à dîner de Margaret. « On s'en occupe. Ils seront protégés. Je vous le promets. On m'a pas appris à abandonner de bonnes personnes au bord de la route. On traite pas les gens comme ça. »

L'humeur de M. Page s'était visiblement altérée à la mention de Margaret et de sa famille.

« Personne pourra les chasser, même s'ils essaient », ajouta le vieil homme, inclinant la tête vers les squatters du parc de caravanes.

Cette réponse déclencha une mini-fusée dans le cerveau de Darren. Il se souvint des paroles du shérif : *le gosse a eu des problèmes.* Des actes de vandalisme, avait-il dit, mentionnant le fait que ses adjoints avaient rendu plus d'une visite à la caravane de la famille. Gil avait dit lui-même que le gamin n'était pas un petit saint. « Le garçon du tag, demanda-t-il. C'était Levi ?

— Lui et un aut' petit voyou à face de rat qu'habite là-bas. J'les ai surpris les mains rouges, en train de taguer ma maison. Avec l'aide du fils de Margaret, il m'a fallu une demi-journée pour recouvrir les tags d'une nouvelle couche de peinture. Je vous ai dit que j'aimais pas ce gosse. »

Darren hocha la tête comme si c'était parfaitement raisonnable. Mais il sentit un doute lui chatouiller la nuque. D'une voix posée, le ton presque désinvolte, il demanda : « Hé, monsieur Page, vous savez quoi, tant que je suis là, ça ne vous dérange pas si je fouille votre propriété, n'est-ce pas ? Ce serait dommage de ne pas en avoir le cœur net. »

L'air de la pièce fut aspiré comme par un ouragan.

M. Page plissa les yeux tout en considérant Darren et le but de sa visite, et son regard s'attarda sur l'insigne argenté. Puis il jeta un regard rapide et furtif à la ceinture à outils suspendue en haut du mur de la cuisine ; la tapisserie était décorée de salières et de poivriers rouges et orangés. La torche y était accrochée, ainsi qu'un couteau dans son fourreau et un étui contenant le revolver .45 qu'il portait plus tôt.

Darren glissa la main gauche vers son propre pistolet, la posant sur la crosse.

M. Page se tourna de nouveau vers Darren,

examina l'arme et l'insigne, et renonça brusquement à parler de piments, de choux et à raconter des histoires de Texans noirs remontant à un siècle. Il paraissait furieux contre lui-même, comme s'il avait laissé ouverte la porte de derrière et qu'un coyote s'était introduit chez lui. « Non, Ranger, je ne vais sûrement pas vous autoriser à fouiller ma maison ni rien de ce qui m'appartient encore là-dehors. Pas sans un mandat. Désolé, on m'a déjà fait le coup. » S'emparant du bouclier de la loi, il déclara alors : « Si vous revenez, j'exige la présence d'un avocat.

— Vous avez un avocat ?

— Revenez, et vous verrez bien. » Il indiqua à Darren le couloir qui menait à la porte d'entrée. Le Ranger hocha la tête, comprenant qu'on le congédiait. « Encore une chose, dit-il. Vous avez vu quelqu'un d'autre vendredi soir vers la même heure, quand Levi était en train de verrouiller le hangar à bateaux ? Un passant, en train de promener son chien, par exemple ?

— Les seuls chiens qu'on voit par ici sont sauvages. Y vous arrachent la main si vous essayez d'leur donner même un biscuit de la veille, répliqua M. Page. J'vous l'ai dit, je m'suis déjà fait avoir. » Il accompagna Darren jusqu'à la porte et se hâta de le pousser dehors.

9

Une paire de phares le suivit de près pendant tout le trajet depuis Hopetown, tels des yeux fantômes dans le rétroviseur, l'épiant au travers des arbres chaque fois qu'il déviait légèrement sur la route. Il ne distinguait pas même une silhouette derrière le flot de lumière blanche inondant la calandre avant du véhicule. Il imagina qu'il s'agissait de l'homme barbu de la camionnette, Bo, le voisin de Gil Thomason, celui qui avait proposé d'*aller chercher les autres,* une phrase qui évoquait les membres d'un clan infréquentable. Mais il ne pouvait pas être certain que le chauffeur du véhicule derrière lui n'était pas M. Page, dans la Buick 76 qu'il avait vue garée le long de la maison du vieil homme, pressé de voir disparaître de Hopetown le Ranger et ses questions. En tout cas, le message avait été transmis à une vitesse alarmante.

Lorsque Darren atteignit la FM 727, la voie pavée le ramenant à l'autoroute, le conducteur fit vrombir son moteur et il vit les phares se rapprocher. L'autre voiture roulait assez vite pour soulever l'air qui s'engouffra par les fenêtres ouvertes de la cabine de son pick-up ; Darren sentit une odeur de bois de cèdre que quelqu'un faisait brûler. Puis le véhicule s'arrêta brutalement sur la droite, fit demi-tour, et repartit à toute allure en direction de Hopetown, un nuage de poussière tourbillonnant dans le halo rougeâtre de ses feux arrière. Le véhicule bascula légèrement en effectuant ce virage serré, et à ce moment seulement Darren reconnut la camionnette surchargée du voisin de Gil. Il freina d'un coup, se pencha par la fenêtre côté chauffeur, son arme de service pointée vers Hopetown, et attendit au cas où Bo reviendrait, accompagné de la troupe dont il disposait. Darren resta immobile tel un roc, le cœur battant.

Sa respiration ne reprit un rythme tout à fait normal que lorsqu'il fut de retour sur la Route 59, entrant dans Jefferson par l'ouest. Pour accéder à l'hôtel Cardinal, il devait passer devant la résidence de Rosemary King dans North Vale. Il vit que la maison était éclairée, les lustres de l'ancienne salle de réception scintillant derrière les fenêtres. Il y avait un sapin de Noël décoré de colombes et de lumières blanches, et une file de voitures garées le long de plusieurs pâtés de maisons, qui atteignait presque la place de la ville. Son petit-fils serait porté disparu depuis trois jours au coucher du soleil, et Rosemary King organisait une soirée. Cette logique échappait à Darren.

Quand il gara son pick-up devant l'hôtel, il regarda, à travers son pare-brise constellé d'insectes, le ciel saupoudré de pâles étoiles au-dessus de la ville, et il se demanda si elles brillaient plus là où se trouvait Levi, et pourquoi son chemin avait croisé celui de ce gamin. Il y avait sûrement des dizaines de milliers d'enfants disparus dans le pays ce soir ; pourquoi avait-il sur les bras l'affaire d'un gosse qui taguait le mot *nègre* sur la maison d'un vieil homme ? Il essaya de se rappeler que le garçon avait neuf ans, et se revit au même âge, les cheveux en bataille, ses dents de lapin recouvertes d'une substance douceâtre, il se souvint des bêtises qu'il avait faites à l'école primaire – volant de l'argent et des bonbons au fond du sac d'une institutrice posé dans la salle de réunion, déclenchant les alarmes d'incendie, traitant son professeur d'éducation physique de crétin –, demandant toujours au directeur de l'école de contacter son oncle William à Huntsville, situé à un comté de là, où il vivait avec Naomi et ses enfants (la vraie famille de son oncle, pensait-il), au lieu de Clayton. Il faisait tout son possible pour attirer l'attention de William, pour le forcer à revendiquer sa garde à nouveau, à endosser l'image paternelle dont il avait le plus besoin. Lorsqu'il y repensait, la pire chose qu'il eût jamais faite enfant avait sans doute été d'endurcir son cœur contre son oncle Clayton, celui qui était resté auprès de lui, et qui lui pardonnait tout, même d'être devenu un Ranger du Texas comme son frère avec lequel il était brouillé.

Il savait qu'il devait appeler Mack mais redoutait de le faire, et il téléphona d'abord à Clayton, qui vivait à Austin. Il occupait un poste permanent à la faculté de droit de l'université du Texas, où il enseignait le droit constitutionnel, et il organisait des réunions informelles avec des étudiants de gauche dans la maison qu'il partageait à présent avec la veuve de William. Clayton était le seul, à la connaissance de Darren, à n'avoir pas été accablé par l'élection. Il avait considéré les résultats avec une sorte d'amusement entendu, comme un spectacle nihiliste. Aucun détail de ce cirque macabre ne le surprenait. L'Amérique finirait toujours d'une façon ou d'une autre avec Donald Trump, avait-il prédit. Il était de bonne humeur quand Darren l'appela ; il pensait avoir enfin trouvé l'ingrédient final du ragoût de queue de bœuf de sa grand-mère, annonça-t-il à son neveu. Tenter de recréer une recette qui n'avait jamais été couchée sur le papier était un passe-temps occasionnel de Clayton. Il consacrait des jours entiers à essayer différentes versions, à remplacer les feuilles de laurier par de la sauge ou l'amidon de maïs par de la farine. C'était une quête futile et incessante, car il n'y avait aucun moyen de savoir s'il avait retrouvé la formule juste, s'il aurait fallu une base de tomates ou du bouillon de bœuf. C'était un souvenir d'enfance qu'il essayait de raviver, et son frère jumeau n'était plus là pour donner son avis. Clayton était à présent la dernière personne en vie qui eût goûté un jour à ce morceau d'histoire.

« Je voudrais que tu me rendes un service, Pop, dit Darren.

— Lisa dit que tu es à Jefferson. »

Pourquoi diable son oncle avait-il parlé à sa femme avant lui ?

« Ouais, on m'a chargé d'une affaire dans ce coin, c'est pourquoi je suis coincé ici pendant encore un jour ou deux. J'ai besoin que tu fasses une course pour moi. »

Clayton cria à Naomi de baisser la télé, puis il but une gorgée de quelque chose qui lui agaça les dents. Darren l'imagina vêtu d'un gilet souple, penché au-dessus de la cuisinière, un verre de whisky à la main. Il n'avait pas touché à l'alcool depuis vendredi soir, mais il aurait foutrement aimé en avoir bu quelques-uns avant de demander : « Pop, j'ai besoin que tu passes à Camilla pour payer le loyer de mama.

— Certainement pas.

— Je te rembourserai, c'est juste que je lui ai promis...

— Dans quelle sorte de nid d'embrouilles cette femme est-elle en train de te fourrer ? »

C'est l'inverse, Pop. « Fais-le pour moi, et quand j'aurai terminé ici, je t'expliquerai tout. C'est cinq cents dollars, et tu n'as même pas besoin de voir Bell. Tu remets juste l'argent à son propriétaire. Il habite dans la petite maison en bardeaux près de chez elle. »

Il détestait paraître aussi désespéré, et l'intonation suppliante de sa voix. Cela éveillait les soupçons de Clayton et le rendait encore plus susceptible de refuser, ce qu'il fit à plusieurs reprises « Ta mère est une fripouille arriérée, une canaille et une menteuse. Elle serait incapable de marcher sur une ligne droite si tu la traçais à la craie devant elle. Plus tôt tu te débarrasseras de cette idée romantique de l'amour maternel, du dévouement, Darren, et plus vite tu seras capable de te concentrer sur ce que tu as devant toi. Lisa. Le job, si tu en as encore envie », dit-il. Clayton avait accepté à contrecœur le retour de Darren chez les Rangers du Texas. Quel autre choix avait-il, maintenant qu'il avait perdu sa plus grande alliée pour réussir à convaincre Darren de retourner en fac de droit ? Lisa avait totalement renoncé à ce combat. « Ta mère ne sera jamais qu'une source de chagrin pour toi, Darren. » Clayton ne lui avait jamais pardonné d'avoir abandonné son fils après la mort de Duke, le père de Darren, même si c'était lui, Clayton, qui avait arraché le bébé âgé de quelques jours à peine des bras de Bell adolescente. Mais il n'y avait aucune raison de revenir là-dessus aujourd'hui. Son oncle avait été très clair à ce sujet.

Darren appela Mack depuis son pick-up, afin de ne pas courir le risque d'être entendu à travers les murs de l'hôtel. Dès qu'il entendit sa voix, le vieil homme se mit à parler très vite. « Le procureur Vaughn est venu ici, un jour où j'étais pas à la maison. Il a parlé à Breanna, Darren », dit-il, essoufflé et l'air effrayé. Breanna était la petite-fille de Mack, âgée de vingt ans, sa seule famille, avec laquelle il partageait une cabane A-Frame à la frontière ouest du comté de San Jacinto. Elle était présente le soir où Ronnie Malvo était entré dans la propriété de Mack ; en fait c'étaient les propos grossiers de Ronnie sur la jeune femme qui avaient provoqué en partie l'affrontement armé entre les deux hommes, Mack menaçant de descendre Ronnie parce qu'il avait harcelé Breanna. « Et Vaughn est revenu aujourd'hui, ajouta Mack, des larmes dans la voix. Il m'est tombé dessus pendant que j'arrachais des mauvaises herbes, il a dit qu'il voulait passer en revue d'autres éléments.

— Tu n'as rien répondu, n'est-ce pas ? »

Mack se tut, et la poitrine de Darren se serra.

Il perçut la note bleue d'un ressort rouillé, puis le claquement de la porte moustiquaire. Mack était sorti sur le porche, préférant ne pas effrayer sa petite-fille avec le récit de cette visite. « Je lui ai dit que j'avais une casserole sur le feu, et que le moment était mal choisi. Ça l'a apparemment découragé, mais qu'est-ce qu'il fichait ici ? »

Darren perçut un mouvement dans son rétroviseur

latéral ; un homme aux cheveux gris-blond enduits de brillantine se dressant sur sa tête comme un point d'interrogation tirait par le bras une femme brune plus jeune. Elle n'était ni blanche ni noire, la peau plutôt foncée, mais à cette distance Darren ne put en juger. Ils semblaient venir du manoir de Rosemary et l'homme avait la démarche chancelante d'un don Juan alcoolisé quittant une réception avec sa proie. Mais elle s'écartait de lui, trébuchant presque en essayant de monter sur le trottoir à quelques mètres de l'entrée de l'hôtel, hurlant ce que Darren interpréta comme un *non* définitif. Pensant que le type prenait des libertés ou pire encore, il posa la main sur la poignée de sa portière, prêt à secourir la femme qui paraissait avoir trop bu, quand brusquement elle éclata de rire et tomba avec grâce dans les bras de l'homme plus âgé, telle une danseuse. Celui-ci l'aida à se redresser sur le parvis en béton de l'hôtel et l'escorta en douceur jusqu'à la porte d'entrée. Au passage il jeta un coup d'œil au pick-up, croisant le regard de Darren dans le rétroviseur latéral. L'homme lui adressa un signe de tête. « Bonsoir, Ranger. »

Plus tard, Darren se maudit d'avoir omis de remarquer deux choses à ce moment-là : d'abord, l'inconnu n'avait pu en aucun cas apercevoir son insigne dans le petit rétro extérieur, et ensuite, son empressement à retourner le corps de la femme à l'instant où ils longeaient son véhicule l'avait empêché de voir l'expression de son visage.

Il était alors trop perturbé par le problème avec Mack.

« Je croyais qu'ils pouvaient pas me juger une seconde fois pour cette affaire, dit Mack. Double incrimination, quelque chose comme ça. Ils peuvent pas vous juger pour meurtre deux fois de suite.

— C'était seulement le grand jury, Mack. Vaughn peut continuer de chercher un coupable pendant vingt ou trente ans s'il en a envie.

— Oh non, j'y crois pas ! s'écria Mack, comme si on venait de lui montrer les petits caractères d'un contrat. Noon, c'est faux, Darren. J'ai été acquitté. Le jury a dit que j'étais pas coupable.

— Le *grand* jury », rectifia Darren, gagné par une soudaine lassitude. Et assoiffé. Il n'avait rien à boire dans son véhicule, et pas un seul magasin de spiritueux sur la place, encore une autre manière pour Jefferson de jouer au vilain petit canard à côté de La Nouvelle-Orléans, assis de mauvaise grâce dans les photos de famille, la peau irritée par un col victorien rococo.

« Mack, écoute-moi, appelle l'avocat que tu avais pris.

— J'ai pas les moyens de m'offrir ce genre de services, sauf si Clayton veut bien payer cette fois encore.

— S'il refuse, je m'en chargerai », dit Darren avant de se rendre compte que ça produirait un effet désastreux. Il parlait trop vite, commettant erreur sur erreur. Pourquoi diable avait-il dérangé Clayton ce soir ? « Non, en fait, je peux pas faire ça, mais écoute-moi, Mack, tant que tu racontes la même histoire, tout ira bien. Ils n'ont rien de nouveau, tu vois, hein ? » Faisant comprendre à Mack sans le lui dire qu'il n'avait pas livré l'arme. « Tu continues de nier toute implication dans cette affaire.

— Bien sûr. » Darren entendit alors des pas, Mack sortant de la véranda pour s'éloigner de la maison ; le bruit de fond changea, le bourdonnement de la télévision cédant la place aux coassements des rainettes dans les pins en bordure du terrain. « Mais Darren, écoute, il y a des choses que tu ignores dans cette histoire.

— Je n'ai pas besoin de les apprendre. » Moins il en savait, mieux ça vaudrait. En réalité, Mack n'avait jamais fait d'aveux. Une arme avait été retrouvée dans sa propriété de Camilla, c'était tout ce que Darren savait. Et ça lui suffisait. S'il en entendait plus, et voulait protéger Mack, il devrait se parjurer.

« Ce soir-là, Darren, j'avais...

— Non, répliqua-t-il. Arrête. Je t'en prie. »

Mack se tut à l'autre bout du fil. Sa voix revint, assourdie par la honte. « J'te veux pas de mal.

— Désolé, Mack, répondit Darren, pour éviter que le vieil homme se sente rabroué. C'est juste que je suis occupé par cette mission à Jefferson, un gosse disparu.

— Oh non, dit Mack, ému par cette tragédie.

— Je suppose que je suis un peu à cran.

— Je comprends.

— Mais écoute, Mack, tu peux me rendre un service ? » *Grands dieux, je vais oser ?* « Est-ce que tu pourrais par hasard apporter cinq cents dollars à Puck qui habite en face de chez mama ?

— Je n'ai pas cette somme chez moi.

— Apporte ce que tu peux, dit Darren. Je compléterai plus tard. »

Il raccrocha avant d'être encore plus dégoûté par son audace. Puis il prit le reste de ses bagages, laissant son pick-up garé devant l'entrée de l'hôtel.

Il y avait quelqu'un dans sa chambre. Il le sut dès l'instant où il entra.

Dès que la porte se fut refermée avec un bruissement sur la moquette rouge rubis, il remarqua le lampadaire allumé, qu'il ne se souvenait pas d'avoir oublié d'éteindre. Mis à part ce mince filet de clarté ambrée, la pièce était plongée dans le noir, y compris le couloir conduisant à l'immense lit, à la salle de bains, et au dressing. Quelque part dans cette obscurité, un corps bougeait. Darren n'avait pas la moindre idée de la manière dont il était entré ni depuis combien de temps il l'attendait. Il sortit son .45 de son étui et prit une lampe-stylo dans sa poche. Il s'engagea dans le couloir, enlevant le cran de sûreté, et leva son arme à l'instant où la porte de la salle de bains s'ouvrit, et où sortit Greg Heglund, plissant les yeux, ébloui par la lumière blanche, aussi perçante qu'un laser.

Darren détourna le revolver de son meilleur ami, et le maudit.

Greg jugea ce quiproquo beaucoup plus amusant que Darren. Il pouffa en appuyant sur l'interrupteur de l'entrée. Puis il tendit les bras pour étreindre Darren qui roula les yeux et évita son contact. « Tu ne t'es pas lavé les mains.

— Tu sais que l'urine est presque stérile ?

— Presque.

— Allons, mec, s'exclama Greg, ouvrant les bras d'un geste comique pour le serrer contre lui.

— Comment tu es entré ici ? »

Greg montra son insigne de poche. « Et avec ma peau blanche en plus, je peux entrer presque partout sauf à Diddy's White Party[1]. Quelle ironie, non ? »

1. Une réception où se pressent des célébrités, surtout noires, et où les invités sont tous priés de porter des vêtements blancs

Darren roula des yeux. Greg était un Blanc qui avait toujours eu une affinité particulière avec les Noirs, et il prenait souvent certaines libertés en usant d'un sens de l'humour très personnel et parfois discutable. Mais c'était un gars solide dont le cœur et les idées politiques avaient toujours été justes, avant même qu'il rejoigne le Bureau. Darren était heureux de le voir, mais se sentait un peu pris en embuscade. « Quand tu m'as envoyé ce texto, tu n'as rien dit sur ta venue à Jefferson.

— J'ai voulu te faire une surprise. »

Il portait un complet et une cravate noirs, et avec sa beauté juvénile et ses yeux verts brillants, Greg ressemblait à un Mormon ou à un entrepreneur de pompes funèbres particulièrement jovial. « Et de toute manière, j'étais censé être reparti à l'heure qu'il est. »

Greg avait réussi à transformer son rôle minime dans le double homicide du mois d'octobre à Lark – à savoir, quatre minutes passées à discuter des crimes raciaux à la télévision – en un poste dans une unité spéciale chargée de documenter l'augmentation des crimes de haine depuis l'élection. Il faisait écho à l'inquiétude du lieutenant Wilson, car personne ne savait quelles seraient les priorités du ministère de la Justice après l'investiture de Trump. Et avant que l'administration actuelle n'éteigne les lumières en partant, les Fédéraux voulaient que tout cela soit consigné par écrit. Que l'histoire se souvienne. Greg avait voyagé dans les comtés du

---

– accueillis par Sean « P. Diddy » « Puffy » Combs, le rappeur et producteur de disques. Greg serait refoulé soit parce qu'il est blanc, soit parce qu'il est un agent fédéral (ou pour ces deux raisons).

Texas de l'Est, de Houston à Dallas, rassemblant des preuves sur chaque dégradation d'église et de mosquée, chaque poupée noire accrochée à un arbre pour rire, sur chaque vrai cadavre noir découvert pendu de la même façon. Il y en avait eu deux au Texas cet hiver, l'un près de Waco et l'autre dans le comté de Bowie, où Bill King était actuellement incarcéré. Greg, apprit Darren, s'était même rendu à Hopetown. Il avait rencontré M. Page et parlé avec lui, ainsi qu'avec Margaret Goodfellow et sa famille élargie. Des rapports avaient été transmis sur les tentatives d'intimidation et les menaces lancées par les nouveaux résidents, les gens du parc de caravanes. Et bien sûr, des actes de vandalisme explicite. « Le mot N, commenta Darren en hochant la tête.

— Entre autres choses.

— Page a parlé d'une église.

— Ce n'est pas une église telle que nous l'imaginons toi et moi, mais un lieu de culte, oui, expliqua Greg. C'est une hutte, un genre de cabane ronde que la famille de Margaret a construite.

— Ce sont des Indiens, des Caddos. »

Greg acquiesça. « Quelques-uns des seuls qui restent dans cet État. Les autres se sont installés dans l'Oklahoma, chassés avec toutes les autres tribus sous le soleil. »

On racontait qu'il y avait des Caddos parmi les ancêtres des Mathews, mais avant aujourd'hui Darren n'en avait jamais rencontré un seul et il ignorait tout de cette tribu, excepté ce que son professeur d'histoire de cinquième avait jugé bon de transmettre à ses élèves, c'est-à-dire pas grand-chose.

« Que s'est-il passé dans l'église ? demanda-t-il.

— Deux gamins ont essayé d'y mettre le feu. Levi King était une petite frappe. »

Darren soupira, accablé par le rôle de médiateur qu'il tentait de jouer. « Il a neuf ans.

— Et un jour il en aura dix-neuf », répliqua Greg. Il se laissa tomber sur le bord du canapé du séjour de la suite. « Pour l'instant, il rejoue ce qu'il voit autour de lui au niveau qu'il est capable de gérer ; il passe sa colère sur quiconque est différent, il répète ce qu'il entend chez lui. Mais d'ici dix ans, je te garantis que ce garçon va sauter à pieds joints dans la Fraternité exactement comme son papa, et à ce stade-là il se contentera pas de taguer la maison du vieux ; il tuera Leroy Page.

— Ça fait penser aux conneries de l'EI, observa Darren. Tu mélanges une vie familiale misérable avec deux ou trois débouchés économiques *légaux*, tu remues le tout, et tu laisses fermenter...

— Et en quelques années, tu obtiens un terroriste. »

Un instant, Darren laissa le film défiler comme la bobine d'un cauchemar, voyant que très probablement, dans un temps donné, Levi serait un raciste aussi dangereux que son père, qui avait étranglé un homme noir derrière une station-service et brûlé son cadavre. Darren eut l'impression fugace, presque pénible, d'euthanasier un chiot malade, de tourner carrément le dos à Levi. Il savait que ce n'était pas bien. Il devait envisager la possibilité que rien de tout cela ne se produirait – son insigne l'exigeait. Levi était un gosse de neuf ans dont l'avenir ne pouvait être prédit dans les feuilles de son arbre généalogique. En outre, sauver Levi donnait à Darren une couverture morale pour encadrer Bill King. Il n'avait pas besoin d'aimer ce foutu gosse, dit-il, mais il devait tout de même le chercher.

« Oh, ce gamin est mort. » Greg prononça ces mots d'un ton si détaché qu'il faillit bâiller à la fin de sa phrase. Il consulta sa montre et leva les yeux vers Darren, qui avait eu un choc en l'entendant déclarer que l'enfant était mort – l'écho de la vérité, le poids de la responsabilité. Greg se demanda si son ami avait dîné, et dit qu'il n'avait pas encore mangé un vrai bol de gombo depuis son arrivée ; il allait rester pendant un bon moment, et ce serait une bonne idée de manger un plat créole. Darren se raidit, chaque muscle tendu en prévision du coup à venir, et demanda à Greg ce qu'il avait à faire ici. Il se doutait déjà de la réponse, il savait quel merdier l'attendait. « Nous pensons qu'il s'agit d'un crime raciste, répondit Greg. Le FBI veut que je reste. »

TROISIÈME PARTIE

10

Greg voulait faire trente kilomètres pour franchir la frontière et déguster un vrai repas créole. Mais Darren ne se sentait pas autorisé à sortir de l'État alors qu'il était en mission. Il ne voulait pas non plus courir le risque de tomber sur son soi-disant garde du corps, l'adjoint Briggs, au Steamboat Palace, et ils atterrirent dans un bar du nom de Froggy's, le seul endroit du centre de Jefferson où Darren pouvait boire de l'alcool en paix. Le gombo sans roux ne ressemblait à rien – aussi liquide qu'un bouillon, avec de la saucisse insipide et des morceaux d'okra durs baignant dans un lac rouge huileux poivré à mort. Darren commanda un Knob Creek pur et Greg aligna deux bières sur le comptoir, ce qui leur permettrait de parler sans être interrompus pendant la demi-heure suivante. Tous les regards étaient rivés sur eux. Darren avait rangé son insigne et avait l'air d'un cow-boy noir égaré dans le mauvais bar. Greg, avec son complet bien coupé et ses mocassins, détonnait comme un lapin de Pâques dans un rassemblement de Pères Noël, une bizarrerie que sa propre race ne pouvait se résoudre à admettre. Les autres hommes blancs du bar portaient des tee-shirts, des Wranglers, et des bottes de travail.

Greg tenait M. Page pour responsable de l'homicide.

Un homicide qui n'avait pas encore été établi, dut lui rappeler Darren.

« Ça fait trois jours que personne n'a vu le gosse ni entendu parler de lui, et tu as dit toi-même que sa grand-mère ne sait pas où il est. Mais ce que nous savons, de son propre aveu, c'est que Leroy Page a été le dernier à voir le gamin vendredi soir.

— Un aveu étrange s'il avait tué le petit.

— Ou un coup de génie, répliqua Greg. Pour se donner l'apparence d'un homme honnête prêt à coopérer. »

Darren se souvint que le vieil homme s'était empressé de le mettre dehors sans ménagement quand il lui avait demandé s'il pouvait fouiller la maison. *Prêt à coopérer* n'était pas l'expression qu'il emploierait pour décrire Leroy Page. « Quel mobile ? » dit-il, sans parvenir à démontrer l'absurdité de cette hypothèse. Il frémit en se rappelant le naturel avec lequel il avait lui-même envisagé le décès de l'enfant. Il jeta un coup d'œil à son reflet dans le miroir encadré de guirlandes rouges derrière le bar. Soit le miroir était déformé, soit le bourbon agissait à la vitesse de la lumière car l'homme qu'il y voyait parut grotesque : le teint terreux, grisâtre, couleur de l'écorce d'un chêne moribond, les épaules voûtées. Il n'était plus lui-même depuis que le problème avec Mack avait dévoyé sa vision du monde, au point qu'il ne savait jamais s'il était du côté de la vérité ou s'il se trompait du tout au tout.

Tu es en train de te perdre, fils, disait son oncle William à son oreille. *Ne permets à personne de te voler ta grâce.*

Mais pourquoi, voulait-il répondre, *le poids de la grâce doit-il toujours planer au-dessus de nous ?*

« On t'a dit que quelqu'un avait déposé des crottes de chien sur le seuil de M. Page ?

— Le gosse ?

— Ça dépasse largement Levi, c'est ce que je tente de t'expliquer. Tu sais qu'un homme est entré par effraction chez Margaret Goodfellow, s'est dressé au-dessus de son lit au milieu de la nuit, et a menacé de la violer ? Une femme de quatre-vingts ans ! Tu sais qu'on a tiré sur les écuries ? Par chance ils n'ont pas tué les chevaux du vieux. Ils ont vandalisé son hangar à bateaux, volé un moteur de deux cents dollars.

— Et tout a commencé après l'élection ? » Ça correspondait à un schéma de violence apparu ces dernières semaines, songea Darren, tel un parent fantôme sur un daguerréotype qui avait toujours été là mais qu'il était désormais impossible d'ignorer.

« Dans ce cas c'est une coïncidence, il n'y a aucun lien de cause à effet entre l'élection et ces incidents.

— Je pensais que tu ne croyais pas aux coïncidences », dit Darren. Il fit un signe au barman pour commander un autre verre, bien que Greg n'eût pas fini sa première bière.

« Tout s'est précipité quand Page a décidé de vendre sa terre.

— Il vend à qui ?

— À un promoteur de Longview, un type qui s'appelle Sandler Gaines.

— Un promoteur ? » dit Darren. Il prit un carnet

dans sa poche de poitrine et nota le nom. « Alors, il va tout abattre et construire des logements en bord de lac ?

— Qui sait ? »

Darren pensa aux maisons de Margaret Goodfellow et de sa famille. Comment Leroy Page pouvait-il imaginer qu'elles ne seraient pas rasées avec tout le reste ? Il songea à l'échange amical d'œufs et de noix de pécan, de légumes du potager, aux offres d'entraide et de repas quotidiens, et il éprouva le sentiment aigu d'avoir perdu quelque chose qu'il n'avait pas vraiment le droit de revendiquer, et dont il ignorait l'existence vingt-quatre heures plus tôt. La vente de Hopetown, sa démolition totale, semblait impossible sur un plan spirituel. Le Texas, qui avait préservé des monuments témoignant de ses propres défaites et de sa honte, était-il vraiment capable de détruire l'histoire d'une communauté qui avait prospéré envers et contre tout, même après l'arrivée de la FAT ?

Il demanda à la barmaid si elle avait jamais entendu parler de cet endroit. « Une colonie d'esclaves, sur la côte nord-est du lac ? »

Elle avait une vingtaine d'années, une épaisse chevelure noire et une peau aussi pâle et luminescente qu'une pierre de lune. Mais c'était sans doute son maquillage. Les ongles peints et trop longs pour ce genre de travail, elle était en représentation ici, exposée sur la scène d'une petite ville. « C'est juste un conte de bonnes femmes », répondit-elle avec un sourire narquois comme si elle pensait que Darren la faisait marcher et voulait prouver qu'on ne la lui faisait pas. « Ma mamie parlait toujours des esclaves en fuite et des fantômes sur l'eau mais je n'ai jamais rencontré une seule personne noire qui habite au bord du lac. Ils ne savent pas nager», dit-elle, se rappelant à qui elle s'adressait et le prenant à témoin. «Vous le savez bien.»

Greg, déçu, secoua la tête quand elle s'approcha d'un autre client tout en essuyant le comptoir avec un chiffon. «Mes projets pour la nuit sont à l'eau», annonça-t-il, révélant qu'il avait eu des vues sur la fille, et venait de lâcher l'affaire. Bien sûr, il jeta encore un regard au cul nourri au pain de maïs de la serveuse. «Peut-être pas.

— Tu n'as pas honte, dit Darren.

— C'est foutu, je le crains.

— Le petit ami de Marnie, Gil Thomason, a été impliqué dans les cas de harcèlement à Hopetown, les menaces contre M. Page et les Indiens Caddos?

— Bien sûr. C'est LPBEC là-bas. Le P'tit Blanc En Chef.

— Putain, Greg, ne parle pas aussi fort.»

Mais la voix de George Strait vibrait dans les haut-parleurs fixés au plafond, couvrant le bruit des conversations, et personne ne les entendait. Ça n'empêchait pas les regards. Darren ne quittait pas des yeux deux mecs blancs assis à une table près de la porte. L'un d'eux – les yeux noirs sous la visière d'une casquette rouge dont Darren n'avait pas besoin de lire les pâles caractères pour saisir le sens des mots – l'observait de façon un peu trop appuyée. D'un geste lent, Darren sortit son insigne de la poche de son pantalon, le tenant de façon à capter la clarté ambrée des enseignes au néon du bar, puis le posa sur le comptoir du bar. Le type à la casquette rouge se pencha au-dessus de sa table pour chuchoter quelque chose à l'oreille de son pote de beuverie, et Darren se tourna de manière à ne pas exposer son dos et à rendre plus visible l'étui de son arme. Greg vit ce qui se passait et fit signe à la serveuse de lui apporter la note. Darren lui dit de baisser la main et commanda un autre bourbon pour indiquer qu'il comptait bien rester.

Greg comprit son intention. « Ça n'en vaut pas la peine, D.

— J'ai encore soif. » Darren lança un regard de froide menace à l'autre table.

« Je croyais que tu avais arrêté », dit Greg en désignant du menton le troisième verre qui venait d'être servi à son ami. Darren le regarda avec une grimace, à la fois un peu agacé et perturbé. Ils n'avaient parlé qu'à deux reprises depuis qu'ils s'étaient vus à Lark, et son penchant pour l'alcool n'avait pas été abordé une seule fois. Greg parut sentir qu'il avait commis un impair, et aurait mieux fait de se taire. Il commanda une autre bière pour montrer qu'il ne jugeait pas Darren. Puis il répondit d'un air pincé : « Lisa me l'a dit.

— Tu lui as parlé quand ? »

C'était inouï. À une certaine époque, le triangle de leur amitié avait été équilatéral. Au lycée, Lisa et Greg étaient aussi proches que Greg et Darren. Ils faisaient tous partie d'une association du jeune Barreau qui participait à des compétitions de faux procès avec des élèves vivant à l'autre bout de l'État. Et quand ils s'étaient retrouvés tous les trois en fac de droit, Darren savait que Lisa et Greg avaient gardé des relations amicales, même lorsque Darren avait quitté l'État pour étudier à Chicago, alors qu'ils étaient restés tous les deux à l'université du Texas. Mais au cours des années, le lien entre Greg et Lisa s'était amenuisé, réduit au mince filament de leur relation respective avec Darren. Pour Greg, Lisa était l'épouse de son ami. Pour Lisa, Greg était l'ami de son mari. Ils ne se fréquentaient plus. Darren ne parvenait pas à se rappeler quand ce schéma s'était figé, mais il ne s'en plaignait pas non plus. Il éprouva donc un sentiment inattendu de jalousie en apprenant qu'ils se parlaient en son absence.

« On s'est croisés au tribunal fédéral de Houston.

— Qu'est-ce que tu faisais là ? »

Le ton de sa question était plus intrusif qu'il ne l'avait souhaité. La carrière de Greg avait mis du temps à démarrer en comparaison de celles de Darren et de Lisa, ce n'était un secret pour personne. En tant qu'avocate de litiges civils, elle gagnait davantage qu'eux deux réunis. Ses clients étaient des sociétés locales et nationales qui payaient grassement les services de son cabinet. Mais pour Darren et Greg, le succès était proportionnel aux affaires gagnées, au nombre de crétins enfermés dans des cellules de prison, en train de les maudire.

À quarante-deux ans, Greg n'avait pas encore travaillé sur un gros dossier, et n'avait pas même franchi le premier barreau branlant de l'échelle de l'avancement au sein du Bureau. Les arrestations de Lark à l'automne l'avaient impliqué dans une activité à laquelle il voulait désespérément se consacrer : enquêter sur des crimes de haine, anéantir l'héritage raciste du Sud. Ces questions comptaient pour Greg ; elles faisaient partie des raisons pour lesquelles il avait rejoint le FBI. Mais Darren n'était pas aveugle. Il savait aussi bien que son ami que le fait d'accuser un vieil homme noir d'avoir commis un crime racial suffisait à lancer une carrière : un événement aussi inédit lui garantirait l'attention nationale s'il parvenait à bâtir un vrai dossier et envoyer en prison le dernier descendant d'une communauté d'affranchis pour le meurtre d'un enfant ayant des liens avec la Fraternité Aryenne du Texas. Les journalistes de *Dateline, 20/20,* et Fox News feraient le siège de son domicile, l'eau à la bouche. Darren imaginait déjà le documentaire sur « un vrai crime » que produirait Netflix. Il sentait sur Greg l'odeur typique de l'ambition, le cynisme fétide qui suintait par tous ses pores, tant il était surexcité par la perspective d'une grosse affaire. Greg fit tambouriner ses ongles courts sur le comptoir du bar. « En tout cas, c'est un suspect, et tu le sais, ajouta-t-il en voyant l'expression méfiante de Darren. Peut-être que le vieux en a eu assez.

— Mais un meurtre ? Un enfant de neuf ans ?

— Qui sait ce qui s'est passé près du hangar à bateaux ce soir-là. Peut-être que le gosse l'a attaqué, menacé de ce que le copain de sa mama lui ferait...

— De la légitime défense, dit Darren. C'est ce que M. Page et les Amérindiens pratiquent pour se protéger des brutes. Rien d'autre. Est-ce que tu peux me dire si on dispose d'éléments prouvant que Leroy Page a exprimé des idées racistes ? »

Greg lui adressa un sourire affligé, avant de dire : « LPBEC. Le P'tit Blanc En Chef, c'est une citation directe de M. Page pendant notre entrevue. »

Darren secoua la tête. Greg se montrait tout à fait injuste.

« Écoute, ça ne me réjouit pas plus que toi, mais...

— *P'tit Blanc* et *nègre,* c'est pas pareil, et tu le sais, répliqua Darren.

— En effet, dit Greg, quelque peu indigné que Darren le connaisse aussi mal. Mais tu sais qui n'a pas la capacité de déceler ce genre de nuance ? Ton prochain président, déclara-t-il, le visage crispé par la frustration. C'est le dilemme où nous sommes. Si nous n'engageons pas de poursuites quand il s'agit de crimes raciaux contre les Blancs – *si* c'est le cas ici, précisa-t-il juste pour que Darren l'écoute –, si nous ne poursuivons pas les meurtriers de Blancs avec la même constance que les assassins de Noirs... »

Darren partit d'un éclat de rire si tonitruant qu'il faillit s'étrangler avec son bourbon, se brûlant la gorge. Greg posa une main sur le bras de son ami et le regarda dans les yeux, une expression perplexe et peinée sur le visage. « Je suis sérieux, D. Tu vois qui s'apprête à entrer à la Maison-Blanche ? Tu vois où en est ce pays ? On est dans la merde, vieux. Ce que j'essaie de faire a un sens. Une affaire comme celle-ci permettrait de signaler au ministère de la Justice que les crimes de haine ne sont pas un tour de passe-passe libéral. Ils sont réels, mortels et inacceptables dans la vie des Américains. Les politiques doivent comprendre que pour le FBI, *chaque* crime racial compte. On peut espérer qu'une affaire comme celle-ci les persuade d'engager des poursuites quand les rôles sont inversés, lorsque c'est un homme noir qui est tué, et que ça change la donne.

— Alors c'est toi le Jackie Robinson[1] des affaires fédérales de crime de haine ? » Darren était un peu soûl, sa tolérance à l'alcool avait diminué au cours des

1. Joueur de base-ball professionnel qui est devenu le premier Afro-Américain à jouer dans la Major League Baseball.

deux derniers mois, tel un muscle s'atrophiant quand il en avait le plus besoin. Il aurait bu une quantité de bourbon équivalente à son poids s'il l'avait pu, il aurait fait n'importe quoi pour éviter d'accuser Leroy Page d'être un meurtrier d'enfant.

« Non, asséna-t-il, rejetant ce discours en bloc. Page a tout vendu. Il déménage, ce n'est qu'une question de semaines. C'est terminé. Et nous parlons d'un gamin de neuf ans. Il connaissait le grand-père du garçon, bordel...

— Oui, l'homme à qui il reprochait d'avoir transformé une communauté noire autrefois idyllique en un paradis de suprémacistes blancs et de sympathisants de la Fraternité. »

Darren secoua la tête devant une pareille logique. « Les deux vieux étaient amis. »

Mais Greg continua de plaider sa cause.

Il demanda à Darren d'imaginer qu'il était un descendant d'esclaves, à quoi il répondit en roulant des yeux : « Je vais essayer. »

« Imagine, poursuivit Greg, que tes ancêtres aient littéralement bâti une ville sur l'espoir de ce que la liberté en Amérique pourrait signifier pour eux, qu'ils aient subvenu à leurs besoins et vécu en paix dans la prospérité pendant plus d'un siècle. Et voilà que s'installent des Blancs qui n'ont rien du tout et qui ne savent rien de rien, et ils se mettent à détruire ce que tu as construit, à s'en emparer. Pire encore, ils te haïssent pour ce que tu as été capable de construire à partir de rien. Ils déposent de la merde sur ton pas de porte. Au sens propre du mot. Ils menacent les gens qui te sont chers. Ils font de ta vie, de ton paradis, un véritable enfer. Et puis un soir, tu vois ce petit garçon tout seul. Il n'y a que toi et lui. Pas de témoin. Peut-être qu'il te provoque, un truc comme ça, il te traite de connard, de nègre. Et tu perds ton sang-froid, tu ne peux plus contenir ta rage, peu importe que ce soit un gamin de neuf ans ou une vieille dame nonagénaire, tu as assez donné. Tu *craques.* »

Pour Greg, c'était une réaction passionnelle logique. Mais Darren – irrité par cette description d'une pulsion violente qu'il ne reconnaissait ni chez lui ni chez les hommes qui l'avaient élevé – ne mordit pas à l'hameçon. Il prit plaisir à sortir de son chapeau un atout culturel, parlant avec une autorité que son ami ne pouvait contester. « Les Noirs sont pas comme ça », assura-t-il. *Sinon vous seriez tous morts à présent,* eut-il envie d'ajouter, mais il n'en fit rien. Au lieu de cela, il formula un sentiment différent de celui de Leroy Page : « Les Noirs sont le peuple le plus indulgent du monde », dit-il. Mais alors qu'il prononçait ces mots, le souvenir de cet homme affirmant qu'il n'aimait pas Levi lui revint à l'esprit, exigeant son attention. Il se souvint de la réaction méfiante – bizarre, en réalité – du vieil homme qui l'avait traité de traître à cause de ses questions sur la mort d'un enfant blanc, quand il avait demandé à fouiller sa maison, et il entendit à nouveau les paroles de son oncle Clayton : *Le pardon a ses limites.*

11

Le Bureau logeait Greg dans un motel proche de la Route 59, il ramena donc Darren à l'hôtel Cardinal à bord de sa Ford Taurus, puis se pencha au-dessus de son ami pour ouvrir la portière côté passager. Dans le faisceau de lumière du plafonnier leurs bras s'emmêlèrent maladroitement ; Darren esquiva l'étreinte, optant pour une poignée de main fraternelle. Greg, comme pour s'assurer de l'intacte pérennité de leur amitié en dépit de leur discussion intense, et de l'orientation qu'il comptait donner à son enquête, lança : « On est d'accord, hein ? »

Darren n'avait pas de réponse simple à lui proposer, mais sa question le toucha. Il connaissait le cœur de son ami, même s'il jugeait que son ambition risquait de brouiller son point de vue sur la situation à Hopetown. De la même manière, Greg considérait que le sens compulsif du devoir familial dont Darren faisait preuve à l'égard de tous les Noirs de sa connaissance – en particulier ceux âgés de plus de soixante-cinq ans – avait biaisé son opinion sur Leroy Page. Même sans connaître l'histoire avec Mack et l'affaire qui pesait sur lui dans le comté de San Jacinto, Greg percevait la détresse qu'inspirait à Darren l'idée que Page pût être impliqué dans ce qui était arrivé à Levi King. Les deux hommes se connaissaient comme des frères. Pourraient-ils encore s'aimer en dépit des événements à venir dans le comté de Marion ? Ils s'écartèrent l'un de l'autre et Greg tendit un poing serré que Darren toucha avec le sien. Greg sourit et dit : « Je suis heureux pour Lisa et toi, mec. »

Donc Greg et Lisa s'étaient non seulement croisés au tribunal, mais ils avaient passé assez de temps ensemble pour discuter du penchant de Darren pour l'alcool et de l'état de son mariage.

Devant l'hôtel, Clyde, le chauffeur de Rosemary King, attendait appuyé contre la portière conducteur de sa Cadillac Silver. Darren consulta sa montre, se demandant si la soirée de Rosemary s'était enfin terminée, ou si Clyde avait été envoyé pour chercher l'un de ses invités. En tout cas, il était content de parler à l'homme seul à seul. À Jefferson, il avait eu si peu de vrais échanges avec des Noirs qu'il n'avait aucune idée de ce qu'ils savaient sur Hopetown, et ignorait ce que l'ancienne colonie d'esclaves représentait pour eux. « Un tas de gens croient qu'ils sont tous partis à présent », répondit Clyde à sa question.

Par la vitre entrouverte, Darren entendit un blues rauque et entraînant, une musique que Clyde passait lorsqu'il était seul. *I believe my soul found a happy home.* Mon âme, je le crois, a trouvé une maison heureuse. Darren connaissait cette chanson de Ruthie Foster, il savait qu'elle l'avait enregistrée une fois avec Jessie Mae Hemphill. Cet air lui rappela le moment passé dans la cuisine de M. Page cet après-midi, le ramenant au second couplet du chant qu'interprétait

Jessie Mae, des paroles qu'il n'avait entendues dans aucune autre version : *I make heaven my home, I shall not be moved.* Au paradis je demeure, jamais je n'en partirai. La musique noire, songea Darren, élève si souvent les cœurs et les esprits. Les musiciens savent que la foi est plus importante que le monde matériel, rempli d'épreuves et de tourments, de transgressions contre le corps et l'âme, contre notre droit à la moindre parcelle de ce pays, à ses champs que nous avons autrefois cultivés à nous en briser le dos.

« Mais en fait, y a encore des gens là-bas, dit Clyde à propos de l'ancienne colonie d'esclaves. Ils restent entre eux, j'en ai jamais croisé un seul. Les anciens disaient que c'étaient des esclaves en fuite qui avaient peur de venir en ville. Mais d'après ce que je sais de l'histoire de Jefferson, un homme blanc laisserait pas ses nègres filer à Shangri-La sans venir les chercher. On raconte tellement de bobards par ici. On peut pas en croire la moitié. Je sais même pas si cet endroit est réel ou si c'est une histoire que les Noirs ont inventée il y a longtemps, pour réaliser leur rêve d'échapper aux Blancs. »

Darren hocha sagement la tête, s'inclinant devant cette logique du Sud. Il remercia Clyde pour cette conversation. Le chauffeur regarda à deux reprises derrière son épaule avant de lui donner un conseil. « Soyez prudent, dit-il, chuchotant presque. Rosemary ne joue pas. »

Darren voulut lui demander ce qu'il entendait par là, mais son téléphone sonna.

C'était Lisa.

Ils ne s'étaient pas parlé depuis qu'il avait quitté Houston ce matin.

« Hé », dit-elle quand elle sut qu'il était seul dans sa chambre d'hôtel, la voix rauque comme toujours après vingt heures. Elle avait dû enfiler un des vieux sweat-shirts de Darren à présent. Sa clavicule ressortant à l'endroit où le tissu glissait sur son épaule, et il eut un pincement de nostalgie en l'imaginant. Elle le ressentit elle aussi. « J'ai pensé, dit-elle, que cette fois je pourrais peut-être venir te retrouver.

— Je travaille, Lisa.

— Je sais. C'est juste que l'audience de l'affaire Madison Holdungs a été repoussée d'une semaine, et je peux prendre un jour ou deux, venir à Jefferson, et te serrer dans mes bras.

— Tu veux faire quatre heures de route pour me serrer dans tes bras ?

— Euh, peut-être pour un peu plus que ça. » Il y eut une pause à l'autre bout de la ligne, puis elle chuchota, presque comme si elle avait honte : « Tu me manques. »

Darren alluma le lustre du salon de la suite. La pièce paraissait plus petite que lorsqu'il l'avait quittée, totalement engloutie dans un velours rouge sang : suspendu aux fenêtres, tissé dans la tapisserie des murs, et dans le revêtement du canapé chesterfield sur lequel Darren s'assit pour retirer ses bottes.

« Tu me manques aussi. Mais je ne passe que quelques jours ici.

— C'est juste que... tu as entendu ce que disait le Dr Long, nous avons trouvé le juste équilibre, et la dernière fois où nous avons été séparés, la distance nous a éloignés, ça a changé les choses. »

Elle faisait allusion à sa mission à Lark, bien sûr, des journées entières qu'il avait passées près d'une autre femme. Le nom de Randie avait été mentionné une seule fois pendant leurs séances de thérapie de couple. Mais elle demeurait à la lisière de sa conscience, lumière floue dans le lointain, témoin de sa réaction exemplaire, et Lisa le connaissait assez bien pour comprendre qu'un élément nouveau, incrusté en un lieu obscur de son cœur où elle n'était pas la bienvenue, exerçait une emprise sur lui. Elle n'avait jamais accusé Darren d'avoir effleuré la main de Randie, mais plus cruellement, d'être frustré que son épouse n'eût jamais réclamé autant d'attention que la veuve. Il avait été agacé d'entendre Randie réduite à son statut de *veuve,* sachant d'instinct qu'il serait peu judicieux de le souligner. Son rôle, dans la chaleur suffocante du cabinet de la thérapeute, s'était résumé à écouter. Il ne lui avait jamais dit que Randie lui avait proposé de se joindre à elle quand elle avait enterré les cendres de son mari à Tyler. Ni que Randie lui avait envoyé quelques semaines plus tôt à son bureau une carte postale représentant le mémorial du cimetière de Freedman à Dallas où, malgré son aversion déclarée pour tout ce qui touchait au Texas, elle avait accepté un travail pour une start-up de mode. Elle devait y séjourner encore une semaine, avait-elle écrit en lettres élégantes. Il n'avait pas dit non plus à sa femme qu'il avait envisagé de s'y rendre en voiture, juste pour savoir si elle allait bien. Il gardait tout cela pour lui. Il valait mieux oublier cette histoire. Il n'avait jamais répondu aux messages de Randie, ni à sa carte postale, mais son sentiment de culpabilité persistait, et il accepta donc, à contrecœur, de passer une soirée avec Lisa à Jefferson. « Peut-être dîner ensemble. Mais je ne peux rien promettre d'autre. »

Lisa répondit avec un petit rire voilé : « Moi je peux. »

Darren perçut une insistance chez elle, un accent un peu douloureux dans cette volonté désespérée de faire quatre heures de route pour le voir, comme si elle pensait que leur couple ne résisterait pas à une séparation de quelques jours. Elle voulait ce qu'elle avait repoussé avec désinvolture quand elle l'avait mis à la porte l'automne dernier : le son de sa respiration dans son dos, son corps pressé contre le sien au cœur de la nuit. Pourtant, même les quatre séances avec le Dr Long lui avaient laissé la pilule amère du ressentiment en travers de la gorge.

Il eut du mal à s'endormir. Des voix lui parvenaient de l'extérieur de sa chambre, des rires de femmes et même quelques cris perçants de fillette. Il traversa la pièce sans allumer et tira un coin des lourdes draperies, découvrant un groupe de dames mûres au double menton éclairé par les bougies qu'elles tenaient. Elles avaient une vue directe sur la chambre de Darren. Vêtu seulement de son caleçon, il recula aussitôt dans l'obscurité de cette chambre d'hôtel qui apparemment était un site remarquable de la célèbre promenade hantée. Un autre groupe de touristes arriva trois quarts d'heure plus tard. Même scénario : les bougies devant sa fenêtre, les femmes bouche bée. Pour tromper l'ennui, il prit l'un des dépliants de l'hôtel dans la table de nuit et lut ce qu'on y disait du passé macabre du Cardinal. Il fut stupéfait de découvrir une page entière consacrée à la chambre qu'il occupait, la Garden Suite, également mentionnée dans les autres prospectus consacrés aux visites hantées que le personnel de l'hôtel avait placés à son chevet. Une certaine Penelope Deschamps, née Penny Deckard, d'Acadia Parish en Louisiane, s'était suicidée avec un Derringer à crosse nacrée, le cœur brisé par la mort de son mari et la perte de ses esclaves préférés. Son fantôme, disait-on, hantait la célèbre Garden Suite, et s'approchait parfois de la fenêtre pour se montrer aux passants. Rosemary avait donc fait en sorte de lui attribuer cette suite particulière, sachant pertinemment qu'il ne fermerait pas l'œil de la nuit : Darren put apprécier l'étendue de l'hostilité de cette femme à son égard.

Jefferson se flattait d'être la ville la plus hantée du Texas. Pas une parcelle de son passé qui ne lui rapportât un dollar ; ces visites guidées pouvaient continuer toute la nuit. Dans l'espoir de s'assommer, il dévalisa le minibar, mangea un tube de Pringles et but deux bières d'affilée, priant pour que l'alcool et l'amidon le mettent K.-O. Le sommeil finit par s'abattre sur lui comme une vague noire sur son corps ; sa poitrine se relâcha sous son poids, ses paupières alourdies se fermèrent enfin. Il rêva d'esclaves et d'Indiens, de l'eau du lac Caddo, des cyprès étouffés par la mousse qui l'encerclaient de toutes parts. Il crut apercevoir Levi King derrière cet arbre ; non, cet autre. Le garçon se cachait. Il devait juste l'attraper. Se déplacer plus vite. L'eau était lourde. Ses habits étaient trempés, les pointes de ses bottes frottaient le lit du lac, mais il tentait de franchir le marais. Il se retrouvait dans le bayou de Lark, Randie le regardait, debout sur la rive. Elle s'appuyait contre un chêne étoilé, vêtue seulement de son manteau blanc. Darren détournait les yeux ; même dans son rêve, il semblait savoir qu'il l'avait fait apparaître à demi nue, et la honte qu'il en ressentit embrasa ses entrailles et se répandit dans son corps tout entier.

Il bandait quand il ouvrit les yeux.

Et fut encore plus troublé quand il comprit ce qui l'avait réveillé : un grand fracas à l'intérieur de la pièce. Il s'assit, glacé de terreur, le duvet de sa nuque hérissé. Il vit d'abord l'arme dans la main d'une femme blanche vêtue d'une robe à volants boutonnée jusqu'au cou, les yeux aussi noirs que des plombs de chevrotine. Il souffrait d'un tel manque de sommeil qu'il crut voir Rosemary pointer sur lui le petit pistolet. Un Derringer. C'était bien ça. L'histoire de Penelope Deschamps lui revint à l'esprit à l'instant où il alluma la lampe de chevet et où le fantôme disparut. Il rêvait encore, n'est-ce pas ? Sans aucun doute.

Il entendit un léger choc au-dessus de sa tête, suivi par le son étouffé d'une voix de femme. Il se rendit compte alors que le bruit venait de la chambre située au-dessus de la sienne. Il entendit ce qui ressemblait à une bataille entre deux corps, puis à des meubles poussés contre les murs et tout redevint silencieux, sauf sa respiration rapide. Une voix de femme aiguë retentit alors. *Attends,* crut-il entendre. À moins que ce ne fût *Va-t'en.*

S'emparant de son arme, il se rua dans le couloir.

Pieds nus, la moquette était moins douce qu'il ne l'avait cru. L'aiguille au-dessus de l'unique ascenseur de l'hôtel indiquait que la cabine se trouvait au premier étage, et Darren se dit que s'il l'attendait, il serait peut-être trop tard pour la femme qui avait crié dans la chambre au-dessus de la sienne. Il ouvrit une porte donnant sur une cage d'escalier vaguement nauséabonde. Elle empestait la pourriture et l'urine, bien qu'il ne remarquât rien de tout cela. Le premier étage de l'hôtel avait un plan ouvert ; c'était principalement une galerie qui donnait sur le hall d'entrée, et vu de l'endroit où se tenait Darren, l'énorme lustre en cristal et en cuivre était à hauteur des yeux ; il projetait des prismes colorés pareils à des poignards sur la porte de la chambre située juste au-dessus de la sienne, la 207. Il tapa sur la porte, puis la cogna de l'épaule pour tester sa solidité, se demandant s'il pouvait briser la serrure. Mais en dépit de toute l'élégance datée de l'hôtel Cardinal, la serrure dépendait d'un système moderne de carte-clé ; la porte ne bougea pas, et personne ne vint l'ouvrir quand Darren dit : « Police ! » Il plaqua l'oreille contre la porte et n'entendit qu'un silence feutré qui lui parut plus inquiétant que le raffut qui l'avait réveillé plus tôt. « Tout va bien là-dedans ? »

La porte de la chambre voisine s'ouvrit et un homme d'une soixantaine d'années sortit sur le palier. Il portait un peignoir blanc de l'hôtel, le ventre emmailloté comme un jambon au torchon. Il avait l'épaisse chevelure d'un adolescent, et sans la brillantine, Darren faillit ne pas le reconnaître. Mais lorsque l'homme repoussa une longue mèche de son front, il cligna des yeux et ça lui revint sur-le-champ : c'était le type qui avait escorté la femme brune dans l'hôtel plus tôt dans la soirée. Il se rappela avoir pensé qu'ils sortaient de chez Rosemary King et qu'ils avaient bu. L'homme paraissait sobre à présent. L'air perplexe, il regarda fixement Darren, et celui-ci se rappela soudain qu'il était en caleçon. « Eh bien, en voilà une tenue, dit l'autre.

— J'ai entendu du bruit dans la chambre de votre voisin.

— Je ne vois pas comment c'est possible. Il n'y a personne à côté.

— Comment le sauriez-vous, monsieur ?

— Je loue toujours les chambres contiguës à la mienne quand je voyage. Sinon pourquoi diable est-ce que je travaille aussi dur, hein ?» Il adressa un faible sourire à Darren. Il avait le teint rougeaud... ou enflammé. Ses lèvres étaient charnues et rouge cerise, alors que sa peau était parsemée de plaques d'où la mélanine avait disparu, comme des taches de rousseur en négatif. «Je ne dors pas très bien, et les gens mettent la télé foutrement trop fort.

— Je voudrais inspecter la chambre, dit Darren, indiquant la 207. Les deux, en fait.»

Au final il fouilla les trois chambres louées à l'homme et ne trouva rien. Aucune femme en détresse, aucun signe de lutte, rien qui sortît de l'ordinaire, excepté une paire de bigoudis en éponge rose posés sur la table de chevet près du lit où dormait le type quand «les cris et les coups sur la porte» l'avaient réveillé. Il prit la mèche qui pendait devant, plus longue de dix centimètres que le reste de ses cheveux, la divisa en trois parties, et enroula chacune d'elles sur un rouleau en mousse rose, qu'il fixa avec une épingle. Darren, à moitié nu, observait ébahi les gestes minutieux du personnage, se demandant vaguement pourquoi il entamait ces préparatifs pour la nuit à une heure aussi tardive, alors qu'il avait prétendu être tiré de son sommeil par l'arrivée intempestive du Ranger. «Et vous n'avez rien entendu ? demanda-t-il. Le vacarme dans l'une des chambres ?

— Pas un son. Mais j'ai vomi à plusieurs reprises ce soir.

— D'où veniez-vous, monsieur ?

— D'un dîner en ville.

— Chez Rosemary King ?

— Oui.

— Et qui était la femme avec laquelle je vous ai vu tout à l'heure ?

— Eh bien, Ranger, disons que je rencontre toutes sortes d'amies lors de mes voyages, et je leur demande rarement leur nom, ainsi je peux affirmer que je l'ignore quand ma femme me pose la question. » Il était assis au bord du grand lit, prêt à glisser ses jambes poilues sous les couvertures, attendant visiblement que Darren s'en aille. « C'est tout, Ranger ? »

Son indifférence impavide en présence de la police intriguait aussi Darren, mais il ne savait pas pourquoi au juste. Il semblait que cet homme n'eût rien fait de répréhensible, mais tout cet échange avait déstabilisé le Ranger. Il avait entendu quelque chose. N'est-ce pas ? Il en douta même un instant. Pouvait-il se fier à ce qu'il avait cru voir ou entendre ce soir ? Entre l'épuisement et la bière bon marché du minibar, il avait fait apparaître un fantôme dans sa chambre. Peut-être qu'il avait trop bu, en fin de compte. Peut-être que cette rechute était plus dangereuse qu'il ne l'aurait cru. Il était deux heures du matin, et il se trouvait en caleçon dans la chambre d'un inconnu. « Je n'ai pas retenu votre nom », dit-il.

Mais en fait, il le savait déjà.

« Sandler Gaines », dit l'autre.

Le gars qui achetait Hopetown.

12

Dès le lendemain matin, Darren vérifia l'histoire du type.

La fille qui travaillait à la réception portait un chemisier blanc à froufrous rentré dans une jupe crayon noire, et le ruban rouge noué qui ornait sa queue de cheval semblait découpé dans l'un des rideaux. Elle tapota le clavier d'un imposant ordinateur gris et confirma en quelques secondes que les chambres 207 et 209 qui flanquaient la suite de M. Gaines étaient vides la nuit précédente. « Et les trois chambres étaient louées par M. Gaines ? »

La réceptionniste d'une vingtaine d'années fixa l'écran, puis fronça les sourcils. « Euh… non, dit-elle d'une voix lente en étudiant les données sur l'écran. La chambre 207 était louée à un autre client. »

Pourtant Sandler Gaines en avait la clé.

« Comment s'appelait-il ? »

L'employée secoua la tête, sa queue de cheval couleur miel se balançant. « Nous ne sommes pas autorisés à fournir ce genre d'information, monsieur. »

Darren posa son insigne sur le bureau avec un sourire : « Pas de problème. »

Voyant scintiller l'étoile à cinq pointes de l'insigne, la fille tout excitée lâcha un léger *Oh* de surprise, et Darren crut un instant qu'elle allait céder.

Mais elle lui adressa alors une charmante grimace de pitié, telle une maîtresse de maternelle priant les petits d'arrêter de sauter sur le toboggan, car les règles garantissent la sécurité de tous. « Je pense que vous avez besoin d'une décision de justice ou quelque chose de ce genre pour avoir accès aux registres privés de l'hôtel. La discrétion est l'un des piliers du service dont se glorifie l'hôtel Cardinal », dit-elle, débitant à toute allure des formules tirées d'un manuel de l'employé.

« Et vous êtes sûre que la chambre était vide ?

— Oh oui, monsieur, elle a réglé sa note à vingt et une heures hier soir », dit la fille, sans se rendre compte de ce qu'elle venait de laisser échapper. *Elle,* nota Darren. Il était encore au bar avec Greg à cette heure-là. Il n'était pas sûr de ce qu'il avait entendu la nuit dernière, mais en tout cas, Sandler Gaines lui avait menti, et il voulait savoir pourquoi.

« Depuis combien de temps M. Gaines est-il au Cardinal ? » demanda-t-il.

Elle s'empressa de répondre à cette question, s'oubliant elle-même et perdant le sens des convenances qui lui tenait tant à cœur quelques instants auparavant. « Oh, il est arrivé avec le *Jeffersonian.*

— Le *quoi* ?

— Le bateau à vapeur », dit-elle. Elle désigna un présentoir de dépliants sur diverses attractions locales, du musée historique au magasin général de Jefferson, sans parler des visites de jardins, des promenades hantées, des restaurants de plantation, d'un musée d'*Autant en emporte le vent* et de plusieurs reconstitutions de la guerre de Sécession en cours de préparation. La réceptionniste choisit sur le présentoir un dépliant vert et blanc qu'elle tendit à Darren. Il y vit la photo d'un bateau qui ressemblait à un gâteau de mariage, mais avec une large roue à aubes et deux cheminées noires fixées à l'arrière. VENEZ VOIR LA DERNIÈRE ATTRACTION DE JEFFERSON, disait la légende. Le dépliant était illustré de photos de machines à sous et de tables de black jack sur le bateau, et de l'image d'un couple chic et bronzé, debout sur le pont du *Jeffersonian,* levant leurs coupes de champagne sur fond de coucher du soleil sur le bayou Big Cypress, l'artère principale reliant la ville à la nature sauvage du lac Caddo.

Darren ne comprit ni ce qu'il voyait ni ce que Gaines vendait. « Les jeux d'argent sont illégaux au Texas, dit-il.

— Oh, c'est juste pour la frime, dit-elle. Pour le show. » Elle s'appelait Shawna, lut-il sur son badge. Elle avait de grands yeux marron et les ongles à la fois rongés et vernis. « C'est juste un bateau pour l'instant, un prototype. M. Gaines a dit qu'il avait chargé un équipage de le conduire jusqu'ici. On ne peut pas encore voyager avec. Mais vous pouvez aller le voir. Il est derrière le tribunal, à quelques mètres à peine, amarré juste sous le pont de chemin de fer. En revanche, ça vous coûtera dix dollars, précisa Shawna. Vous êtes content de votre chambre ? Vous n'avez pas eu de problème ? »

Il était plus petit en vrai. Darren avait descendu une colline verdoyante, passant devant une plaque identifiant l'espace au-dessous du pont de chemin de fer rouillé comme le Jefferson Turn Basin, l'endroit du bayou Big Cypress où les navires pouvaient manœuvrer pendant l'époque bénie où Jefferson était une ville portuaire. Le « bateau à vapeur » amarré devant lui – plutôt un bateau ponton à deux niveaux habilement déguisé, les cheminées et la roue à aubes clouées à l'arrière comme une décoration – rappelait sans nul doute l'ère où Jefferson était le joyau du commerce au Texas, l'époque florissante et prestigieuse où voyager sur un bateau à vapeur était considéré comme le summum de la sophistication et du confort, le moyen de se rendre du Texas à La Nouvelle-Orléans ou à Saint-Louis, ou n'importe où ailleurs le long du Mississippi. Il y avait des salles à manger éclairées à la chandelle et d'élégantes salles de bal, des fumoirs et des pièces réservées aux hommes qui misaient de l'argent sur des parties de cartes. Et aussi du danger. La fresque aux couleurs passées du *Mittie Stephens,* hommage à un vaisseau fantôme, décorait un mur derrière Darren.

Cela avait été l'un des naufrages de bateaux à vapeur les plus meurtriers de l'Histoire, une soixantaine de personnes ayant péri par une nuit glacée au milieu du lac Caddo près de cent cinquante ans auparavant, après que le navire eut pris feu. Bien que tout le monde se souvînt de la tragédie du *Mittie Stephens,* il y avait eu d'autres accidents avant, et après, jusqu'au jour où les traversées du lac Caddo cessèrent pour de bon, dans les années 1870. Pourquoi Sandler Gaines essayait-il de créer une nouvelle industrie de loisir sur la base d'une histoire aussi rebattue ? se demanda Darren. Cela dépassait l'entendement. Il n'eut pas le temps de s'appesantir sur cette entreprise commerciale. Des pas rapides retentirent dans son dos, et l'adjoint Briggs lui lança : « Ah, vous voilà ! » Darren se retourna et le vit en train de grignoter une tranche de pain blanc enroulée autour d'une saucisse garnie de rondelles de cornichon à l'aneth. « J'vous attends devant le Cardinal depuis six heures du matin », dit-il. Le soleil poursuivait son ascension à l'est de l'autre côté du bayou Big Cypress, la lumière déposant une poudre d'or sur la surface verdâtre de l'eau. Il était tout juste sept heures, mais Briggs était survolté. « J'vous ai pas vu sortir, sans doute. La nouvelle est tombée il y a un quart d'heure à peine », dit-il, indiquant du menton le tribunal en brique jaune.

Darren lança un dernier coup d'œil au *Jeffersonian,* puis fit demi-tour, s'éloignant de l'eau pour gravir la colline en direction de la ville. « On a le mandat ?

— Tout juste. »

Gil Thomason était déjà menotté à l'arrière d'une voiture de police lorsque Darren parvint au parc de caravanes. Plusieurs adjoints étaient présents, ainsi que le shérif Quinn, et ils tentaient tous de calmer Marnie King, qui tournait en rond, les yeux baissés, comme si elle lisait l'avenir dans le motif tracé par ses pieds nus dans la poussière. Elle se dégagea d'un adjoint qui s'efforçait d'endiguer la rage qui lui congestionnait le visage et le flot de ses larmes mêlées de morve. Elle pleurait, répétant à qui voulait bien l'entendre qu'elle n'avait rien à voir avec tout ça. « Les cartes de crédit, la meth, vous êtes dingues si vous pensez que j'accepterais de laisser cette merde sous le nez de mes gosses. » Elle appuya un doigt sur la vitre derrière laquelle Gil était attaché et s'écria : « Vous pouvez balancer ce fils de pute dans les sous-sols de la prison, j'en ai rien à foutre. Mais laissez-nous en dehors de tout ça, les gosses et moi. Jetez-moi aussi en taule, je m'en fous. J'vous raconterai toutes les putains de conneries qu'ce salopard a trafiquées, tous les trucs qu'il a promis de pas apporter dans la caravane de mon papa. J'vous propose tout d'suite un marché. J'veux juste récupérer mon gosse. » Elle se mit à taper sur la vitre de la voiture de police comme si, avec assez de temps et d'énergie, elle pouvait entrer en contact avec Gil et sa « putain de tête de lard, bordel ! ». Quinn finit par l'attraper par les bras, la soulevant littéralement, pour l'entraîner loin de son véhicule avant qu'elle cause de vrais dégâts. Les paumes de ses mains étaient aussi rouges que si elle les avait posées sur des braises.

Un groupe s'était rassemblé. Le couple de Blancs qui vivaient dans la camionnette voisine se tenait plus près que Darren ne l'aurait autorisé s'il s'était agi de sa scène de crime. Bo, le type barbu, qui avait proposé de rameuter les autres pour casser la gueule à Darren si Gil lui donnait le feu vert, croisait les bras sur sa poitrine. Sa femme, copine, sœur – Darren n'en avait pas la moindre idée – avait une cigarette plantée au coin de ses lèvres sèches. Un portable à la main, elle filmait les faits et gestes de la police tout en commentant les événements en direct entre deux bouffées. « Vous voyez cet' merde, vous voyez comment ça se passe ici, quand on sort des Blancs d'chez eux. Vous voyez comment ces traîtres de flics faux-cul traitent les honnêtes gens qui s'mêlent de leurs prop' zaffaires. »

Darren pria la femme de reculer de quelques mètres, et quand elle cracha par terre à ses pieds, il lui dit qu'il était prêt à lui faire subir le traitement que les flics infligeaient aux Noirs si elle se sentait brimée. « Malgré tout, un petit conseil, vous auriez peut-être intérêt à mettre vos affaires en ordre avant.

— Vous entendez ça, shérif ? Le nègre me menace. »

Quinn se retourna, tenant Marnie de telle manière qu'elle était presque menottée par la seule force de sa volonté. Ils virent tous les deux Darren au même instant. Tel un taureau s'échappant de son enclos, Marnie repoussa le shérif et courut vers le Ranger pieds nus dans la terre rouge, lui adressant un regard suppliant. Elle lui agrippa le bras, le serrant jusqu'à l'os. Darren eut l'impression d'être une pierre dans la boue, cloué au sol par la douleur de cette mère. « Vous avez trouvé Levi ? Vous avez retrouvé mon garçon ? »

Bo se gratta la barbe et dit, désignant Darren du menton : « Pourquoi vous lui demandez pas ce qu'il foutait hier soir avec Leroy Page, en train de lui causer du gosse ? »

Le shérif Quinn lança au Ranger un regard qui effaçait la camaraderie conviviale qui les avait rapprochés la veille. « Vous avez parlé à Page ?

— Je voulais être sûr qu'il savait ce qu'il avait vu vendredi soir. »

Marnie regarda tour à tour Darren et le shérif. « M. Page ? Il a vu Levi ? Il sait où est mon fils ? »

Depuis l'arrière de la voiture de police, Gil hurla si fort que son haleine couvrit la vitre de buée : « J'ai jamais levé la main sur ce gosse !

— Tu l'as fouetté il y a deux semaines à peine, tu lui as laissé des marques grosses comme des limaces. Il a pas pu s'asseoir pendant des jours.

— Putain, ferme-la, Marnie !

— Va te faire foutre, Gil.

— C'est Page, déclara Gil, presque invisible derrière l'écran de buée. Vous voyez pas ça, vous aut' ? Le vieux en avait après Levi depuis que l'gamin a essayé d'fout' le feu à l'église, l'était fou d'rage pas'que l'a tagué sa baraque.

— Demandez au Ranger s'y protège un des siens », lança le barbu pendant que sa femme, sa copine, peu importe, continuait de filmer la scène avec son téléphone. Darren s'écarta de ces deux-là, conscient des risques que le fait d'être filmé lui ferait courir, étant donné qu'il n'avait que très récemment récupéré son insigne. Il tourna le dos à la caméra et demanda à Quinn : « Vous l'arrêtez à cause du gamin ?

— Non, répondit Quinn, se tournant vers la porte ouverte de la caravane. On a des cartes de crédit volées, de la drogue planquée et tout le matos, plus un tas de trucs piqués au Walmart de Marshall. J'vais le boucler pour ça pendant qu'on essaie de comprendre ce qui est arrivé au gamin. » Il jeta un coup d'œil aux collines, de l'autre côté de Hopetown. « Je n'ai pas beaucoup d'espoir, Ranger, je vous assure. »

Darren leva les mains en guise d'excuses. « J'essayais seulement de donner un coup de main. Vraiment. Je voulais me faire une idée de l'homme, de Page, voir comment il réagissait devant une photo de Levi.

— Ah, ouais, il connaît le gosse depuis qu'il est né. »

Darren acquiesça. « J'en reviens toujours à l'eau. On est sûrs qu'il ne s'est pas perdu là-bas ? Peut-être qu'il a eu des problèmes avec le bateau ? »

Quinn fixa le hangar battu par les vents à cinquante mètres environ de la rive, le bois devenu gris avec le temps, pourrissant sur le toit, et il secoua la tête.

« Le bateau a été ramené, Ranger. Tout confirme que Levi a regagné le rivage, y compris la déclaration de Page lui-même. S'il affirme l'avoir vu, je n'ai aucune bonne raison de ne pas le croire. Et ça fait de lui la dernière personne à l'avoir vu vivant. Point. »

À la fin, ils les embarquèrent tous les deux, Gil pour les cartes de crédit et la drogue, et Marnie en application des articles du Code pénal texan, pour s'être conduite comme une cinglée, et n'avoir cessé de hurler, jurer et faire son cinéma devant tous les gens présents dans un rayon de quinze mètres. Une fois le spectacle terminé, Bo et sa femme, petite amie, sœur, peu importe, cessèrent de filmer et retournèrent dans leur camionnette. Darren regarda le véhicule pencher quand ils y pénétrèrent l'un après l'autre. Le calme revint dans l'allée poussiéreuse qui passait entre les caravanes, les camionnettes, et les péniches. Il y avait encore quelques adjoints qui avaient reçu l'ordre de rester pendant que Darren jetait un coup d'œil à l'intérieur de la caravane. Et les résidents blancs de Hopetown parurent soulagés de voir le drame s'éloigner sur la route dans le sillage des deux voitures de police transportant Gil et Marnie. Aucun d'entre eux ne semblait désireux d'éveiller la curiosité des flics et de les voir rôder autour de son logis de bric et de broc. Darren entendit les portes claquer derrière lui. Et les verrous cliqueter. Il gravit seul les marches de la caravane de Marnie.

L'intérieur sentait la cire Lemon Pledge et l'effort de rendre jolie une caravane de trente ans, cinquante-six mètres carrés de moquette feutrée, déchirée et effilochée par endroits. Il y avait deux minuscules chambres avec des paniers qui tenaient lieu de commode, les bacs plastique remplis de vêtements et empilés presque jusqu'au plafond. Les adjoints du shérif avaient mis l'endroit sens dessus dessous. Il y avait des livres, des cassettes VHS, des photocopies de documents, des piles désordonnées de reçus, de vieux jouets, et quelques pièces détachées de voiture éparpillées sur le sol et sur les rares surfaces dégagées. Mais bon sang, on aurait pu s'y voir comme dans un miroir, tant elles étincelaient. On avait blanchi à la chaux les lambris de bois, ce qui donnait vaguement l'impression d'être dans une cabine de plage. Et avec le plus grand soin, quelqu'un avait cousu des rideaux en coton bleu imprimé de minuscules coquilles de conques.

« C'est Levi qui les a faits. » Darren se retourna et vit une adolescente empâtée debout sur le seuil de l'une des chambres. Derrière elle, il aperçut le grand lit et ses deux couettes : l'une était une polaire usagée avec la photo de Hannah Montana, des fragments de sa peau couleur pêche se détachant du tissu, et l'autre avec des Pokémons sur sa housse. « Il s'est fait virer du cours de gym, et le prof l'a obligé à prendre un cours de travaux d'aiguille comme punition. Mais je les trouve jolis. » Puis elle dit doucement : « Je m'appelle Dana.

— Votre frère semble avoir eu sa part de problèmes.

— C'est juste un idiot, qui s'ennuie comme un rat mort ici.

— Des tas de gosses s'ennuient, ce n'est pas pour ça qu'ils terrorisent les gens. » Il se détourna d'elle pour continuer son inspection de la caravane, ne trouvant guère de preuves d'un lien avec la Fraternité Aryenne du Texas, mis à part un exemplaire intact de *Mein Kampf* que personne n'avait pris la peine d'ouvrir, des torchons avec le drapeau confédéré, et quelques croquis d'insignes SS et de la crête de la FAT au dos d'une facture pour la recharge du réservoir de propane familial.

Gil Thomason était apparemment un frimeur, un soi-disant dur de la FAT qui ne semblait pas entretenir de liens étroits avec le premier cercle du pouvoir de l'organisation. Les documents qui se trouvaient là n'étaient pas des listes de membres ni des comptes rendus de réunions, mais des paroles de chansons et des partitions. Quelqu'un apprenait à jouer *Cry, Cry, Cry* de Johnny Cash sur une guitare que Darren n'aperçut nulle part dans la caravane. Il en avait assez vu. Le reste de son travail se déroulerait à l'intérieur d'une salle d'interrogatoire au bureau du shérif, à Jefferson. En fait, l'inexistence des contacts de Gil avec la Fraternité lui permettrait d'autant mieux de l'utiliser pour relier Bill King au meurtre de Ronnie Malvo. *Peut-être la justice n'est-elle que poésie,* se dit-il une fois encore, peut-être était-ce la forme d'art qui lui correspondait le mieux.

« J'étais toute seule ici, vous savez », dit Dana derrière lui.

Il se retourna et la surprit en train de fixer la pointe de ses chaussures, des bottes de qualité médiocre en faux cuir écaillé. « Ils ont menti au shérif. Ils ont prétendu qu'ils avaient passé la nuit à l'attendre, hein ? Que des conneries. Ils étaient à Jefferson ou Marshall ou je ne sais où et ils sont rentrés vers deux heures du matin, complètement bourrés. C'est seulement au lever du soleil que mama a dessoûlé et compris que Levi avait disparu. À ce moment-là j'avais déjà appelé Rosemary. Je savais déjà qu'il était pas chez elle. »

C'était donc Rosemary qui avait téléphoné à Bill. D'où sa lettre de dimanche au gouverneur.

« C'est ma faute », poursuivit Dana qui se mit à pleurer, ses larmes formant des rigoles noires de rimmel bon marché sur ses joues, et dans le creux de sa gorge, une petite flaque de chagrin. « J'l'ai envoyé sur le lac. J'lui ai donné la clé du bateau. Et quand mon compagnon est parti... » C'était un terme cérémonieux insolite dans la bouche d'une fille en chaussures bas de gamme, avec des yeux de raton laveur. Darren ressentit une pitié qui lui fit honte. Elle essayait si fort de bien présenter les choses, de persuader cet homme qui portait un insigne de voir au-delà de cette caravane exiguë, de la vie désordonnée de sa mère et de son chéri, de convaincre ce Ranger noir de ne pas voir en elle une racaille blanche. Dana avait eu l'intelligence d'attendre le départ de Gil et Marnie pour dire la vérité, et il la respecta pour cela.

« Lorsque mon ami est parti, c'est moi qu'ai attendu, j'l'ai guetté à la tombée de la nuit », dit-elle, lui attrapant le bras par surprise, avec une poigne aussi puissante et désespérée que sa mère, et le tirant vers une petite fenêtre rectangulaire située au-dessus de l'évier de la cuisine, qui donnait directement sur le hangar à bateaux. « Et j'vous affirme que le vieux ment. J'aurais vu quelque chose.

— Mais vous reconnaissez que vous n'avez pas remarqué votre frère en train de ranger le bateau.

— M. Ranger, j'ai vu personne. Ni Levi. Ni Leroy Page avec sa patrouille.

— Est-il possible que vous l'ayez manqué ?

— Manquer un Noir à cheval avec un .45 sur la hanche ? Dans ce coin – elle s'efforça de prononcer gentiment les mots suivants, afin de ne pas offenser Darren – c'est pas le genre de chose qui passe inaperçu. Quand M. Page et ses Indiens patrouillent, dès qu'on entend le bruit des sabots, les gens des caravanes viennent s'asseoir sur les marches, leurs armes bien en vue. Ils peuvent tirer quelques coups en l'air. On peut pas les rater quand ils s'y mettent. » Elle regarda ses mains, ses ongles rongés et abîmés au vernis noir écaillé. « Leroy ment, ça c'est sûr. »

13

« Je veux qu'on garde un œil sur Page », disait Quinn à deux de ses adjoints quand Darren pénétra dans le minuscule bureau du shérif du comté de Marion à Jefferson, où il venait pour la première fois. L'ensemble des locaux n'était guère plus grand que la suite qu'il occupait à l'hôtel Cardinal. Une femme blanche de plus de soixante-dix ans se tenait derrière le bureau de la réception, un bocal de bonbons à la fraise posé devant elle, comme si elle travaillait dans une agence immobilière ou un cabinet de pédiatrie et non dans un endroit directement rattaché à la prison du comté, destiné à passer au crible les criminels. Ses cheveux gris châtain laqués coiffés en un dôme parfait, elle lui lança un coup d'œil et dit : « Y sont tous au fond. »

« Tous » incluait Greg Heglund, vêtu du même complet noir que la veille, et un autre agent fédéral, un peu plus âgé que lui et habillé d'un costume et d'une cravate noirs tout aussi austères. Ils suivaient le shérif Quinn et ses adjoints dans l'entrée en se parlant à l'oreille. Lorsque Darren s'approcha, Quinn, devenu beaucoup plus distant à son égard durant les dernières vingt-quatre heures, lui adressa un bref signe de tête et dit : « Thomason est à vous. » Ils se déplaçaient avec une telle détermination que lorsque l'un des adjoints lui proposa de l'accompagner dans la salle d'interrogatoire, Darren resta en arrière pour essayer d'échanger quelques mots avec Greg qu'il croisait pour la première fois en compagnie d'un autre agent fédéral, et n'avait jamais vu se comporter et s'exprimer sur un mode aussi rigide.

Greg disait à Quinn : « Nous allons faire en sorte d'obtenir un mandat pour fouiller la maison de M. Page. S'il s'agit bien de ce que nous suspectons, le Bureau est prêt à consacrer le temps et les ressources nécessaires pour obtenir une inculpation fédérale.

— Qu'est-ce qui se passe ? » demanda Darren à son ami qui, en présence du shérif local, s'empressa de céder la parole à Quinn en ignorant ostensiblement le Ranger.

« M. Thomason a signé une déclaration sous serment détaillant des actes de harcèlement perpétrés par M. Page à l'encontre de Marnie King et de lui-même, ainsi que des menaces de violence envers le garçon, Levi King. Personne n'a revu le gosse depuis quatre jours, et il est temps d'appeler les choses par leur nom. L'agent Heglund ici présent envisage de diriger l'enquête pour homicide au nom du FBI, et nous allons l'aider avec tous les moyens à notre disposition. »

Greg se tourna vers Darren, l'air vaguement penaud ; la tournure que prenait l'enquête semblait avoir réduit des années d'affection fraternelle et d'intimité entre les deux hommes à un lien si ténu que le Ranger pouvait voir à travers, et il sentit l'air froid souffler dans les fissures toutes neuves de leur amitié. « Leroy Page est notre suspect numéro un. »

Alors tu l'as, ton crime de haine.

Il garda ces mots pour lui, il n'insulterait pas son ami de cette manière. Un gouffre s'était ouvert entre eux. Après plus de vingt années d'amitié, la race avait-elle finalement déversé un marais de sables mouvants sous leurs pieds, empêchant chacun d'eux de rejoindre l'autre sans que plane la menace de se perdre en cours de route ? Ou bien faisaient-ils simplement leur travail du mieux qu'ils pouvaient ? « Et Thomason, demanda Darren. Et la drogue ?

— Oh, il ne rentrera pas chez lui de sitôt, répondit Quinn.

— Et vous croyez qu'il ne le sait pas ? Il raconte n'importe quoi, pour essayer de sauver son cul. »

N'était-ce pas, en réalité, ce que Darren avait escompté ? Tirer parti de l'instinct de conservation du criminel et obtenir de Thomason qu'il charge Bill King dans l'homicide de Ronnie Malvo ? La paresse de la police pouvait jouer dans les deux sens, devinait-il. « Il raconte des histoires sur Leroy Page simplement pour échapper aux accusations de trafic de drogue qui l'attendent, il le sait.

— Ce n'est pas seulement lui, intervint Greg. Marnie King a confirmé que Leroy Page terrorisait les gens de Hopetown, circulant à cheval avec des hommes armés, et qu'il avait une aversion particulière pour son fils. Ils se sont disputés tous les deux, et l'adulte a balancé des insultes au gamin.

— Un gamin qui a tagué le mot *nègre* sur sa maison, et qui a tenté de brûler ce que les Indiens considèrent comme sacré, leur lieu de culte.

— Tout cela fait partie de l'inculpation, répliqua Greg. C'est un mobile. »

Darren eut l'impression d'être arrivé à la fin d'un film d'horreur dont il ne parvenait pas à suivre l'intrigue. Mais il était certain que tous les personnages à l'écran commettaient une effroyable erreur. *Arrêtez tout,* voulait-il hurler. « Parle à la fille. Dana, l'autre enfant de Marnie, dit-il en regardant Greg bien en face. Elle dit que Gil et Marnie ne sont rentrés que très tard dans la nuit. C'est elle qui a guetté à la fenêtre et elle dit que Leroy Page n'est pas passé ce soir-là, qu'il n'a pas pu voir Levi.

— Alors le vieux a menti en disant qu'il l'avait vu en vie ? dit Quinn. C'est pas ça qui va le disculper, hein !

— Le seul argument que vous ayez pour suspecter Page, intervint Darren, c'est la déclaration qu'il a faite, disant qu'il avait vu le gosse. S'il s'est embrouillé, a confondu les soirs...

— Désolé, D., c'est faux, dit Greg. Nous avons la déclaration du vieux et les témoignages concordants de la mère du petit et de son compagnon, qui vit sous le même toit. » Il se tourna vers Darren, voulant s'assurer qu'il n'y avait pas de problème entre eux. « Ne t'inquiète pas... nous allons gérer cette affaire avec soin, soulever chaque pierre, avant d'envisager de la confier à un grand jury. On ne peut pas courir le risque de tout foirer. » *Fais-moi confiance,* lui disaient ses yeux. *C'est une tactique. La jouer à long terme dans l'intérêt de tous.* Mais ensuite il gâcha tout en déclarant devant l'autre agent fédéral et le shérif Quinn, deux Blancs : « Vous savez, si les races étaient inversées, qu'un gosse noir était retrouvé mort et que son voisin blanc l'avait menacé, ce voisin serait un suspect. » Cette manière d'instrumentaliser sa couleur de peau – et de partir du principe qu'il avait le droit de le faire en présence d'un Noir pour faire passer son message – blessa Darren à un point qu'il n'avait jamais ressenti auparavant.

« Retrouvé mort ? dit-il. Il n'y a pas de cadavre. Il n'y a pas d'affaire, Greg.

— Nous verrons », répondit Quinn, posant une main sur l'épaule de Greg en guise de soutien.

Le temps que passa Darren dans le box avec Gil Thomason fut aussi stérile et désagréable qu'un séjour aux toilettes après une bonne cuite, et sa migraine le fit souffrir tout autant. Bien entendu, il était perturbé par le tour que l'affaire avait pris, par l'arrogance de Greg, convaincu de son bon droit, et par ses propres doutes concernant Leroy Page. Il croyait à la sincérité de Dana et aux larmes qu'elle versait pour son frère. Mais pourquoi le vieux aurait-il prétendu avoir vu Levi le soir de sa disparition ?

Gil ne se montra pas précisément coopératif. Il alternait entre silences de plomb – les bras croisés, assis sur sa chaise en équilibre sur les deux pieds arrière – et rafales de grenades racistes contre Darren, comme s'il s'ennuyait et voulait assister à leur atterrissage. *Nègre. Bamboula. Nègre-bamboula. Cafard. Singe à badge.* « Vous saviez qu'en moyenne les hommes noirs ont un QI inférieur de vingt pour cent à celui des Blancs ? Donc y a des chances que je sois beaucoup plus intelligent que vous, Ranger, avec ou sans badge.

— Si vous me dites ce que veut dire QI, je veux bien vous croire », répondit Darren.

Gil s'interrompit une seconde pour réfléchir. Il resta bouche bée, l'air aussi bête que du bois flotté. Et ça le rendit encore plus furieux. *Nègre. Bamboula. Tête de blackos. Enculé d'négro.*

Pas un seul tatouage visible sur ses bras noueux. Sa nuque ne portait pas de marques non plus, excepté des cicatrices d'acné. Darren n'était pas certain que Gil Thomason sût qui était Hitler, et encore moins la signification de *Mein Kampf.* Au bout d'un quart d'heure, il décida qu'il avait perdu assez de temps avec lui, et n'avait plus envie de tricher ; c'était un feu qu'on pouvait allumer pour une seule bonne raison mais qui finirait par réduire une forêt en cendres. Il sortait du poste quand l'un des adjoints l'informa que Marnie demandait à *lui* parler en particulier.

Le quartier général ne possédait qu'une salle d'interrogatoire, et Marnie était restée enfermée dans le bureau du shérif pendant tout ce temps : une étroite pièce surchauffée par un radiateur à la peinture écaillée. Les dossiers s'empilaient de tous côtés, des tas de panneaux électoraux inutilisés étaient posés à l'envers contre un mur, leurs piquets en bois dressés en l'air comme des clochers d'église. Mais ce fut la casquette MAGA *(Make America Great Again)* posée au bord de son bureau, à côté d'un bocal rempli de pièces de 5 cents, qui retint l'attention de Darren ; aussi rouge qu'une sirène de police, c'était un signal d'alerte.

Le shérif en avait terminé avec Marnie à présent, mais visiblement, il n'avait aucune intention de laisser Darren et Marnie en tête à tête. Il s'assit à son bureau, les doigts croisés sur son ventre rondelet, observant Darren qui resta debout tandis que Marnie, qu'on avait traînée pieds nus jusqu'au poste, frottait ses orteils poussiéreux sur la moquette grise aplatie. Malgré la chaleur, elle frissonnait, assise sur une chaise, face à Quinn. Aucun des deux hommes ne prêta attention à son inconfort. Malgré l'agacement qu'inspiraient à Darren ses propos sur le comportement de Leroy Page à l'égard de sa famille, il était assez curieux pour faire preuve de courtoisie. Il se baissa afin de lui éviter de se tordre le cou pour croiser son regard. Ses larmes avaient séché, mais ses yeux étaient gonflés et maculés de rimmel. « Je m'excuse pour Gil », furent ses premiers mots. « Tous ces *nègre* par ici et *nègre* par là. Il parle mal, mais il a pas autant de haine qu'il le prétend. Vous le verriez si vous le connaissiez mieux.

— Eh bien, m'dame, je m'en tiens en général au premier *nègre.* Ça me fait gagner du temps.

— Je déteste pas Gil, sûrement pas.

— Tant mieux pour vous.

— Je veux pas qu'vous pensiez tous que j'accepte c'foutu bordel sous mon toit, avec mes enfants », dit-elle, essuyant du dos de la main une goutte de morve sous son nez. « J'ai jamais laissé Bill garder de la drogue et des armes à la maison. Y a des planques pour ça. Mais Gil s'est pas encore fait choper, et c'est un imbécile.

— Mais vous saviez certainement ce que faisait Bill dans la journée, dit Darren.

— J'en sais drôlement long, répondit Marnie. Je saurai tout ce que vous voulez que je sache si vous retrouvez mon gamin. Je vous en supplie, Ranger Mathews, aidez-moi à retrouver mon enfant. » Elle avait le même regard désespéré que sa fille Dana aujourd'hui, dans la caravane, et fixait Darren comme un miroir sans pitié : elle voyait ses choix de vie lamentables à travers ses yeux. Mais elle avait besoin qu'il voie au-delà de tout ça, au-delà des ongles rongés, des dents jaunies par la nicotine, de la peau grêlée par les années et une mauvaise alimentation. Qu'il la voie comme une femme, une mère au cœur brisé, pas comme une *traînée,* le terme grossier employé par Rosemary King. « Je me souviendrai de tout ce que vous voudrez sur Bill King, je signerai n'importe quoi. »

C'était bon à prendre, songea Darren.

Elle baissa la tête, son visage rougissant lorsque les larmes recommencèrent à couler. « Je veux juste que mon fils revienne, dit-elle. Je suis une bonne maman. Que Rosemary aille se faire foutre. »

Quinn se pencha en avant, sa chaise grinçant légèrement. « M'dame, nous faisons tout notre possible pour découvrir ce qui est arrivé à votre fils.

— Vous le croyez mort. »

Quinn préférant se taire, elle se tourna vers Darren. « Je peux pas l'expliquer, mais simplement, je crois pas que mon bébé soit parti.

— C'est important de garder espoir, reprit Quinn. Mais en tant que représentants de la loi, m'dame, nous devons rester pragmatiques. Espérer ne signifie pas que nous devons négliger des preuves. »

Elle dit à Darren : « Je vous en prie, retrouvez-le. S'il vous plaît. » Puis elle ajouta : « Je vous donnerai tout ce que vous voulez sur Bill », comme si elle connaissait la véritable raison de sa présence ici, comme si elle ne croyait pas qu'une agence aussi importante que les Rangers du Texas s'inquiétait réellement pour un gosse élevé dans un parc de caravanes.

« Avez-vous jamais entendu parler d'un homme du nom de Ronnie Malvo ? demanda-t-il, les mots lui échappant avant qu'il ait pu les arrêter. Membre de la FAT, dans le comté de San Jacinto ? »

Marnie le fixa de ses yeux vert marécage, scrutant les siens, qui étaient marron, pour comprendre jusqu'où ça pourrait la mener. « Ouais, ouais, j'ai entendu Bill en parler.

— Alors je suppose que vous savez qu'il a disparu ?

— Disparu ? »

De son bureau, Quinn, les sourcils froncés, suivait les allers et retours de la balle qu'ils se renvoyaient, s'efforçant de comprendre le tour que venait de prendre l'entrevue à son insu.

« Mort, dit Darren. Assassiné il y a deux mois environ. »

Marnie hocha lentement la tête, sans s'impliquer plus avant.

« Et Bill ? insista Darren. Il n'a jamais parlé d'une embrouille avec Malvo, d'une raison qui aurait pu lui donner envie de lui faire du mal ou de le voir disparaître ?

— Vous savez, c'est très possible », répondit-elle prudemment, le fixant dans les yeux pour lui faire comprendre l'accord qu'elle passait avec lui. « Mais je souffre trop à cause de Levi, je dors pas la nuit, je me fais du souci pour lui, alors je peux penser à rien d'autre. Mais vous trouvez mon fils, et j'vais réfléchir à tout ça, et j'parie qu'ça va m'rev'nir. »

Darren poussa un soupir et se redressa de toute sa hauteur.

Marnie prit un air paniqué, craignant de voir s'échapper son dernier espoir. « S'il vous plaît, dit-elle, se levant elle aussi. Il est vivant. » Elle regarda Quinn en plissant les yeux. « Y'm'croit pas. » Elle se tourna de nouveau vers Darren. « J'peux pas l'expliquer. Juste... Le jour où mon père est mort, son cœur a lâché alors qu'il était assis sur sa chaise en train de regarder une rediff de *Papa Schultz.* Le film continuait à la télé quand ch'uis arrivée. Mais je savais. J'ai su qu'il était mort avant d'arriver à la porte. J'peux pas expliquer. J'ai senti un éclair me traverser en ville et je me suis précipitée à la maison. » Ses larmes jaillirent, inondant ses yeux verts, et Darren repensa au gigantesque lac Caddo. « Mon garçon, Levi, est encore en vie. Je le sais. »

14

Il réussit à éveiller l'intérêt de Wilson lorsqu'ils en parlèrent au téléphone une demi-heure plus tard. Enfin un objectif pour sa mission actuelle, quelque chose de concret à mettre sur le dos de Bill King, capitaine de la FAT, et pièce manquante dans la collecte des chefs d'accusation contre la Fraternité Aryenne du Texas réunis par la force opérationnelle mixte. « Ronnie Malvo ? répéta Wilson avant de s'exclamer : *Ça alors !* », comme s'il n'arrivait pas à y croire. Darren se contenta de lui glisser l'idée, ne souhaitant pas tenir des propos sur lesquels il ne pourrait pas revenir par la suite. Il avait été sur le point de lâcher l'affaire lorsqu'il avait rencontré une « âme sœur » en la personne de Marnie King. « Retrouvez mon fils et vous pourrez garder ce salopard de Bill King en taule jusqu'à la fin de ses jours », lui avait-elle dit quand il avait quitté le bureau de Quinn. « Elle sait quelque chose, c'est sûr, confia Darren à son chef. Mais avec la disparition de l'enfant, elle a la tête ailleurs, vous comprenez.

— Ça c'est une découverte, Mathews. » Wilson parut en tirer une vague fierté, mais, incapable de dissimuler une bouffée de suspicion, il laissa échapper un soupir qui teinta de gris toute la conversation. « Je veux dire, si cette histoire tient la route, non seulement ça explique ce qui est arrivé à Ronnie Malvo, mais ça implique une inculpation potentielle de Bill King pour meurtre avec préméditation, passible de la peine de mort. Vous êtes bien sûr de n'avoir rien mentionné de la sorte au procureur du comté de San Jacinto ? Je veux dire, ils essaient de résoudre cette affaire et posent encore des questions sur vous, et voilà que ça vous tombe du ciel... » Il s'interrompit, lui offrant l'opportunité de combler le silence avec une réponse qui aurait un sens à ses yeux. Wilson voulait que ce soit aussi simple, mais avait besoin que Darren lui fournisse des arguments, l'aide à dissiper le soupçon de puanteur qui planait dans la brume enveloppant cette conversation.

« Je ne sais pas pour vous, mais on m'a appris à ne pas regarder de trop près dans la bouche d'un cheval, surtout quand ses talents pourraient mettre un terme à une affaire fédérale. »

Wilson rit tout bas. Darren entendit le grincement de son siège de bureau et se représenta l'homme se calant contre le dossier, sa tête heurtant presque les cadres des distinctions accrochés au mur derrière lui. « Eh bien, ça me donne une raison pour ne pas rappeler Vaughn à propos de l'affaire Malvo. J'attendrai que nous sachions si nous avons vraiment trouvé autre chose ici. »

Darren avala une boule dans sa gorge. « Il a rappelé ?

— Peu importe. »

Le lieutenant sembla s'être libéré d'un poids. Sa

voix devint plus légère, presque enjouée. « C'est du bon travail, Ranger », dit-il. Darren fut submergé par une vague de nausée : c'était trop facile, et il eut honte de s'être à ce point écarté de l'éducation qu'il avait reçue. Il pensa à ses deux oncles, hommes intègres en toutes circonstances. Quel honneur y avait-il à mentir, même si cela pouvait sauver un vieil homme noir de la prison, même si Ronnie Malvo ne méritait rien d'autre qu'une justice de contrefaçon, un fac-similé bon marché ? Existait-il une quelconque manière de justifier cet acte ? Il voulut tout retirer sur-le-champ.

Il fit promettre à Wilson de garder cette information secrète pour lui permettre de creuser un peu plus profond. Et bien sûr, il y avait toujours la question du gamin. Il valait mieux, dit-il, qu'il reste quelque temps dans le comté de Marion. « Bien sûr, bien sûr », dit Wilson, ajoutant qu'il œuvrait encore pour lui obtenir un droit de visite à la prison de Telford, dans le comté de Bowie. « Mais ça me donne un mal de chien.

— C'est quoi le problème ?

— Quelqu'un traîne les pieds au Service de justice pénale. Mais ne vous inquiétez pas, je vais vous faire rencontrer Bill King d'une manière ou d'une autre. »

C'était bien la dernière chose que Darren souhaitait à cet instant. Mais il parvint à dominer son stress et il répondit : « Entendu, monsieur. »

Il était déjà à mi-chemin de Hopetown quand il raccrocha.

Le vieil homme ne vint pas à la porte. Les chevaux étaient à l'écurie et la Buick garée sur l'herbe devant la maison, mais il ne vit aucun autre signe de Leroy Page, pas une fenêtre entrebâillée, aucun écho de sa vieille radio venu de l'une ou l'autre pièce. Pourtant il entendit de la musique. Harmonica, tambour, et une sorte de flûte, au son frêle, aigu mais chaleureux, le tambour presque accueillant, aussi familier que le rythme de son propre cœur. Ce n'était pas son blues bien-aimé, mais il perçut une note sacrée dans l'air, et il pensa tout de suite à l'église, la hutte conique perchée un peu au-dessus du reste de Hopetown, sur un monticule de terre battue – la seule partie de la colonie d'origine à n'être pas recouverte d'une herbe verdoyante. Cette musique devait venir d'une maison de culte. Il était en train de contourner la hutte, décrivant un demi-cercle, quand une voix d'homme retentit, profonde et soudaine. « Vous avez rien à faire ici, et les autres salopards d'adjoints non plus. »

Darren se retourna, et vit Donald Goodfellow sur le porche de la maison jaune de sa mère. Il avait négligemment posé un fusil sur le tambour entre ses jambes. Son fils Ray était assis à côté de lui, une flûte en bois dans les mains, et un Caddo que Darren ne reconnut pas avait glissé un harmonica dans la poche avant de sa chemise en jean et sorti lui aussi une arme, un couteau Buck d'au moins quinze centimètres de long avec un manche en bois de caryer si poli qu'il capta un rayon de soleil, projetant un éclat de lumière dans les yeux de l'intrus. Darren loucha, et s'avança vers les hommes d'un pas décidé. Il avait besoin d'éclaircir très vite deux ou trois choses. « Je suis pas un adjoint, monsieur, aucun compte à rendre au shérif. Vous parlez à un Ranger du Texas, qui va vous demander une fois, gentiment, de manier ces armes avec prudence. Rien de tout cela n'est nécessaire. » Le couteau retrouva sa place dans un étui en cuir. Darren cessa de plisser les paupières le temps de voir que Donald Goodfellow n'avait pas encore rangé son fusil. « Je cherche M. Page, dit-il.

— Vous et les autres flics qui sont venus ici. »

Darren comprit alors qu'ils gardaient l'endroit, et protégeaient la propriété de M. Page. « Je n'ai rien à voir avec eux, monsieur Goodfellow », répondit-il.

Ray le fusilla du regard. « Z'avez pas l'droit d'être là.

— J'ai le droit d'être dans tous les territoires régis par la loi du Texas...

— Tic tac, tic tac, répliqua Ray, avançant le menton d'un air fanfaron. Attendez seulement. » Son père lui lança un regard, et le menton du garçon disparut comme la tête d'une tortue.

« Qu'est-ce qu'y se passe ici ? » Margaret Goodfellow ouvrit la porte moustiquaire et sortit la tête. Elle passa la scène en revue : le Ranger tendu, son fils avec un fusil. « Donald, range ça tout de suite. » Les paroles de sa mama eurent manifestement plus d'impact que l'ordre d'un Ranger, car l'homme enleva son arme du tambour et la posa à ses pieds. « Nous avons du *dush'-cut* et du *dah-bus* pour le déjeuner », dit-elle à Darren. Une invitation explicite qui énerva le jeune Ray Goodfellow.

« Il cherche Leroy, *E'kah*, dit-il.

— Il est allé pêcher, apprit-elle à Darren. Mais vous pouvez vous joindre à nous en l'attendant. »

Elle regarda les autres et dit du Ranger, aussi simplement que si elle annonçait que le ciel était bleu et que se quereller avec elle à ce sujet était absurde : « Je l'aime bien. Ses yeux sont pleins de gentillesse. Vous ferez de la musique plus tard. On mange. »

Darren Mathews n'avait jamais été invité à prendre un repas sur la véranda d'une femme et il commença par refuser. Son éducation lui avait appris que cela ne se faisait pas. Mais il passa l'heure suivante dans la salle à manger de Margaret Goodfellow, ses longues jambes repliées sous lui devant la table basse autour de laquelle la famille était assise sur le sol. Virginia, la femme de Donald, se joignit à eux, ainsi que sa sœur, Sakou ou Sadie – Darren entendit prononcer les deux noms –, qui était beaucoup plus jeune que lui, et mère depuis peu. Pendant tout le repas elle garda sur ses genoux un gros bébé qui marchait à peine, prenant quelques haricots dans un pot en argile pour les déposer sur un morceau de pain frit sur lequel elle soufflait avant de l'introduire dans sa bouche. Ce pain était un peu sucré, et sa texture, un exploit de physique culinaire : huilé et croustillant, mais aussi moelleux qu'un beignet. Il se mariait à la perfection avec les haricots fumés : un repas simple qui valait n'importe quel plat créole à Jefferson. Les hommes l'ignorèrent la plupart du temps, mais Margaret l'interrogea sur sa famille, lui demandant d'où il venait. À son tour, elle lui apprit qu'elle était née à Hopetown, comme toutes les autres personnes assises autour de la table, à l'exception du petit Benji, sur les genoux de Sadie ou Sakou. Il était né à Marshall, la première naissance à l'hôpital de toute une génération. « Nous avons perdu notre sage-femme il y a deux ans », dit Virginia d'un air affligé tout en versant à Darren un deuxième verre de thé sucré mélangé avec des tranches de pommes. « Alors Ray est le dernier à être né à Hopetown. Enfin, Ray et la fille de Leroy, Erika.

— Celle qui l'encourage à vendre ? »

La pièce devint si silencieuse et le resta si longtemps que Darren entendit le clapotis du lac derrière la maison, le chant des fauvettes, et le bruit des cigognes qui nichaient et claquaient du bec au sommet d'un cyprès un peu plus loin. Enfin, Margaret lui répondit du même ton ferme et avisé qu'elle avait employé pour conseiller à sa famille de faire confiance à Darren. « Leroy nous protégera », déclara-t-elle. Et quand le Ranger lui demanda comment, il compta vingt bonnes secondes avant qu'elle dise : « Tout est réglé.

— Est-ce que je peux vous demander comment vous êtes arrivés ici ? interrogea Darren.

— Les ancêtres de Leroy ont invité les nôtres à Hopetown au tournant du siècle dernier, expliqua-t-elle, ses paupières se plissant avec reconnaissance au souvenir d'une image. Les Caddos et les Noirs vivaient côte à côte. Nous faisons partie de la même famille.

— Je voulais dire, comment votre peuple s'est-il retrouvé au Texas ? » insista Darren.

Elle lui lança un regard rusé tout en prenant dans la poche de sa robe une pipe et un paquet de tabac. Sadie ou Sakou emmena le bébé hors de la pièce plutôt que de prier sa mère de ne pas fumer dans sa propre maison. Margaret observa Darren en tassant son tabac. « Alors on vous donne cet insigne sans vous apprendre l'histoire, c'est ça ? » Elle approcha une allumette de sa pipe et tira une bouffée ; une légère odeur de cerises s'éleva du tabac qui brûlait. « Le Texas est notre terre ancestrale », dit-elle avec une patience prudente qui embarrassa Darren. Il avait l'air aussi stupide que les Blancs qui demandaient à la famille Mathews d'*où* elle venait. *Je sais pour le*

Texas, mais avant ça... Une question à laquelle son oncle Clayton répondait d'un ton caustique : « Nous avons poussé ici tout seuls, labourant un champ de coton avec une paire de côtes jusqu'au jour où une tribu de Texans noirs du nom de Mathews a jailli de terre. Avant le Texas, nous n'étions que poussière. »

Darren n'ignorait certainement pas l'histoire de l'État et la migration forcée ; il essayait juste de replacer les Goodfellow dans le contexte politique de la plupart des Indiens texans, qui avaient été chassés au milieu du XIXe siècle. « Je croyais que la plupart des Caddos s'étaient établis en Oklahoma, dans une réserve ? » Il regarda Margaret qui lui adressa un faible sourire, tirant sur sa pipe.

« Ma famille n'a jamais vu l'Oklahoma », dit-elle.

Donald jeta une serviette brodée sur la table et parla enfin. « Il y a eu beaucoup de groupes de Caddos dans cette région du pays. Les Kadohadacho autour de la Rivière rouge au nord du Texas et en Arkansas, certains dans le sud-est de l'Oklahoma, et les Natchitoches en Louisiane. Nous, dans cette famille, nous sommes des Hasinai, et le Texas de l'Est est notre pays d'origine. D'après la légende, une petite bande de Hasinai, menée par un chef têtu, un Caddo, n'a tout simplement jamais quitté le Texas. Ni les traités, ni les projets conçus par d'autres Caddos pour céder leurs terres, ni les Blancs meurtriers n'ont réussi à les faire partir. Nous sommes les derniers membres de ce groupe d'Indiens Hasinai.

— Je vais vous raconter une chose sur cette étoile, dit Darren, sentant le poids inconfortable de son insigne peser sur le fin tissu de sa chemise. Les Rangers étaient utilisés par les propriétaires et les fonctionnaires du gouvernement pour chasser les Indiens des soi-disant terres blanches », dit-il, désireux de faire la lumière sur le passé raciste des Rangers du Texas en des termes qu'il n'aurait jamais employés s'il ne s'était pas trouvé en compagnie de personnes à la peau presque aussi foncée que la sienne. « Comment votre famille, vos ancêtres, ont-ils réussi à ne pas être capturés et envoyés au nord ? »

Donald regarda sa mère. Elle tira sur sa pipe et dit : « Oh, il existe des manières de se cacher au grand jour. » Les rides au coin de ses paupières semblèrent lui faire un clin d'œil quand elle sourit. Il attendit qu'elle poursuive, mais il entendit alors le grincement d'une porte de grange, celle du hangar à bateaux situé derrière la maison de Margaret. Elle reposa brusquement sa pipe et se leva, l'ourlet de sa robe bleue, tissée avec des bandes de tissu rouge et constellée de perles jaunes, dégringolant sur le sol comme une cascade. « Leroy est de retour. »

Darren se leva, remercia Margaret pour le repas, et salua même d'un signe de tête poli les hommes presque muets autour de la table. Il replaçait son Stetson sur sa tête quand Margaret lui dit ce qu'elle jugeait indispensable de lui confier : « Vous comprenez qu'il n'a fait aucun mal à ce garçon, n'est-ce pas ? Leroy est mon ami depuis soixante ans. Je le *connais.* Il ne ferait jamais une chose pareille. »

Darren attendait sur la véranda du vieil homme quand M. Page arriva du hangar à bateaux en traînant du matériel de pêche sans glacière, sans même un seul poisson-chat attrapé. Darren lui demanda à brûle-pourpoint pourquoi il avait menti en prétendant avoir vu Levi vendredi soir. « Ils vont se servir de ça contre vous maintenant, dit-il. Écoutez, je ne sais pas ce que vous avez fait, mais si vous aviez vraiment l'intention de prendre un avocat, faites-le à présent.

— Oh, j'ai juste dit ça pour que vous fichiez le camp de chez moi. »

Darren leva les mains, exaspéré. *Je vous aurai prévenu.* « Ils s'apprêtent à lancer un mandat contre vous. Ils vont fouiller votre maison.

— Bien », répondit Leroy, repoussant Darren pour entrer chez lui, et laissant tomber son matériel sans cérémonie dans l'entrée. « Y z'ont eu besoin d'un mandat pour entrer dans la caravane des Blancs en bas du chemin, y'vont êt' obligés d'faire pareil pour moi. J'allais pas laisser un Noir avec un insigne utiliser sa bonne foi de Texan de l'Est pour s'introduire chez moi en violant la loi. Je veux que les règles qui s'appliquent aux Blancs soient les mêmes pour moi.

— Alors c'est ça ? dit Darren. C'est pour ça que vous m'avez fichu à la porte ?

— C'est pas une raison suffisante ? »

Il s'éloigna dans le couloir qui menait à la cuisine. Quelques secondes plus tard, il alluma la radio et ouvrit le réfrigérateur. Il fit sauter la capsule d'une Miller High Life, et prit un sandwich à la mortadelle préparé à l'avance dans une pile d'au moins deux douzaines de sandwichs identiques, tous emballés dans du papier sulfurisé, son déjeuner pour un mois, peut-être deux. Ce spectacle attrista Darren à un point qu'il ne put s'expliquer.

Un zydeco bluesy passait à la radio, Beau Jocque à l'accordéon, une chanson sur le retour au pays, une de plus, qui tentait de capter la notion insaisissable de temps et de lieu. Darren n'avait jamais entendu un chanteur de blues considérer la terre qu'il foulait comme son *pays*. Non, pour atteindre ce pays, il fallait toujours entreprendre une longue marche sur une route poussiéreuse, voyager clandestinement dans un wagon de marchandises, ou monter dans un train se dirigeant cahin-caha vers Jordan. *All you need is faith to hear the diesels humming.* Il suffit d'avoir la foi pour entendre les diesels ronronner. Pour Beau Jocque, son pays était l'endroit où vivait sa mère. *'Cause that's where I belong,* Pasque c'est là d'où je viens, chanta-t-il avant l'un des solos de guitare les plus cruels de l'histoire du zydeco, style Texas de l'Est plutôt que Louisiane, le noir colorant le français. La nostalgie de sa voix rauque de ténor était familière à Darren, qui avait grandi au son de cette musique, et mettait toujours un disque de blues sur la chaîne stéréo de ses oncles dès la seconde où il pénétrait dans la maison de Camilla, parce que même là, dans ce lieu où il avait été élevé, il devait revisiter le passé pour atteindre ce pays figé dans la mémoire. C'était une notion qui semblait encore lui échapper. La nourriture lui permettait parfois de s'en approcher, telle une marmite de haricots et de jarrets de jambon sur le feu. Les histoires aussi. Mais la musique produisait cet effet à tous les coups. Le blues du Texas le ramenait chez lui.

« Est-ce que vous avez vraiment vu Levi King vendredi soir ? demanda Darren.

— On m'traite pas d'menteur sous mon toit.

— Dana, la fille de Marnie King, affirme que vous n'étiez pas en patrouille ce soir-là.

— Vous savez d'où elle sort ?

— Ça ne fait pas d'elle une menteuse.

— Mais c'est elle qu'vous croyez et pas moi, un propriétaire, un homme qui n'a jamais causé d'ennuis à personne de toute sa vie, un vétéran qui a servi son pays ?

— Elle dit qu'elle ne vous a pas vu du tout.

— Elle se trompe », répliqua Leroy. Il engloutit la moitié de sa bouteille de bière.

« Alors racontez-moi encore toute l'histoire. Que faisiez-vous quand vous avez vu le garçon ? » demanda Darren. Leroy Page s'interrompit si longtemps que le Ranger entendit un clapotis, aussi subtil que des larmes s'écoulant dans le sable, venu d'un endroit de la cuisine. Il baissa les yeux et vit que le bas retroussé des jambes de la salopette de M. Page dégoulinait à partir des genoux. Quel genre de pêche faisait-il sur le lac pour revenir trempé jusqu'aux os ? De fines perles d'eau, aussi troubles que des larmes de crocodile, continuaient de goutter sur le lino. Le vieil homme finit sa bière et rota doucement. « Je marchais, répondit-il enfin.

— Vous marchiez ? s'étonna Darren. Pas de cheval ? Pas de patrouille ?

— J'ai jamais dit qu'j'étais en patrouille, je pense. »

Darren était sûr que si. Mais cinq secondes plus tard, il ne se souvenait plus qui avait mentionné le mot *patrouille,* Quinn ou Page. Il se maudit de n'avoir pas pris le temps de rédiger quelques notes après cette première rencontre avec Page et Donald et Ray Goodfellow. Il avait été si occupé à rassembler des informations pour la force opérationnelle – et à élaborer son propre plan pour utiliser à des fins personnelles l'incarcération de Bill King – que retrouver le gosse avait presque été accessoire. Mais Levi King était devenu bien réel pour lui à présent. Il avait sa photo dans la poche de sa chemise.

« Et vous étiez juste en train de vous promener... du côté des caravanes ?

— Ça m'appartient encore, s'exclama Leroy avec une bouffée d'indignation.

— Sans arme ?

— J'ai pas dit que j'étais stupide.

— Et vous avez vu le garçon ?

— Je l'ai vu, confirma Leroy. Il était en train de ranger le bateau de son grand-père dans le vieux hangar de Lester.

— Vous avez parlé ?

— Noon. Je suppose qu'il a dû avoir peur de moi, à cause du savon que j'lui ai passé après c'qu'il a fait à l'église de Margaret et à ma porte qu'il a souillée avec ses vilains mots. Noon, Levi n'a rien dit, et moi non plus.

— Vous avez vu Dana, la sœur aînée de Levi, à la fenêtre de sa caravane ?

— J'ai pas regardé dans cette direction, j'ai continué de marcher. »

Darren soupira, retira son chapeau, et gratta un endroit de sa nuque qui le démangeait. Le récit de Leroy différait un peu de celui qu'il avait proposé la fois précédente, un fait qui le dérangeait autant que cette partie de lui-même qui cherchait manifestement à protéger cet homme. Il se revit dans ce bar avec Greg et entendit à nouveau son ami de vingt ans ou plus chercher à lui faire reconnaître son aveuglement et les sentiments de déférence qui jaillissaient en lui telles des racines dans un sol fertile : son besoin instinctif de protéger et de porter secours aux Noirs, en particulier les plus âgés, ces hommes et ces femmes dont les défis et la force d'âme avaient rendu sa vie possible.

« Pourquoi ne pas dire au shérif, au FBI, que vous avez l'intention de vendre ? » demanda Darren, sa formation de juriste toujours présente dans son esprit. « Si vous avez l'intention de vendre et de quitter bientôt cet endroit, en laissant derrière vous tous vos problèmes avec les Blancs des caravanes, vous n'auriez pas de mobile pour faire du mal à Levi King.

— Le FBI ?

— C'est une affaire sérieuse, Leroy. Les gens veulent faire de vous un exemple. Le bureau du shérif n'est plus le seul à gérer cette affaire aujourd'hui. Dites-leur que vous vous êtes engagé à vendre la terre à Sandler Gaines, et ça pourrait orienter l'enquête dans une autre direction. »

Le vieil homme ouvrit le frigo et en sortit une autre Miller High Life. Il tendit une bouteille dorée et suintante à Darren qui hésita, puis refusa. « Jamais entendu parler de lui », répondit Leroy, ouvrant sa bière. Il avait les mains sèches et cendrées depuis qu'il était sorti de l'eau, et Darren remarqua des égratignures qu'il n'avait pas vues auparavant. Il y en avait au moins deux, qui dataient de plusieurs jours.

« Sandler Gaines, le promoteur immobilier. L'homme qui achète Hopetown.

— J'ai vendu mes terres à une fondation, que Rosemary King a mise en place avec une société de préservation dont elle fait partie en tant que membre du conseil d'administration. La Société historique du comté de Marion au Texas, quelque chose comme ça. C'est un site sacré pour les Indiens Caddos, et ça le restera, Rosemary me l'a promis. »

Darren secoua la tête ; trop d'informations contradictoires se bousculaient dans son esprit, comme s'il était soudain environné d'une nuée de taons. Il avait besoin d'y voir clair, de saisir la logique de ce qu'il venait d'entendre. « Donc, par cet accord avec sa fondation, Rosemary va avant toute chose forcer son petit-fils, sa mère et sa sœur à quitter Hopetown ? Les foutre dehors sans nulle part où aller ?

— Oh, ces gens-là ne font pas partie de sa famille, répondit Leroy. Le seul à qui tient Rosemary dans cette bande, c'est son garçon.

— Levi ? »

Leroy secoua la tête. « Bill, son fils. »

Darren demanda finalement au vieil homme de lui donner une de ses bières. Il le regarda soulever le décapsuleur suspendu à une ficelle près du réfrigérateur, et remarqua une carte de visite crème écornée fixée à côté sur le mur. La carte d'un cabinet juridique, eut-il le temps de voir. Le vieil homme avait donc bien contacté un avocat. Le Ranger faillit faire un commentaire mais préféra se dire que Leroy ne s'était aperçu de rien.

M. Page avait raison sur un point, pensa Darren. Rosemary King semblait beaucoup plus préoccupée par le bien-être de son fils, Bill, que par le sort de son petit-fils âgé de neuf ans. Comment Leroy le savait-il ? C'était un mystère. « Depuis quand connaissez-vous Mme King ? » demanda Darren. Hopetown, ce hameau marécageux, était à des lieues de la demeure victorienne coloniale de Rosemary en ville. « Je veux dire, de quelle façon en êtes-vous venu à la connaître assez bien pour lui demander de l'aide pour ce projet d'intégrer Hopetown dans une fondation privée ?

— Oh, c'est Rosemary qui est venue me chercher», répondit Leroy, désireux de clarifier ce point. Il posa sa bière et entama son sandwich, parlant la bouche pleine. «Comme je l'ai déjà dit, les Noirs sont le peuple le plus indulgent du monde.»

Il y avait tant d'amertume dans sa manière de le préciser cette fois-ci que Darren fit la grimace, ne saisissant pas où l'homme voulait en venir, et il se rendit compte qu'en réalité il ne le comprenait pas du tout. Dès l'instant où il était arrivé à Hopetown, il avait posé les yeux sur le visage noir du vieil homme et vu défiler ses propres oncles, ses grands-parents et arrière-grands-parents ; il avait vu Geneva Sweet et les Noirs de Lark, il avait vu Mack, lié depuis toujours à sa famille, qu'il essayait de sauver de la prison. Mais il ne connaissait pas Leroy Page, pas vraiment, et il était persuadé que, depuis le début, l'homme ne jouait pas franc jeu avec lui. Il désigna les égratignures sur ses mains. «Comment c'est arrivé ?» demanda-t-il.

Leroy examina ses poignets, puis leva les yeux vers Darren vêtu de son pantalon au pli net, de sa chemise repassée, l'étoile à cinq pointes étincelante épinglée sur sa poitrine, et il répondit avec un soupçon de mépris qu'il ne prit pas la peine de dissimuler : «Je travaille avec mes mains, petit.

— Ranger», rectifia Darren, qui éprouva pour la première fois une profonde hostilité pour ce type.

C'était peut-être la bière qui le rendait grincheux. Pas assez alcoolisée, putain, pour se soûler, mais juste assez pour donner envie de boire quelque chose qui vous brûle le gosier. Il se maudit de ne plus garder une pinte dans son pick-up. Il conseilla de nouveau à

Leroy Page de prendre un avocat, et il partit en toute hâte, regrettant sa visite dès qu'il atteignit le porche.

Il y avait deux voitures de police garées devant, et deux adjoints du shérif du comté de Marion qui le regardaient sortir de la maison du suspect. Derrière eux, les Blancs du parc de caravanes avaient aligné un mur de véhicules, face à la porte d'entrée de Leroy Page. Il y avait des râteliers de fusils dans les pick-up, des pistolets scintillant sur les tableaux de bord. Ils étaient armés et prêts au combat, plusieurs d'entre eux accusant bruyamment le bureau du shérif de protéger un nègre qui avait causé du tort à l'un des leurs. Les adjoints ne faisaient rien pour les arrêter, mais n'autorisèrent personne à s'approcher de la maison de Leroy. La famille Goodfellow s'était réinstallée sur la véranda. Chacun avait récupéré son arme, et Margaret avait même glissé un pistolet à manche de nacre dans un tablier noué autour de sa taille. Toute l'histoire du Texas de l'Est exposée comme les figurines des reconstitutions de la guerre de Sécession sur la pelouse de Rosemary King, la menace de violences résonnant dans l'air ; on l'entendait à travers le grondement de tous ces moteurs de voitures, le bruit des balles que Donald chargeait dans son fusil. Il se pouvait que quelqu'un soit tué à Hopetown avant même qu'on retrouve Levi, pensa Darren.

15

Leroy Page mentait, se dit Darren.

Du moins, il ne le croyait pas quand il disait qu'il n'avait jamais entendu le nom de Sandler Gaines. Darren avait prévu de retourner à l'hôtel Cardinal en ville pour essayer de retrouver le promoteur immobilier et se faire une idée plus précise de ce qui se tramait avec la vente de Hopetown. Il en apprendrait peut-être plus sur M. Page et le genre d'homme qu'il était en réalité. La tête sur les épaules, optimiste au sujet de la vente potentielle de sa terre natale ? Ou plus en colère qu'il ne l'avait laissé entendre ? Le harcèlement de Levi, ajouté à celui du petit ami de sa mère et de ses sbires aux pieds nus, avait-il poussé M. Page à vendre à contrecœur ? À faire une crise de rage ? Darren se représentait le gamin blond de la photo, et il essaya de quantifier mentalement l'indulgence que méritait un enfant qui se contentait de singer les adultes autour de lui. Et rien d'autre, n'est-ce pas ? Darren détestait penser que son pays produisait des récoltes record de racistes pleins de pisse et de venin, aussi amers que la pourriture d'où ils venaient. Levi King méritait le bénéfice du doute, non ? Darren avait-il réellement envie de vivre dans un monde où un enfant ne serait pas à la hauteur de son espoir ?

Il fallait qu'il voie Sandler Gaines.

Peut-être changer de chemise et se rafraîchir un peu avant.

Mais lorsqu'il ouvrit la porte de sa chambre d'hôtel, sa femme, Lisa, était assise sur le grand lit, deux ou trois dossiers juridiques étalés sur la couette en velours rouge sang. Elle n'était pas exactement en culotte et soutien-gorge, mais avait lâché ses cheveux et portait une combinaison noire en dentelle décorée de minuscules nœuds blancs qui la faisait ressembler à un cadeau déposé à son intention sur le lit. Il fut un instant désorienté. D'abord, pour être honnête, il avait oublié que Lisa avait proposé de le rejoindre à Jefferson en voiture. Ensuite, pourquoi sa femme était-elle habillée pour une soirée de débauche, mais avait aussi chaussé ses lunettes de lecture et feuilletait un dossier, un stylo Bic calé entre les dents ? Il fut traversé par l'idée fugace que la sécurité de cet hôtel était assez préoccupante, étant donné que deux personnes s'étaient déjà introduites sans clé dans sa chambre.

Elle leva les yeux, le vit et sourit, l'air penaud, avant de rassembler précipitamment ses documents et de les poser sur la table de chevet. « Je ne savais pas quand tu rentrerais. »

Elle se leva et se dressa sur la pointe des pieds pour embrasser son mari. Le bord de son chapeau l'en empêcha, et elle le lui arracha avec un sourire pour le jeter sur la commode, une chose que Darren, savait-elle, n'aurait jamais faite. Le Stetson manqua son but et atterrit sur le sol. Darren déploya toute son énergie pour ne pas bloquer les mains qui défaisaient déjà sa ceinture, et reposer son chapeau correctement. Il savait que cette démonstration passionnée de Lisa était chargée de sens, et qu'il aurait été grossier et cruel de la repousser, de ne pas interpréter le scénario qu'elle avait écrit sans nul doute pendant son trajet de près de quatre heures jusqu'à Jefferson. À peine avait-il eu le temps de reprendre son souffle qu'elle s'était jetée sur lui.

Il eut envie de ralentir le rythme, de ne pas goûter seulement sa bouche, mais aussi la peau de sa nuque, là où s'emmêlait un minuscule fouillis de boucles entre les séances au salon de coiffure, l'endroit où elle était le plus tendre et vulnérable – il voulait procéder par étapes. Mais il craignait encore de l'offenser. Il laissa donc les choses se dérouler comme une séquence de film qu'elle aurait vue, ou selon l'idée qu'elle s'était faite de la passion absolue, ce qui ne l'empêcha pas d'y prendre du plaisir. Il avait connu peu de femmes, et Lisa avait toujours été sur le devant de la scène, la première à avoir éclipsé toutes celles qui avaient suivi, des étudiantes qu'il avait fréquentées pendant les années où il avait été séparé de Lisa en raison de leurs orientations universitaires différentes. Darren se rappelait à peine ces filles, les étreintes bâclées sur les canapés des dortoirs, une fois contre le sèche-linge de la buanderie. Il avait passé ses années à Princeton et Chicago à attendre le jour où il pourrait rejoindre Lisa.

Ils restèrent allongés après, tout en sueur, au milieu d'un fouillis de velours écrasé. Le tissu avait creusé dans le dos de Lisa des plis que Darren suivait du bout des doigts. L'air de la chambre était adouci par la condensation due à l'effort qu'ils avaient déployé ;

il embrassa l'épaule humide et salée de sa femme. Elle ne l'avait jamais rejoint lors d'une mission, ce qui n'était pas interdit par le quartier général mais néanmoins, une très mauvaise idée.

« Je suis heureux que tu sois venue », dit-il, profondément touché. Il l'attira contre lui, l'embrassa encore et dit qu'il l'aimait à cause de cela, pour avoir fait plus de trois cent vingt kilomètres afin de passer ce moment avec lui. Elle savoura ce compliment un instant, une lueur d'orgueil dans les yeux, ce qui gâcha un peu la joie de Darren. Il la connaissait assez bien pour savoir quand elle marquait des points, se délectant de sa victoire. Elle avait inversé le rapport de forces. Tirant parti de cet avantage, elle posa une question chargée du poids d'une déclaration. Les heures de route, la tenue légère, ses jambes nouées autour de sa taille quelques minutes plus tôt – tout cela ressemblait à présent à une mise en scène, une cuillerée de miel pour faire passer le médicament amer. « Nous n'avons plus de secrets l'un pour l'autre, n'est-ce pas ? » dit-elle, se tournant pour le regarder dans les yeux. Un frisson de terreur lui noua les entrailles. Il pensa d'abord à Randie. Croyait-elle qu'il y avait eu quelque chose entre eux ? Ils en avaient déjà parlé, n'est-ce pas ? Ou bien Lisa avait-elle un aveu à lui faire ? Darren se redressa sur ses coudes et s'assit, son dos moite appuyé contre la tête de lit. La chaleur de la pièce s'était dissipée et une légère humidité planait dans l'air, faisant ressortir une odeur enfouie dans la moquette de la chambre depuis une éternité. Un relent écœurant de fruit pourri.

« Qu'est-ce qui se passe entre Bell et toi ? » dit enfin Lisa.

Darren fut d'abord soulagé. Un sentiment qui dura

à peine le temps qu'il fallut à Lisa pour s'asseoir sur le lit et ajouter : « Clayton m'apprend que tu lui donnes de l'argent ?

— Qu'est-ce qui t'a pris de parler à Clayton de ma relation avec ma mère ? » Il sut que le score tournait en sa faveur, car il pouvait éviter d'avouer à Lisa la vérité sur le pistolet disparu et le chantage de sa mère s'il mettait l'accent sur la transgression qu'elle avait commise en parlant de lui dans son dos. Ce sujet était revenu sur le tapis au moins une quinzaine de fois en quatre séances à peine avec le Dr Long, et Lisa avait reconnu que cela donnait à Darren l'impression que Clayton et elle se liguaient contre lui : à propos de ses choix professionnels et de sa relation avec Bell. Clayton voulait que Darren élimine sa mère de sa vie. Lisa enfreignait une règle qu'ils avaient négociée dans l'espace protégé du cabinet de la thérapeute.

« Je ne suis pas sûre que ce soit le point essentiel dans ce cas, répliqua Lisa d'un ton glacial.

— Je ne suis pas convaincu que ça ne le soit pas.

— Il ne s'agit pas de Clayton. » Darren lui lança un regard et elle poursuivit. « Oui, il m'a téléphoné, craignant que ta mère soit en train de t'arnaquer, un truc de ce genre, il a dit que tu lui avais demandé d'apporter de l'argent à Bell pour payer son loyer. Et je n'en revenais pas que tu aies cru que tu ne pouvais pas m'en parler. Ensuite Frank Vaughn est venu à mon cabinet et...

— Comment ?

— Le procureur du comté de San Jacinto.

— Je sais qui c'est, répondit Darren, furieux et paniqué tout à la fois. Quelle mouche l'a piqué pour qu'il s'invite dans ton cabinet à Houston ? Tu n'as rien dit, j'espère ? Pas un mot sur le soir où je suis allé chez Mack ?

— Deux jours avant le meurtre de Ronnie Malvo ? Non, Darren, je n'ai pas raconté à un procureur que tu t'es rué dans la nuit comme un cow-boy sans faire appel à des renforts pour dissuader Mack d'abattre un homme. » Elle balança les jambes hors du lit et se dressa devant lui, les bras croisés comme des épées. « C'est donc un mensonge, Darren. J'ai menti à un représentant de la loi.

— Il t'a interrogée à ce sujet ? Directement ? » Darren se leva lui aussi.

« Non.

— Eh bien, dans ce cas, ce n'était pas un mensonge.

— Arrête de te comporter comme si tu n'avais pas fait deux années de droit, Darren. Interférer dans une affaire de meurtre est une entrave à la justice. Je pourrais être radiée du barreau.

— Ça n'arrivera pas. Mack ne dira rien. Et je ne permettrai pas qu'il t'arrive quoi que ce soit, je te le promets, Lisa.

— Il l'a fait ?

— Que t'a demandé Vaughn ?

— Réponds à ma question, Darren. Mack a descendu Ronnie Malvo ?

— Je n'en sais rien.

— Je ne te crois pas », dit sa femme. Elle baissa les bras, exposant sa nudité, affichant sa vulnérabilité. « Et si je crois que tu ne me dis pas la vérité à ce sujet, Darren, que faisons-nous ensemble ?

— J'essayais de te protéger toi, dit Darren. Et Mack.

— Moi aussi j'aime beaucoup Mack », répondit-elle,

mais il savait que c'était faux. Elle ne le connaissait pas comme lui, elle n'avait pas grandi avec lui. C'était une fille de Houston, elle ne savait rien des liens qui existaient entre les Noirs ruraux, elle ignorait que la terre et les saisons rapprochaient les gens, faisant d'eux une grande famille dont les membres s'entraidaient, et survivaient grâce au partage de la nourriture et d'un abri. Elle ne savait pas que la vie et la mort des Texans noirs de l'Est dépendaient des histoires qu'ils partageaient, des mises en garde au sujet des villes et des petites routes à éviter. Sa prétendue affection pour Mack était destinée à atténuer la cruauté absolue de ce qui suivit : « Mais s'il a tué un homme », dit-elle, s'enveloppant à nouveau de ses bras comme d'une armure, « peu m'importe qui c'était, ne t'avise pas de te retrouver impliqué dans cette histoire et de mettre en danger ta carrière.

— Trop tard », répliqua Darren.

Il fut tenté de fuir alors, ou de céder au désir de sauter du haut de cette falaise et de se confesser. Il la pria de s'asseoir sur le canapé, s'installa sur le lit en face d'elle, et lui parla de Mack et du pistolet disparu. Il lui raconta qu'il suspectait Mack de l'avoir caché dans la propriété Mathews à Camilla, un soupçon qu'il avait gardé pour lui pendant des semaines. Il lui avoua qu'en se taisant à ce sujet il avait failli commettre un parjure devant un grand jury. Et, cerise sur le gâteau, Bell Callis avait le pistolet. Abasourdie, Lisa se tut pendant une éternité de deux minutes à peine, respirant très fort, refusant de le regarder dans les yeux. Elle se leva brusquement et commença à se rhabiller, enfilant une robe-chemisier en soie gris foncé par-dessus la combinaison en dentelle qui appartenait désormais à un autre mariage. Elle leva les yeux en la boutonnant et dit : « OK.

— OK à quoi ?

— OK, tu règles ça, répondit-elle d'un ton froid, pragmatique. Vaughn ne va pas lâcher. Il m'a demandé si nous avions des armes à la maison, si j'en avais trouvé une qui ne nous appartenait pas. Il est capable d'obtenir un mandat de perquisition, Darren.

— Il ne trouvera rien.

— Une fois qu'ils s'y mettent, ils peuvent dénicher tout ce qu'ils veulent, tu le sais, Darren. »

Elle lui tourna le dos, chaussant une paire de mocassins jaunes Tory Burch.

« Tu t'en vas ?

— J'ai dit à Greg qu'on dînerait avec lui, répondit-elle.

— Ça alors... » C'était un grognement de surprise. Il ne savait pas quand Lisa et Greg s'étaient parlé, ni même comment elle savait qu'il se trouvait à Jefferson. Près du lit, le téléphone sonna. Il répondit et entendit une voix féminine à l'autre bout de la ligne, une voix douce dont l'intonation interrogative soulignait chaque syllabe, comme si la personne s'excusait de faire intrusion. « Je cherche Monica Maldonado », dit-elle. Darren lui répondit qu'elle s'était trompée de numéro et raccrocha à l'instant où Lisa se dirigeait vers la porte. Elle le regarda par-dessus son épaule, encore assis au bord du lit, nu. « Je t'attends en bas », dit-elle, croisant à peine ses yeux, le laissant exilé dans sa propre honte. « Tu pourrais te retrouver en prison, Darren, dit-elle. Règle ça. »

Dès qu'elle eut franchi la porte, Darren se leva, désemparé, l'esprit et le corps racornis, en proie à un profond malaise à cause de cette succession d'événements. La querelle avec sa femme, sa déception et sa crainte à l'idée qu'il ait pu prendre des décisions mettant leur vie commune en péril. La perspective d'un dîner avec Greg, qui était en train d'orienter la disparition de Levi dans une direction que Darren refusait de suivre, même s'il lui était impossible d'apporter son soutien à Leroy Page. Et il y avait autre chose. Il avait raccroché au nez de sa correspondante avant de prendre le temps d'enregistrer ses paroles. Il y avait un écho familier dans le nom de la femme qu'elle cherchait. Il attendit un moment avant de s'habiller, espérant qu'il allait lui revenir. Mais en fin de compte il ne parvint pas à se rappeler où il l'avait entendu ni ce qu'il était censé lui évoquer ; impossible de mettre le doigt dessus.

C'était Greg qui avait choisi le restaurant, un restaurant-grill situé dans les locaux d'une ancienne banque, à quelques pâtés de maisons de l'hôtel Cardinal. Ils avaient une table dans la galerie du premier étage, la nappe blanche et repassée se détachant contre le ciel assombri et les volutes en fer forgé du balcon. Ça n'avait rien à voir avec Froggy's, où Greg et Darren s'étaient retrouvés la veille, et il se demanda si ce cadre élégant lui était destiné à lui – en guise de réconciliation – ou à Lisa. Sa femme était magnifique dans ce décor, sa peau brune comme du miel foncé à la lumière des chandelles et de la rangée de minuscules ampoules blanches ornant la guirlande de houx en plastique. Le restaurant avait engagé des chanteurs pour la soirée. Ils se tenaient dans la rue, la tête tournée vers la galerie du premier étage pendant qu'ils chantaient *The First Noel* par une température de 22 °C. Darren avait une vue d'ensemble du centre-ville de Jefferson, et à cette hauteur, il put repérer l'endroit où le conformisme guindé de la ville cédait la place à la sauvagerie des bois de pins environnants. Le bayou Big Cypress, qui se déversait dans le lac Caddo, passait derrière le restaurant, non loin du bateau à vapeur d'opérette de Sandler Gaines. Il était aussi difficile de croire que quelques kilomètres à peine séparaient la grâce d'avant-guerre de Jefferson des eaux périlleuses et imprévisibles du lac Caddo, que d'imaginer les femmes du XIXe siècle en cotillons, se promenant avec leurs ombrelles dans un marécage envahi par la végétation.

Il vit un autre élément qui détonnait dans le centre de Jefferson : la camionnette jaune striée de rouille du parc de caravanes de Hopetown. Darren l'aperçut de l'autre côté de la rue, en face du restaurant-grill, il reconnut la serviette avec le drapeau confédéré étalée contre le pare-brise et derrière la vitre côté chauffeur, il reconnut Bo, sa barbe rousse embrasée par le couchant. Ses yeux cachés par la visière de sa casquette étaient tournés vers Darren et suivaient le déroulement de son dîner. D'instinct, le Ranger prit son pistolet et le sortit ostensiblement de son étui pour le déposer sur la nappe blanche, bien en vue. Prenant acte de sa manœuvre, Bo lui adressa un petit haussement d'épaules, et peut-être même un clin d'œil ; Darren n'aurait pu le dire à cette distance. La seule chose dont il pouvait être sûr, c'était qu'on le surveillait. Lisa tressaillit en voyant l'arme. Greg fit la grimace mais l'ignora.

Il avait des préoccupations plus sérieuses en tête.

Avant qu'on eût servi les premiers verres d'eau, Darren fit clairement comprendre à Greg qu'il ne comptait pas interférer d'une quelconque manière dans son enquête. Leroy Page ne lui inspirait pas non plus confiance, mais il espérait qu'il n'avait pas tué Levi, et que l'enfant était encore vivant. « Je sais que tu veux te servir de cette affaire pour attirer l'attention du ministère de la Justice sur la réalité des crimes de haine, mais si cet enfant est en vie, ton enquête va bloquer toutes les recherches en cours, insista Darren. Je pense encore que sa grand-mère ne dit pas tout ce qu'elle sait à ce sujet. Et Dana, la sœur de Levi, m'a affirmé n'avoir jamais vu le bateau revenir, ce qui signifie que Leroy ne peut pas non plus l'avoir remarqué.

— Je sais, tu m'en as déjà informé, intervint Greg.

— J'en reviens toujours à l'eau, c'est tout, poursuivit Darren. Peut-être que la réponse est là quelque part. Peut-être que c'était un simple accident.

— L'eau est trop peu profonde. Du shérif Quinn au garde-chasse, tout le monde pense que c'est improbable.

— Ça n'exclut pas qu'il ait pu être un appât pour un alligator. Qui sait ? Peut-être qu'il y a eu un problème avec le bateau, et que le gamin se cramponne à un cyprès quelque part en attendant qu'on vienne le sauver. »

Greg secoua la tête, allant jusqu'à étudier le menu pour indiquer son absence d'intérêt. « S'il est arrivé quelque chose au bateau, si Dana ne l'a pas vu revenir, alors pourquoi est-il rangé dans le hangar ? Il est plus vraisemblable que Page dise la vérité : il a vu de ses yeux le garçon ramener le bateau... ce qui fait de lui la dernière personne à l'avoir vu vivant. »

Lisa poussa un soupir. Depuis leur arrivée au restaurant, elle n'avait pas parlé à son mari, ni fait mine de le toucher. Si Greg remarqua le froid polaire entre eux, il eut la délicatesse de n'en rien dire. Lisa agita le menu en papier dans ses mains, leur suggérant d'arrêter de parler d'homicides. En quelques minutes, surgit à ses côtés un serveur blanc et mince habitué à déchiffrer une table, à identifier la personne jouant le rôle de l'hôte, et il parut contrarié de ne pas comprendre la dynamique de ce trio. *Tu n'es pas le seul,* pensa Darren. Lisa commanda l'étouffée et Greg le poisson-chat grillé. Darren se décida pour un faux-filet, qui était bizarrement le plus beau morceau de viande de ce restaurant. Jefferson était une petite ville, et malgré son architecture rococo, les demeures coloniales victoriennes et grandioses, la carte de l'élégance et du raffinement qu'elle prétendait jouer, rien ne pouvait cacher son petit cœur dur et provincial.

Fort à propos, Darren regarda par-dessus la balustrade et aperçut dans la rue Clyde qui ouvrait la portière arrière de la Cadillac Silver de Rosemary King : elle émergea vêtue d'une robe bleu marine impeccable, maintenue par une ceinture d'argent. Alors qu'elle se dirigeait vers les portes d'entrée du restaurant, son invité descendit de l'autre côté de la voiture. Darren reconnut d'abord la chevelure, et le gracieux tourbillon au sommet de sa tête. Sandler Gaines, à deux ou trois mètres derrière Rosemary, la suivit à l'intérieur. Darren jeta sa serviette sur la table et s'excusa pendant que Lisa et Greg évoquaient leurs souvenirs d'étudiants de premier cycle à la Southern Methodist de Dallas, et l'histoire de l'assistant de recherche surpris le pantalon baissé dans les toilettes pour hommes du premier étage, un récit que Darren avait entendu tant de fois qu'il avait cessé de les compter. Depuis quand ne s'étaient-ils pas retrouvés tous les trois dans la même pièce ? Comment Lisa savait-elle que Greg était à Jefferson ? Pourquoi et de quelle façon ce dîner avait-il été organisé ? Cette série de questions était ancrée à quelque chose qui flottait au hasard dans son esprit, sorti de nulle part.

Il fut heureux d'en être distrait par la présence de Rosemary et de Sandler Gaines.

Ils étaient assis à une table privée, derrière une tenture sombre ; un serveur noir se tenait au garde-à-vous contre le mur, anticipant le moindre de leurs désirs. Darren lui demanda de lui apporter un bourbon sec mais en dehors de ça, de les laisser tous les trois seuls. Rosemary se leva à demi pour protester contre cette intrusion, mais Darren montra son insigne au serveur et ce fut suffisant – il disparut derrière le rideau. Darren s'assit sur la chaise vide en face de Rosemary et dit : « Donc vous achetez tous les deux les terres de Hopetown, c'est ça ? » Rosemary se tassa sur son siège. Darren remarqua qu'une rougeur soudaine s'étendait sur sa peau. Le contraste avec les perles de son collier les fit paraître si blanches qu'elle parut avoir une seconde rangée de dents alignées sur la gorge. Elle pinça les lèvres et plongea la main dans le sac en cuir posé sur la chaise à côté d'elle pour en sortir son portable. Sans leur adresser un mot à l'un ni à l'autre, elle composa un numéro, ignorant ostensiblement le Ranger.

Gaines se tourna vers lui avec un sourire terne

et dit : « J'ai visité la propriété, en effet, mais à la fin quelqu'un d'autre a surenchéri, je le crains. » Il esquissa un imperceptible haussement d'épaules. « J'ai perdu la partie, je suppose.

— Et le fait que vous soyez en train de rompre le pain avec la vraie acheteuse est juste, disons, une coïncidence ? »

Gaines leva le verre de bordeaux qu'il était en train de boire. « Je crois que vous faites fausse route, Ranger. Cette terre est intégrée dans une fondation.

— Que vous avez créée », dit Darren, s'adressant à Rosemary.

Elle chuchotait dans son téléphone, si bas qu'il se demanda si son interlocuteur distinguait un seul mot de ce qu'elle lui disait.

Gaines répondit à sa place. « Nous nous connaissons depuis des années, Rosemary et moi.

— Ne dis rien, lui ordonna-t-elle. Pas avant que Roger arrive ici.

— Vous avez appelé votre avocat ? s'exclama Darren, presque impressionné par la rapidité de sa réaction.

— Le shérif Quinn sera le suivant si vous ne quittez pas ma table. » Elle composa un autre numéro, regardant enfin Darren bien en face, ses yeux presque aussi foncés que le bleu nuit de sa robe dans la pénombre douillette de leur salon privé. « Je connais mes droits. Selon le shérif Quinn, je ne suis en aucune façon l'objet d'une enquête dans le cadre de la disparition de mon petit-fils, et je ne suis en rien tenue de vous adresser ne serait-ce qu'un mot, Ranger. » Quelqu'un dut répondre à son appel car elle recommença à chuchoter.

Elle avait raison. L'affaire de Levi King relevait des compétences de Quinn ou du FBI à présent.

Il leva les mains en l'air pour indiquer qu'il renonçait et jeta un coup d'œil derrière lui en quête de son bourbon, sa langue le brûlant déjà par anticipation. Puis, s'efforçant de paraître naturel, il se tourna vers Gaines et dit d'un ton neutre : « Pourquoi m'avez-vous menti en prétendant avoir loué les chambres voisines de la vôtre au Cardinal ? »

Rosemary le regarda aussitôt, son cou virant au rouge foncé.

« La chambre 207 était occupée par une autre cliente, une femme, poursuivit Darren. Et non par vous, ainsi que vous me l'avez assuré. Pourtant vous aviez la clé.

— Je pense que nous avons discuté de tout cela aux aurores, quand vous avez fait irruption comme un fou, à moitié nu, à la poursuite de fantômes et de bruits imaginaires et autres lubies. L'histoire est aussi simple que banale. J'ai rencontré une dame, nous avons batifolé, elle est partie une fois la transaction conclue. C'est tout. Si elle m'a laissé l'accès à sa chambre, c'est sans doute en guise de remerciement pour ma générosité. »

Darren avait-il manqué un épisode ou bien Gaines insinuait-il que la femme était une prostituée ? Il se rappela être passé en voiture devant la résidence de Rosemary la veille, avoir vu les lustres allumés à l'intérieur, le sentiment de grandeur et de fortune ancestrale qui en émanait. « Que ferait une pute, ou même une call girl, dans votre maison, madame King ? » demanda-t-il. Puis il regarda Gaines. « Je vous ai vus quitter ensemble la réception. » Rosemary reposa son téléphone.

« Si cette affaire n'a rien à voir avec Levi, je vous prie de vous en aller », dit-elle.

Le shérif arriva avant le bourbon.

Il était encore en uniforme, hors d'haleine, comme s'il était accouru de son bureau. Les mains sur les hanches, il regarda autour de la table telle une mère harassée qui, découvrant les bêtises de ses enfants, se demande qui réprimander en premier. Darren se leva ostensiblement pour prendre congé. Il n'attendrait pas de voir le shérif se couvrir de honte en passant un savon à un Ranger du Texas en public. Mais il tira parti de sa présence pour mettre un peu la pression à Sandler Gaines : « Et le raffut que j'ai entendu dans la chambre voisine de la vôtre la nuit dernière ? » lui demanda-t-il.

Gaines regarda le shérif, puis Darren, l'air faussement déconcerté. « Quel raffut ? dit-il. Vous avez vu la chambre. S'il y avait eu des allées et venues comme vous le prétendez, il y aurait eu des traces de lutte, non ? »

Darren nota que c'était Gaines qui avait employé le mot *lutte*.

Mais il n'avait rien d'autre comme argument, sinon l'impression que tout le monde, dans ce petit comté, excellait dans le brouillage des informations et l'art de vous induire en erreur. Marnie King et Gil Thomason, Rosemary et Sandler Gaines, Leroy Page, diable, et même Margaret Goodfellow. *Pas un qui raconte l'histoire telle qu'elle s'est passée,* se dit-il. Il y avait quelque chose d'opaque dans cet endroit, comme la mousse grisâtre suspendue aux cyprès du lac Caddo. Il était impossible de démêler la vérité. Mais il croyait au désespoir de Marnie King. Il croyait aux larmes de

Dana pour son frère. Même les appels à l'aide de Bill King semblaient aussi réels à Darren que l'historique de violences raciales de cet homme. Il ne respectait aucun d'entre eux, il ne traverserait pas même la rue pour cracher sur Bill King. Mais il savait que Bill, Marnie et Dana aimaient Levi King, et qu'ils voulaient le revoir à la maison.

Lorsqu'il regagna sa table, elle était déserte, les entrées à peine touchées. Le beurre aux herbes avait fondu sur son steak bon marché et coulait telle une rivière boueuse vers le bord de son assiette. Des mares de graisse s'étaient créées dans le bol d'étouffée de Lisa, teintant d'un orangé acide le riz blanc qui l'accompagnait. Darren était sur le point d'appeler le serveur pour lui demander comment et pourquoi les autres convives avaient disparu aussi vite, quand il entendit sa femme parler dans la rue. « Non, disait-elle avec force, une note de basse dans la voix, on ne va pas le faire maintenant. On arrive tout juste à maintenir le cap pour l'instant. » Darren jeta un coup d'œil par-dessus la balustrade, il vit Greg prendre le bras de sa femme, et il l'entendit prononcer son nom d'un ton qui n'était pas exactement possessif, mais agacé, comme s'il la jugeait redevable de quelque chose à son égard. « De toute façon, nous n'étions que des gosses à l'époque », dit-elle.

Lorsque Darren sortit sur le perron du restaurant, Lisa et Greg ne se touchaient plus. En fait, ils s'étaient éloignés l'un de l'autre. Greg tapota le dos de son ami d'une main molle, disant qu'ils se parleraient bientôt, puis il partit en direction de sa Ford Taurus bleue. Lisa se tourna vers Darren, le reflet des lumières de Noël scintillant dans ses yeux embués de larmes. Sa fureur contre lui était retombée, engloutie dans ce qui avait causé son chagrin. « Ne m'en tiens pas rigueur », dit-elle. Il l'étreignit, prêt à entendre ce qu'elle allait révéler.

Lisa se figea dans ses bras et lui mentit. « Je dois aller au tribunal demain. Nous avons enfin obtenu une audience devant le juge Caselli et je dois préparer mon équipe avant que nous présentions une argumentation orale.

— Tu t'en vas ? demanda-t-il. Maintenant ?

— Je suis obligée.

— Lisa... » Il scruta le visage de sa femme. *Pas de secrets, d'accord ?* Mais elle avait déjà sorti son portable. Elle s'excusa, car elle avait besoin de passer ce coup de fil – à cet instant précis, apparemment – et poursuivit sa conversation téléphonique pendant tout le temps qu'il lui fallut pour rassembler ses affaires dans la chambre et se faire raccompagner par Darren jusqu'à sa voiture, dans le parking situé derrière l'hôtel. Quand elle raccrocha, il eut tout juste le temps de dire : « Sois prudente, Lis. Et appelle quand tu arrives à la maison. » Elle acquiesça et déposa un baiser froid et sec sur sa joue. Sans la prévenir, il la suivit sur la Route 59 et au-delà de Marshall quand elle prit la direction du sud. Au cours de la soirée, il avait perdu de vue Bo et sa camionnette rouillée, et il voulait s'assurer que personne ne filait sa femme.

Il sentait une douleur monter en lui, un grondement de nuages noirs qui s'étaient accumulés à son insu quand il avait laissé Lisa et Greg seuls à table avec leurs secrets. Il ressentait pourtant une étrange gratitude envers la souffrance qui se profilait à l'horizon, car elle le dégageait de ses obligations et lui rendait sa liberté.

16

Il avait son numéro de téléphone depuis des semaines.

Ils étaient restés en contact depuis Lark et leurs adieux à Dallas, quand il l'avait touchée pour la première fois, lui prenant les deux mains devant le cabinet du médecin légiste où le corps de son ex-mari attendait d'être identifié. Mais c'était *elle* qui avait toujours fait les premiers pas, laissant un message pour l'informer que finalement, sur ses conseils, elle enterrait Michael à Tyler, sa ville natale, qu'elle ramenait le garçon du Texas de l'Est à la maison, et demandait à Darren s'il voulait assister à la cérémonie. Ils seraient juste tous les deux, avait-elle précisé. Ses parents étaient morts, son oncle Booker aussi, bien sûr, et la cérémonie commémorative avec ses amis de la faculté de droit et ses collègues du cabinet d'avocats avait eu lieu sur la côte nord d'Oahu, dans la maison de son associé-gérant, un homme qui en savait trop peu sur Michael pour prononcer seulement le mot *Texas* dans son éloge funèbre. C'était à ce moment que Randie avait pris sa décision, se souvenant des propos de Darren lui conseillant de laisser l'âme de Michael reposer dans son Texas natal. Ensuite elle lui avait envoyé cette carte postale, écrivant qu'elle avait un projet avec un designer à Dallas. À deux heures à peine de l'endroit où se trouvait Darren, seul au bord d'un lit d'hôtel encore imprégné de l'odeur rance et un peu aigre du dernier acte de son mariage. Le mot *fermenté* lui vint à l'esprit, une crème qui aurait tourné. Il regarda le portable qu'il tenait depuis dix minutes.

Puis il l'appela.

Il ne reconnut pas tout de suite sa voix et se dit qu'il avait peut-être eu un mauvais numéro tout ce temps. Mais il l'avait réveillée, c'était ça l'explication. En fait, elle ne se trouvait pas à Dallas ; mais à l'autre bout du monde, à Florence, en Italie, où il était quatre heures du matin à cet instant précis. Darren en fut mortifié. Il se répandit en excuses – la distance entre eux lui inspirant aussi une déception muette – mais Randie l'interrompit en disant : « Ça ne fait rien. Je suis heureuse d'avoir de vos nouvelles. » Sa voix était enrouée par le sommeil, mais elle le ramena en arrière. Si loin qu'il n'en revenait pas. Dans ce bistrot juste après la frontière du comté de Selby, le soir où ils avaient bu et parlé de leurs vies. Il voyait encore les lumières du bar danser sur sa peau tandis qu'elle racontait l'histoire de Joe et Geneva Sweet, le récit d'un amour lié au destin ou au hasard, selon le point de vue qu'on avait sur cette sorte d'événement. Dans les deux cas, c'était l'histoire de deux personnes qui s'étaient croisées de manière inattendue et que l'amour avait écartées de la route qu'elles suivaient, les contraignant à s'asseoir, leur chuchotant : *Ça. Ici. Regardez bien.* Il l'entendit se retourner dans les draps, et se la représenta dans sa chambre d'hôtel, tendant la main pour allumer une lampe en porcelaine avant de se caler contre la tête de lit capitonnée. « Vous avez appelé », dit-elle. Et sans l'ombre d'un reproche enjoué, sans un mot pour suggérer qu'elle ne lui en voulait pas vraiment d'avoir été forcée de l'attendre, elle ajouta : « Enfin.

— Je peux vous demander quelque chose ? dit-il très vite, avant de perdre courage. Et vous me répondrez sans me demander quoi que ce soit en retour ?

— Oui », dit-elle, laissant entendre qu'elle attendait cela. Cette question, ce coup de téléphone, ce moment.

Darren baissa la tête vers le sol jusqu'au moment où il retrouva sa voix. « Comment avez-vous su que Michael vous avait trompée ?

— Oh non. » Un chuchotement suivi d'un long silence si dénué de respiration et de mots que Darren crut déceler le vacarme des camions de livraison au petit matin dans la rue florentine sous sa chambre. « Oh non.

— Greg, murmura-t-il.

— Votre ami ? »

Et parce qu'il eut honte – pas seulement à l'idée qu'il pouvait être cocu mais aussi parce qu'il savait à part lui qu'il avait utilisé cela comme prétexte pour appeler une autre femme –, il ajouta : « Je n'en sais rien. » Que savait-il, en réalité ? Seulement qu'il était entré seul dans cette chambre et qu'il avait envie de parler à Randie.

« Je ne crois pas être capable de le faire, Darren. »

Il secoua la tête et s'excusa. « Je n'ai pas réfléchi, dit-il. Ce doit être douloureux pour vous d'en parler... » Deux mois à peine s'étaient écoulés depuis l'enquête de Lark, quand elle avait dû révéler les infidélités de son mari tout en essayant d'affronter la réalité tragique de sa mort soudaine.

« Non, je veux dire que je ne me crois pas capable de parler de votre femme », rectifia-t-elle.

Elle se tut un instant. Darren vit des flammes de bougies scintiller entre les rideaux de velours, il entendit quelques rires à travers la vitre. Les promenades hantées reprenaient. Il changea donc de sujet et se mit à lui parler de ce commerce du passé qui constituait une bonne partie de l'économie de Jefferson. Il souleva même un coin du rideau pour décrire le groupe de la visite en cours, en particulier une femme vêtue d'une tenue d'apparat en vogue avant la guerre de Sécession, une robe jaune d'or cintrée à la taille. Cela fit rire Randie. Il continua donc de bavarder. Il lui parla du fantôme qui hantait soi-disant sa chambre, racontant qu'il s'était réveillé après un rêve et avait cru voir Penelope Deschamps debout au pied de son lit, un pistolet à la main – n'importe quoi pour alléger la tension qui avait surgi entre eux, et qu'ils ne supportaient ni l'un ni l'autre. Elle décrivit l'endroit où elle se trouvait, un petit hôtel proche du Ponte Vecchio, elle parla des objets en cuir qu'elle photographiait pour une double-page à paraître dans le *Vogue* français, et raconta qu'elle avait mangé l'équivalent de son poids en *gelati* les premiers jours de son séjour en ville, se sentant seule et s'efforçant de ne pas reprendre l'habitude de la cigarette, une gageure quand il y avait autour d'elle tant de gens incroyablement beaux et séduisants qu'elle voyait fumer sur chaque piazza, dans chaque rue. Elle se souvenait qu'à Lark il avait utilisé les cigarettes pour jouer un rôle, paraître inoffensif et insignifiant, et avoir accès à des lieux comme le parking du bar en ville, où ils s'étaient fait tirer dessus, « putain de merde ». Darren grogna, mais il y avait quelque chose de ludique dans son récit. Il rappela à Randie qu'elle avait eu l'air si ridicule au volant de son pick-up, et ils rirent tous les deux jusqu'au moment où le silence les enveloppa de nouveau, l'atmosphère chargée de tous ces non-dits.

« Mais vous n'avez jamais fumé pour de vrai ? demanda-t-elle. Même à l'université ?

— Non. Ma mère fume. Ça a tué dans l'œuf l'idée de séduction. »

Elle l'interrogea sur sa mère, une personne qu'elle ne l'avait jamais entendu mentionner. Il lui parla de son enfance, des oncles qui l'avaient élevé, et pour quelle raison. Il n'eut pas besoin de lui raconter qu'elle le faisait chanter pour lui faire comprendre l'essence de sa relation compliquée avec Bell et deviner son caractère irascible, et le danger que représentait une femme persuadée qu'on avait une dette envers elle. Les parents de Randie étaient encore en vie, divorcés, mais habitaient tous les deux à Washington DC, dans des lieux très éloignés. « Ils doivent être fiers de vous », dit Darren.

Randie se tut de nouveau, et cette fois il y eut une note mélancolique dans sa voix quand elle changea de sujet et lui demanda ce qu'il faisait à Jefferson. Il lui parla de l'enfant disparu et des aspects complexes de l'affaire. « Son père est un meurtrier, un membre connu de la Fraternité Aryenne du Texas. » Il lui parla de Hopetown et du morceau d'Histoire qu'il connaissait à présent, à propos des Noirs et des Indiens Caddos qui vivaient ensemble depuis des générations. Randie répondit qu'elle aimerait les filmer. « Avant que ça disparaisse. » Darren en fut si attristé qu'il ouvrit le minibar de la chambre, espérant qu'il avait été rempli pendant son absence. Randie annonça que le soleil se levait à Florence. Du coup Darren se sentit plus connecté à sa chambre en Italie, et son désir d'alcool s'estompa. Après qu'elle eut dépeint le flot d'or qui éclairait l'Arno à cet instant, lui, le garçon de la campagne, tenta de rivaliser avec l'Europe en décrivant à Randie le lever de soleil depuis la véranda, derrière sa maison familiale de Camilla, l'aube pointant à travers les bois de pins environnants, la clarté couleur du beurre baratté se déversant enfin pour éclairer les taillis du Texas de l'Est, le soleil changeant en diamants les perles de rosée de la pelouse luxuriante devant lui où, n'importe quel jour de la semaine, un faon avançait parfois sa tête blanche entre les arbres, les yeux d'un vert vitreux, son petit museau noir reniflant lui aussi le parfum de l'herbe mouillée et des pins, aussi doux que le miel, où on pouvait entendre les parulines des prés dans les arbres ou, avec un peu de chance, découvrir un merle bleu perché sur la balustrade de la véranda.

« J'aimerais le voir un jour.

— Oui », dit-il lentement, le mot s'échappant comme l'air d'un ballon, le fantasme dilué dès l'instant où ils l'avaient formulé. Ils savaient tous les deux que ça n'arriverait jamais. Darren était le Ranger du Texas qui avait résolu le meurtre de son mari. Cela faisait-il d'eux des amis ? Rien de plus, sans aucun doute. « Je croyais que vous détestiez le Texas », dit-il, écartant l'idée même de la revoir, se rappelant que ça n'aurait aucun sens. Il avait accompli son devoir, point.

Le téléphone de la chambre se mit à sonner. Il s'efforça de l'ignorer au début, mais la personne insistait et Randie finit par dire : « Darren... vous ne devriez pas décrocher ?

— Oui, accordez-moi une seconde.

— Il est déjà tard ici, reprit-elle. J'attends un appel à sept heures.

— Bien », dit Darren, le cœur serré. Il voulait continuer de parler, mais le moment avait passé et le téléphone de l'hôtel n'arrêtait pas de sonner.

« Ça m'a fait plaisir de vous parler, Darren, dit Randie. Vraiment. »

Il acquiesça en souriant, même si elle ne le voyait pas. « À moi aussi. »

Puis elle ajouta d'une voix douce : « Darren. »

L'entendre prononcer son nom fit voler en éclats l'illusion qu'ils s'étaient forgée du caractère inoffensif de cette conversation. C'était inexplicable à ses yeux, mais non moins réel : il se sentait totalement en confiance quand il parlait à cette femme. Et il ne pouvait plus ignorer le désir qui se mêlait à cet abandon.

« Vous devriez lui pardonner, peu importe ce dont il s'agit, dit Randie. Je regrette de n'avoir pas eu l'occasion de l'avoir fait avec Michael. J'aurais préféré ne pas lui en vouloir pour ça. »

Il raccrocha et répondit au téléphone de l'hôtel.

La femme qui l'appelait ne lui laissa pas le temps de dire bonjour. « Je sais que ce n'est pas la chambre 207, je le sais. Mais je n'obtiens aucune réponse de quiconque à la réception, alors que je les appelle depuis deux jours. »

À la mention de la chambre 207, Darren se leva

immédiatement du lit. C'était la chambre juste au-dessus de la sienne, celle où il avait entendu ces bruits inquiétants l'autre nuit, et au sujet de laquelle Sandler Gaines lui avait servi un mensonge éhonté. « Attendez, l'interrompit-il. Vous avez déjà appelé, n'est-ce pas ? Cet après-midi ?

— En effet. Je me demandais si j'avais le mauvais numéro de chambre, quelque chose comme ça, ou s'il existe une autre raison expliquant pourquoi je ne parviens pas à la joindre.

— Qui ?

— Monica Maldonado.

— Comment ça, vous ne parvenez pas à la joindre ?

— Nous avions rendez-vous et elle n'est pas venue. Elle ne répond pas non plus au téléphone.

— Quel est votre nom ? » demanda Darren, prenant sur la table de chevet un stylo et le bloc de papier à lettres de l'hôtel, orné d'une branche de rosier fleuri en relief.

La femme hésita. « Je ne cherche pas à faire des histoires, je veux juste...

— Madame, je m'appelle Darren Mathews, et je suis un Ranger du Texas, et vous n'êtes pas la seule à penser que quelque chose ne tourne pas rond.

— Gail Combs, dit-elle alors en un soupir, presque soulagée. Je dirige un cabinet notarial à Jefferson. Mme Maldonado m'a contactée quand elle est arrivée en ville il y a deux semaines, car elle souhaitait avoir recours à mes services pour des documents juridiques qu'elle avait besoin de faire signer. J'ai demandé à être réglée en avance, car elle a mentionné qu'elle devrait se déplacer assez loin pour rencontrer les signataires, et j'ai rédigé une facture pour mes services. Je l'ai envoyée à son bureau...» Elle parut alors lire attentivement le nom inscrit sur son propre papier à lettres. «Chafee, Humboldt, et Greene à Alexandria, Virginie. Je n'ai reçu ni règlement ni accusé de réception de la facture, et ainsi que je vous l'ai dit, elle n'est jamais venue à notre rendez-vous. Peut-être que je suis une personne indiscrète qui devrait se mêler de ses affaires, mais je trouve bizarre qu'elle ne décroche pas son téléphone, et la réceptionniste ne cesse de me répéter que son nom ne figure nulle part dans les registres, même quand j'ai indiqué le numéro de chambre qu'elle m'a donné pour la contacter.»

Et quand Darren avait posé une question sur la chambre 207, on lui avait répondu que la cliente avait quitté l'hôtel le soir où il avait entendu des bruits bizarres venant de la chambre, le soir où il avait vu de ses yeux Sandler Gaines franchir les portes d'entrée du Cardinal avec une femme en état d'ébriété, qui, croyait-il à présent, était Monica Maldonado. «J'espère juste qu'elle est saine et sauve, dit Gail. Mon mari pense que je regarde trop *Dateline,* mais une femme qui voyage seule, et qui a disparu aujourd'hui...»

Disparu...

Darren laissa le mot se déposer dans son esprit. C'était une interprétation extrême de la situation, et d'après les statistiques, il semblait improbable qu'il y eût deux cas de personnes disparues dans le comté de Marion. Il considéra les faits. D'un côté, il y avait les peurs bien entendu alarmistes d'une notaire, fondées sur le fait qu'elle n'avait pas été payée, et de l'autre, une femme qu'il avait à peine entrevue, qui avait manifestement disparu dans la nature. À supposer que la dame soûle en compagnie de Sandler Gaines et Monica Maldonado fussent une seule et même personne, Darren n'aurait pas pu donner à un portraitiste grand-chose d'autre que la teinte foncée de ses cheveux. Il fut presque tenté de penser qu'il avait inventé toute cette histoire, que Monica Maldonado ne s'était jamais rendue dans le comté de Marion, n'avait jamais pris de chambre à l'hôtel Cardinal, et peut-être, n'existait même pas. Mais deux détails lui revinrent en mémoire dès la seconde où il eut mis fin à sa conversation avec Gail Combs. D'abord, il se souvint de son premier appel, à l'instant où Lisa venait de quitter cette chambre, et où il s'était assis un moment pour essayer de comprendre ce que le nom de Monica Maldonado lui évoquait, et pourquoi il titillait un coin reculé de son cerveau. Ensuite, il se rappela où il avait vu le nom du cabinet juridique. Ce qui lui permit de faire le lien. Les noms Chafee, Humboldt et Greene avaient réveillé sa mémoire parce qu'il les avait lus plus tôt dans la journée, inscrits à l'encre noire sur la carte de visite cornée fixée sur le mur de la cuisine de Leroy Page. Darren n'avait pas vu l'adresse en Virginie, mais retenu le nom : Monica Maldonado.

QUATRIÈME PARTIE

17

Il ne put entrer dans la chambre que le lendemain matin, et passa une bonne partie de la nuit à chercher des informations sur Chafee, Humboldt et Greene sur différents moteurs de recherche, ne trouvant que peu de renseignements sur l'étude, mis à part son adresse à Alexandria, et une note sur le répertoire juridique mentionnant que leur cabinet était spécialisé dans le domaine de la responsabilité civile générale. Après à peine deux ou trois heures de sommeil, Darren se réveilla avec des pensées encore plus confuses ; il n'avait pas la moindre idée de la raison de la présence de cette femme à Jefferson, et encore moins de l'endroit où elle pouvait se trouver actuellement. Ni la réceptionniste de son bureau, ni son associé-gérant avec lequel il demanda à s'entretenir après plusieurs appels (dès la seconde où il fut neuf heures du matin sur la côte est), n'acceptèrent de confirmer que Monica Maldonado était à Jefferson, au Texas, et encore moins de lui dire pourquoi.

« Je crains que ce ne soit une information confidentielle », dit le partenaire qui s'appelait Dale Godwin, ne paraissant pas du tout préoccupé par le fait qu'un Ranger du Texas cherchât à contacter une de ses employées. M. Godwin, comme la plupart des gens en dehors de l'État, ne comprenait pas le rôle des Rangers dans la force opérationnelle du Texas ; il aurait aussi bien pu s'entretenir avec un garde forestier tant l'urgence de la situation semblait lui échapper. Du moins, il confirma que Monica travaillait pour Chafee, Humboldt, et Greene, mais il assura à Darren que c'était une *grande fille* – ses propres termes – qui savait prendre soin d'elle-même.

« Eh bien, ça fait deux jours qu'on ne l'a pas vue dans son hôtel et elle n'est pas allée au rendez-vous qu'elle avait pris avec une notaire locale, Gail Combs, dont la facture est aujourd'hui classée quelque part dans vos dossiers, je suppose », dit Darren. Il laissa ce commentaire planer dans l'air un instant avant d'ajouter : « Mais je suis certain que votre cabinet a été en contact avec Mme Maldonado ces dernières quarante-huit heures, n'est-ce pas, monsieur Godwin ? »

L'avocat laissa échapper de sa gorge un souffle puissant qui n'avait rien d'un soupir. « Je vais parler à ma secrétaire, répondit Godwin. Et je reviens vers vous. »

Plus d'une heure s'écoula, mais il n'avait toujours pas rappelé Darren.

Pendant qu'on servait le petit déjeuner dans la salle à manger près de l'entrée, il gagna le premier étage en évitant le bureau de la réception, et emboîta le pas à l'une des femmes de ménage de l'hôtel, une femme noire élancée aux cheveux tirés d'où s'échappaient des frisottis rebelles. Il la regarda frapper à la porte de Sandler Gaines et annoncer « Service d'étage » d'un ton affable, mais détaché ; ne recevant aucune réponse, elle ouvrit la porte avec son passe. Rassuré par l'absence de M. Gaines, Darren montra son insigne à l'employée et dit qu'il avait besoin d'entrer dans la chambre 207.

« Elle est vide, monsieur, dit-elle.

— Peu importe », répliqua Darren avec un air d'autorité forcé, parlant d'un ton rapide et haché qui offrait peu de place aux questions. « Je dois entrer là, m'dame. C'est une affaire d'État on ne peut plus sérieuse. J'ai reçu l'ordre de fouiller cette chambre. »

La femme de ménage – BARBARA, lut-il sur son badge – lui lança un regard laissant entendre qu'à son avis il bluffait, mais il portait un insigne et avait la peau noire, elle lui accorda donc le bénéfice du doute, et se sentit autorisée, quand elle ouvrit la porte de la 207, à marmonner : « Vaudrait mieux que ch'sois pas virée pour ça non plus. » Puis elle le laissa seul.

Les rideaux de velours étaient grands ouverts sur le jardin intérieur qu'il voyait de sa suite au rez-de-chaussée. Du premier étage, il aperçut quelques clients qui prenaient leur café dehors en compagnie de Sandler Gaines, sa banane brillantinée luisant dans la clarté dorée du matin. Darren s'écarta aussitôt de la fenêtre, et sentit un objet craquer sous son pied. Il regarda par terre et vit un peigne brisé en plusieurs morceaux par le talon de sa botte. Il dépassait de dessous le lit, et quand Darren s'agenouilla pour le regarder de plus près, il se rendit compte que le peigne incrusté de nacre avait déjà été cassé. L'autre moitié se trouvait un peu plus loin sous le lit, à quelques centimètres. Même dans l'ombre, il pouvait distinguer des cheveux accrochés aux dents du peigne. Il souleva les pans de sa chemise blanche et attrapa les deux parties du peigne avec le tissu. Puis il les glissa dans un sac à linge du placard de la chambre, non sans avoir inspecté auparavant la touffe de cheveux. Ils avaient la même teinte noire brillante que ceux de la femme en compagnie de Sandler Gaines.

Il emporta le tout rue Austin, deux ou trois pâtés de maisons plus loin, dans le bureau du shérif.

Après avoir passé la nuit à téléphoner à des compagnies de location de voitures dans différents aéroports de la région, il toucha le jackpot quand il appela l'agence Avis de l'aérogare de Shreveport, juste de l'autre côté de la frontière entre le Texas et la Louisiane. Il avait convaincu sans peine la jeune réceptionniste de l'équipe de nuit de fournir des renseignements par téléphone à un Ranger du Texas. Monica Maldonado, qui habitait dans Russell Road à Alexandria, en Virginie, avait loué une Pontiac Sunfire blanche qu'elle aurait dû rendre la veille à l'aéroport. À l'intérieur du petit bureau du shérif Quinn avec la casquette rouge MAGA et le bocal rempli de pièces de cinq cents, Darren ajouta qu'il avait vu la carte de visite de cette femme dans la cuisine de M. Page à Hopetown, une preuve, selon lui, de l'existence de Mme Maldonado et de sa présence dans le comté de Marion à un moment donné.

Quinn, qui semblait porter les mêmes vêtements que le soir précédent au restaurant-grill, se cala sur sa chaise et croisa les mains derrière sa tête, exposant deux larges auréoles jaunies. « Vous essayez de me dire quoi, Ranger ?

— Je pense que cette femme a peut-être disparu,

répondit Darren. Et que Sandler Gaines a été la dernière personne à la voir. Je les ai aperçus ensemble tous les deux.

— Vous êtes capable d'identifier cette femme ?»

Darren hésita, puis mentit : « Oui.

— Et Page... Qu'est-ce qu'il a à voir avec tout ça ?

— Je ne sais pas, mais il a été en contact avec elle, c'est évident.

— Donc, vous êtes en train de me dire que nous avons un tueur en série dans ce comté ?» Cette idée parut amuser Quinn au lieu de l'effrayer. « Vous avez le don de créer des problèmes à Hopetown, vraiment.

— Pardon ?

— M. Page.

— C'est Sandler Gaines qui l'a vue le dernier, je l'ai précisé. »

Le shérif Quinn baissa les bras et les posa sur son bureau, retrouvant son sérieux. « Je n'ai jamais eu de problèmes avec Leroy Page avant tout ça, dit-il, comme s'il n'avait pas entendu Darren. Et pour être honnête, je n'ai jamais voulu croire qu'il avait fait du mal à ce garçon, mais ce que racontent les gens, les rumeurs et maintenant les soupçons, c'est une porte qu'on ne peut plus refermer, Ranger. Vous auriez mieux fait de vous en souvenir avant de citer son nom devant Gil Thomason et sa bande du parc de caravanes. Bordel, vous avez failli signer l'arrêt de mort de cet homme avant que les Fédéraux aient seulement l'occasion de procéder à une arrestation. »

Darren se sentit faiblir. Il entendit une note aiguë résonner dans son oreille, et les mots que Quinn prononça alors lui parvinrent de très loin. Ses longues jambes se dérobèrent sous lui, tremblotant comme de la gelée de piment lorsque Quinn dit d'un ton neutre : « On a tiré sur Leroy Page hier soir. »

Darren secoua la tête, d'abord pétrifié par l'incrédulité, puis gagné par la colère. « Et les hommes que vous aviez postés devant chez lui ?

— Ils ont réussi à tromper leur vigilance, répondit Quinn, un peu trop pragmatique au goût de Darren, comme s'il reconnaissait que les adjoints placés devant la maison de Page l'avaient été pour la frime. Nous pensons qu'ils ont réussi à entrer par-derrière.

— Et "ils" sont qui ?

— J'ai des adjoints qui passent le parc de caravanes au peigne fin. Je ne suis pas stupide, Ranger. Je mets ça sur le dos de ces racailles.

— Et M. Page, il est...

— Il est en vie, dit Quinn, se levant brusquement. Ils l'ont emmené à temps à l'hôpital du comté de Marion. Mais à son âge, on ne peut être sûr de rien. Les Caddos prient pour lui là-haut, au deuxième étage. Il va peut-être s'en sortir. » Il haussa les épaules pour indiquer qu'il n'arrivait pas à comprendre les manières d'un petit groupe d'Indiens Caddos vivant parmi les Noirs depuis plus d'un siècle, mais refusait de remettre en question leur autorité divine.

« Parlez à Sandler Gaines, dit Darren en sortant du bureau du shérif. Il sait ce qui est arrivé à Monica Maldonado. J'en parierais mon insigne. »

Quinn nota le nom mais insista sur le fait qu'il avait d'autres chats à fouetter et n'était pas disposé à tout lâcher pour se mettre à la recherche d'une femme que personne ne réclamait, excepté une notaire dans l'attente de ses honoraires. « J'vais pas vous laisser m'écraser comme le shérif du comté de Shelby. » La nouvelle des arrestations à Lark était donc parvenue jusqu'au comté de Marion – en particulier le fait que le shérif de l'endroit avait failli être interpellé. Le shérif Quinn regarda Darren avec un agacement mêlé d'une forme de respect et d'un sentiment contre lequel il luttait : la peur. Le Ranger perçut de nouveau le pouvoir particulier de l'insigne sur *sa* poitrine et se demanda si Quinn avait raison. Ses questions sur Leroy Page à Hopetown avaient-elles mis sa vie en danger ?

Si Darren prenait un jour une balle dans le comté de Marion, il espérait que quelqu'un aurait la présence d'esprit de l'emmener à Shreveport, de l'autre côté de la frontière, ou tout au moins à Marshall, à quelques kilomètres au sud sur la 59. Mais Leroy Page se trouvait dans une chambre double d'un établissement médical qui consacrait la plus grande partie de ses activités à encadrer les diabétiques rétifs aux changements de mode de vie indispensables à leur survie, tout cela à moins de six mètres des distributeurs automatiques qui vendaient du Dr Pepper et des Twix à chaque étage.

Darren avait été dirigé vers l'unité où étaient accueillis les patients longue durée. Il passa devant des tableaux de lupins bleus et de cornouillers aux cadres bon marché, les talons de ses bottes en autruche claquant sur le carrelage un peu collant – le bruit rappelant le crissement d'un pansement qu'on détache de la peau – et il trouva enfin la chambre de M. Page à côté du troisième poste d'infirmières depuis l'ascenseur. Il la partageait avec un homme blanc d'une quarantaine d'années qui mangeait quelque chose dans un sachet de Whataburger et téléphonait sur son portable. Il n'en crut pas ses yeux en voyant Darren et son insigne mais cela mis à part, il ne se laissa pas distraire de son repas ni de sa conversation. Derrière un léger rideau, à l'autre bout de la chambre, M. Page dormait, ou du moins ses yeux étaient fermés. Son corps était parcouru de spasmes, et la femme noire assise à son chevet sur un tabouret avait posé une main en travers de son corps, bloquant ses bras de part et d'autre. Elle se retourna quand Darren s'avança dans ce qui tenait lieu de chambre privée. Il vit aussitôt la ressemblance – la même peau brun foncé, rougeâtre par endroits, les cheveux noirs aux boucles lâches et les lèvres épaisses en forme d'arc, dont le fard bordeaux s'était estompé en partie, leur donnant une apparence craquelée et sanguinolente. La bouche de M. Page était desséchée, avec des croûtes blanchâtres au niveau des commissures. Erika regarda Darren, passant en revue le chapeau et l'insigne, l'uniforme de Ranger, puis elle recommença à surveiller son père avec une grande intensité, comme si elle pouvait voir à travers sa chair l'endroit qui le faisait souffrir, et d'un baiser, en absorber la douleur. « Erika », dit Darren, car c'était ainsi que l'avait appelée Margaret lorsqu'il avait mangé chez elle. C'était la fille cadette de Leroy. Le Ranger sentit, mêlé à l'odeur de levure de la peau moite de M. Page qui transpirait dans sa chemise d'hôpital bleue, un parfum de tabac à pipe.

Il se retourna et se rendit compte qu'il n'avait pas vu Margaret blottie dans un coin, au fond de la chambre. Le tabac semblait avoir « *fumé* » sa peau ambrée au point que son arôme l'imprégnait tout entière ; il ne l'avait pas remarqué chez elle, mais dans cette pièce il en fut frappé. C'était une odeur douce comme celle des cerises cuites au four et de l'écorce d'arbre humide, et Darren la jugea vaguement réconfortante, bien qu'il remarquât le coup d'œil lancé par Erika au spectacle qu'offrait Margaret Goodfellow, un châle rouge et bleu sur les épaules, la tête baissée, murmurant des mots tout bas, les insufflant presque dans sa poitrine. Elle priait avec ferveur, mais en privé.

« Je crois que papa ne voudrait pas de vous ici. » Erika fixait Margaret, mais s'adressait à Darren. « D'après vous, c'est un assassin.

— Pourquoi est-ce qu'il tremble comme ça ?

— La fièvre, répondit-elle. Toutes les vingt minutes, je leur demande de faire quelque chose. Ils ont dit que si elle atteint 40 °C, ils apporteront la couverture de glace.

— J'ai essayé d'aider votre père. Je lui ai dit de prendre un avocat. »

Erika portait une fine croix en or qui capta un rayon de soleil pénétrant par la fente d'une fenêtre rectangulaire de l'autre côté du lit quand elle se tourna vers Darren pour lui répondre : « Mon père n'a rien fait de mal. C'est ridicule. Il ne ferait jamais de mal au petit-fils de Lester. Il aimait cet homme.

— Je peux vous poser une question ? » demanda Darren, embarrassé d'être debout, sa haute taille le faisant paraître bizarre et isolé des êtres humains autour de lui. Il se baissa près de son tabouret, repliant ses jambes douloureuses pour s'accroupir. « Qui est Monica Maldonado et pourquoi travaillait-elle pour votre père ?

— Qui ?

— Cela a-t-il un rapport avec la vente de Hopetown ?

— La vente n'est plus d'actualité.

— Comment ? demanda Darren. Votre père a dit que l'idée venait de vous. »

Il entendit derrière lui un *hum* au milieu des prières de Margaret.

« Je veux dire, reprit Erika, qu'il n'a pas signé les documents. Je les ai trouvés tous empilés sur la commode de maman. J'ignore ce qui se passe, mais il radote, ou bien il a changé d'avis. » Sa voix faiblit quand elle se retourna pour le regarder dans son lit. Les paupières de Leroy palpitèrent tandis que le rythme de ses spasmes s'apaisait. « Oh, papa », dit-elle.

Elle prit une serviette sur la table de chevet, la trempa dans un gobelet d'eau en plastique, et s'en servit pour humecter la bouche desséchée de son père. « De toute manière, il ne restera pas ici après ça. Je ne vais pas mettre sa vie en danger dans un endroit qui n'a jamais été une vraie ville, n'est même plus une communauté depuis cinquante ou soixante ans. Hopetown est un souvenir, une idée qui a fait son temps. »

Un claquement de langue retentit alors du côté de Margaret, qui écoutait manifestement chacune de ses paroles. Erika, exaspérée, se leva et se tourna face à la vieille dame, pointant un doigt dans sa direction. « Il serait parti depuis des années si vous n'aviez pas été là. Dès que l'horrible famille de Lester s'est installée et a pris le relais, il aurait quitté Hopetown s'il n'avait pas essayé de vous protéger. »

Margaret ouvrit les yeux. « Votre père est un homme honorable.

— Mon père est un vieux fou qui a perdu le contrôle de la terre de nos ancêtres.

— Tes ancêtres ? s'exclama Margaret, une lueur amusée dans les yeux. Tu ne comprends pas grand-chose de ta propre histoire, ma fille. Entre mes ancêtres et les tiens, la dette de reconnaissance est réciproque. Ton père le comprend. »

À cet instant, les yeux de Leroy s'ouvrirent et il se redressa sur son lit, le visage tordu de douleur ou d'effroi. Il repoussa les draps et arracha la perfusion de son bras tandis qu'Erika hurlait : « Papa ! ». Il essaya de se lever mais ses jambes se dérobèrent aussitôt sous lui. Darren se précipita pour l'empêcher de s'écrouler sur le sol glacé. Il sentit la chaleur émanant du vieil homme, sa peau aussi tendue et brûlante que l'un des tambours des Goodfellow laissés en plein soleil. Leroy Page l'attrapa par les bras, pour retrouver l'équilibre ou écarter le Ranger de son chemin – comment le savoir ? Il avait les yeux rouges, écarquillés, et regardait par-dessus l'épaule de Darren en direction de la porte, l'air désespéré.

« Je dois y aller, petit, dit M. Page. Je peux pas rester ici. Y a des choses qu'j'dois faire là-dehors. Y faut qu'tu m'aides à sortir d'ici, avant qu'y soit trop tard. »

Le voisin de chambre de M. Page avait dû sonner pour appeler à l'aide parce que la porte s'ouvrit brusquement : deux infirmières se ruèrent à l'intérieur, suivies d'un aide-soignant qui remit M. Page dans son lit d'une main prompte mais diligente, puis se tint au-dessus de lui pendant que l'une des infirmières remettait la perfusion en place. Erika avait fondu en larmes, et balbutiait : « Il n'est pas bien, je vous l'ai dit. Ce qu'il raconte n'a aucun sens. C'est la seconde fois qu'il essaie de partir. »

Leroy avait recommencé à trembler dans son lit.

Erika allongea de nouveau son bras sur le corps de son père.

Mais ce fut seulement quand le personnel de l'hôpital eut quitté la chambre que Leroy se calma. Il regarda sa fille, puis Margaret, ses yeux s'apaisant, de telle sorte qu'il parut presque lucide. Darren s'avança, posant une main amicale sur la jambe de l'homme, et demanda : « Vous avez vu qui vous tirait dessus, monsieur ?

— Rosemary », répondit-il. Mais il ne regardait pas Darren, et ne parut pas du tout avoir entendu sa question. « Rosemary pourrait arrêter ça quand elle veut.

— Arrêter quoi, papa ? »

Puis il regarda Darren et dit : « On peut pas leur faire confiance.

— À qui ? demanda le Ranger.

— Aucun d'entre eux », aboya le vieil homme, la salive giclant des coins de sa bouche et retombant aussitôt. « Y a pas de rédemption, y aura pas d'avenir libéré d'leurs péchés passés. Tu leur donnes un doigt, y prennent une ville. »

Darren ne put déterminer si cette maxime déformée était le résultat d'un raté du cerveau enfiévré de Leroy ou un message qu'il voulait lui transmettre. « Monsieur Page, qui est Monica Maldonado ? L'avocate ? Vous aviez sa carte de visite. »

Avant qu'il ait eu le temps de répondre, la porte de la chambre d'hôpital s'ouvrit de nouveau, cette fois avec une telle force que Margaret Goodfellow poussa un cri et lâcha le livre de prières que Darren n'avait pas remarqué dans ses mains. Il vit Erika se lever, le corps parcouru par une sorte de secousse électrique, il vit ses poings se serrer très fort, et découvrit en se retournant deux hommes en costume sombre qui entraient dans la chambre, suivis de plusieurs adjoints du shérif du comté de Marion. Greg se recroquevillait contre la porte, évitant de croiser le regard de Darren, tout en observant l'un des hommes en costume – un agent fédéral, comprit alors le Ranger – informer M. Leroy Edwin Page qu'il était en état d'arrestation pour le meurtre de Levi King. Quand ils lui passèrent les menottes sur son lit d'hôpital, Erika s'écroula sur son corps. « Qu'est-ce qu'il y a, Kiki ? demanda Leroy, hébété. Qu'est-ce qui se passe ? » Les agents et les adjoints se pressèrent autour du lit de l'accusé, de telle sorte que Darren se retrouva totalement écarté. Il atterrit contre le mur du fond à côté de Margaret, le murmure de ses prières ininterrompues tel un refuge de paix au milieu du cliquètement des menottes, des sanglots d'Erika, des gémissements de Leroy causés par son état de confusion, et du bip accéléré du moniteur cardiaque.

18

Dans le couloir, Darren se retint d'attraper Greg par le col et l'entraîna jusqu'au poste d'infirmières le plus éloigné, hors de portée de voix des autres. Ils avaient chargé les adjoints de surveiller Leroy par roulement. Les deux agents pianotaient sur leurs portables juste devant sa porte. Le voisin de lit était dans le couloir, demandant à changer de chambre à qui voulait bien l'entendre. Darren ne parvenait pas à nommer ce qu'il ressentait. Une trahison ? Mais de qui ? De Greg, pour l'arrestation de M. Page ? Ou du vieil homme, peut-être, peut-être seulement, parce qu'il était coupable ?

« On les a trouvés au cours de la fouille, dit Greg. Plusieurs vêtements du garçon, y compris son linge de corps. »

Darren tressaillit à cette image. « Et vous avez aussi trouvé le sang du gamin, ses cheveux, quelque chose ? Vous avez procédé à des tests quelconques pour prouver qu'ils lui appartiennent ? » demanda-t-il, sachant que même le FBI n'aurait pas pu avoir les résultats d'un test ADN aussi rapidement. Cette arrestation semblait précipitée, et Darren pensa que

Greg espérait peut-être faire les gros titres avec une condamnation. C'était sans doute son plan depuis le début. Montrer au ministère de la Justice tout neuf de Trump que le FBI ne plaisantait pas en matière de crimes contre l'Amérique blanche profonde, et espérer ensuite qu'ils l'oublieraient dès l'instant où ils essaieraient de trouver les interrupteurs de leurs nouveaux bureaux. « T'as même pas de cadavre.

— Nous y travaillons, répliqua Greg. Mais pour l'instant nous avons la déclaration de Page prouvant qu'il a été le dernier à voir l'enfant en vie, et les vêtements identifiés comme les siens par sa mère et sa sœur. » Il enfonça les mains dans les poches du pantalon de son costume, ce qui fit remonter ses épaules vers ses oreilles, et lui donna un air embarrassé alors qu'il hésitait sur la position à adopter avec Darren. « Nous ne voulions pas que ça se passe comme ça. Sérieusement, D.

— Arrête, dit Darren. Je te connais mieux que ça. »

Greg se tut un moment. « Écoute, à propos de l'autre soir... »

Darren l'interrompit avant d'être forcé d'entendre le nom de sa femme sortir de la bouche de Greg. En tout cas, penser à Lisa lui donna une idée.

« Chafee, Humboldt et Greene...

— Jamais entendu parler, dit Lisa.

— Ils sont à Alexandria, en Virginie, je n'ai trouvé aucun autre bureau. »

Sa femme soupira. Il l'avait interceptée dans le couloir du palais de justice de Houston et il entendait l'écho de tout ce qui se passait autour d'elle. Le cliquetis des hauts talons, le tintement de l'ouverture d'un ascenseur, les voix du personnel du tribunal et des avocats, et l'agacement pesant qu'inspirait ce coup de téléphone à Lisa. Mais Darren ne put s'empêcher d'observer à part lui qu'elle se trouvait à l'endroit exact où elle avait dit qu'elle serait ce matin, et que son départ abrupt la veille au soir n'avait pas été un mensonge.

« De quoi s'agit-il, Darren ?

— C'est en rapport avec cette affaire, expliqua-t-il. En quelque sorte.

— Je dois être de retour dans la salle d'audience dans dix minutes environ.

— Je veux juste savoir quel genre de dossiers ils traitent, le fonds de commerce du cabinet. J'ai eu des difficultés à dénicher quoi que ce soit de concret en ligne.

— Alors je suis ta secrétaire à présent ? » Il y avait une certaine gaieté dans son ton, une tentative de réparer l'éclat du soir précédent, et ce malaise bizarre entre eux. « Donne-moi une seconde, dit-elle, et il se la représenta s'asseyant sur un banc dans le couloir. Je vais chercher, et je te rappelle tout de suite. » Darren était dans le parking de l'hôpital du comté de Marion, appuyé contre son pick-up. L'air demeurait étrangement moite et humide, un affront aux grosses cloches et aux rubans rouges et verts fixés aux réverbères du parking. Il ne restait que deux ou trois semaines avant Noël, une période qu'il passait à Camilla en temps normal. Il ne se sentait nulle part chez lui dans le comté de Marion. C'était du zydeco quand il voulait du blues. Du boudin quand il voulait des saucisses épicées. Des cyprès de marécage quand il voulait des pins. Il était prêt à quitter ce comté, mais quelque chose le retenait ici, des fragments de l'histoire qui ne collaient pas, et s'encastraient comme des poupées russes – on découvrait un mystère, puis on en trouvait un autre, et encore un autre et un autre et un autre...

Il pensa qu'il devait encore acheter un cadeau de Noël à Lisa, ce qui ramena ses pensées à la soirée de la veille et à des sentiments qu'il avait aisément évités en téléphonant à Randie Winston à l'autre bout du monde. Qu'y avait-il entre Lisa et Greg ? C'étaient ses deux plus vieux amis ; ils se connaissaient depuis le lycée. S'il s'était passé quelque chose entre eux, il s'en serait sûrement aperçu, non ? La preuve était mince, circonstancielle, mais sacrément convaincante. L'expression de Greg quand il s'était emparé du bras de Lisa. Le *besoin* qui se lisait sur son visage. Non pas de sexe, mais de pardon. De quoi, Darren n'en savait rien.

Lorsqu'elle rappela, il décrocha à la première sonnerie. Il résista à l'envie de lui demander instamment de révéler le sujet de sa conversation de la veille avec Greg. Au lieu de cela il écouta sa femme chuchoter de l'endroit où elle était assise dans le palais de justice, comme si le seul fait de mentionner le dossier d'un autre cabinet violait la confidentialité des échanges entre un avocat et son client. « Chafee, Humboldt et Greene est, comme tu l'as dit, un cabinet de droit civil classique, presque identique au mien. Droit contractuel, litige délictuel, poursuites en matière de propriété intellectuelle. Mais Brendan Chafee, avant de devenir un partenaire fondateur, était lobbyiste à Washington, alors j'imagine qu'une partie de ses activités a débordé dans les affaires courantes du cabinet, même s'ils n'en font pas état.

— Comme quoi ?

— Les gens qui ont besoin d'obtenir des infos du gouvernement, sans doute », dit-elle en respirant plus fort. Il l'imagina en train de se lever et de rassembler ses affaires. « Écoute, Darren, je dois absolument entrer dans la salle d'audience.

— Et le travail à but non lucratif ? Par exemple, faire classer un monument historique ?

— Des trucs comme ça s'organisent d'habitude au niveau de l'État. Chafee a toujours occupé un poste fédéral, travaillant avec le Trésor, le ministère du Logement et du Développement, le ministère de l'Intérieur. » Elle s'interrompit, réfléchissant, marmonnant tout bas. « Ça pourrait être ça, un endroit où tu vas pour protéger un site fédéral. Chafee, Humboldt travaillant pour un organisme à but non lucratif. Tu parles du Texas ?

— Oui.

— Je ne sais pas, Darren, mais vraiment, je dois y aller.

— Merci, Lisa », dit-il.

Elle resta au téléphone le temps de lui dire, avec ce qu'il interpréta comme une douce sincérité : « Je t'en prie. » Elle ajouta avec une note d'incertitude : « On se parle plus tard, hein ? »

« Lisa », commença-t-il, voulant la rassurer ou se rassurer lui-même à propos d'autre chose.

Mais elle avait déjà raccroché.

Puisqu'il n'avait rien d'autre pour continuer ses recherches, il essaya de trouver le numéro de téléphone ou l'adresse de la société historique du comté de Marion au Texas, mais n'obtint rien sur Google ni sur Bing, ce qui, vu la taille de Jefferson, ne le surprit guère, car il s'agissait d'une société à but non lucratif dans une petite ville. Il glissa son téléphone dans la poche de son pantalon et franchit de nouveau les portes coulissantes de l'hôpital, sentant le souffle de la clim à l'odeur de désinfectant quand il se mit en quête d'un annuaire du comté. Il les jugeait plus précis que tous les renseignements glanés en ligne. Pour les hommes d'affaires, avoir son nom imprimé était toujours une source de fierté ; cela vous conférait une légitimité qu'un ordinateur – auquel tout le monde n'avait pas accès – ne pouvait pas vous procurer.

Au-delà de la réception, il y avait une rangée de téléphones payants, séparés par des panneaux souillés d'empreintes de doigts, et équipés d'un petit casier rempli d'objets divers : emballages de chewing-gum, gobelets en carton écrasés, réduits à l'état d'écailles de cire, et dans l'un d'eux, une minuscule poupée en plastique de la taille du petit doigt de Darren. Seule la dernière « cabine » téléphonique contenait un annuaire du comté de Marion. Il ouvrit la rubrique des métiers d'affaires en commençant par la lettre *M*. Il fit glisser son doigt sur les noms, étudiant une seconde fois les entreprises avant d'admettre que ce qu'il cherchait n'était pas là. Aucune mention de la société historique. Mais il s'arrêta juste au-dessus de l'endroit où aurait dû se trouver la société historique du comté de Marion. En fait, il sourit en reconnaissant le nom familier, et l'enseigne humoristique que l'homme avait choisie pour son entreprise : VÉRITÉ ET TRÉSORS DE MARCUS ALDRICH. Le vieil ami de fac de son oncle, titulaire d'un PhD en histoire, était encore, comme l'aurait dit Clayton, en train de traîner dans une ville morte, et de gâcher son talent et son temps.

Peut-être pas, pensa Darren.

Le magasin était situé dans la rue East Austin, après le Jefferson General Store, qui vendait tout et n'importe quoi : moonshine jelly, sirop d'érable local, caoutchoucs des bottes de cow-boy ou bikinis à imprimé drapeau confédéré. Il se trouvait de l'autre côté des voies ferrées, au milieu d'une rangée d'antiquaires avec des drapeaux du Texas flottant en devanture, des enseignes de soda rouillées empilées à côté de leurs portes d'entrée garnies de guirlandes lumineuses qui semblaient clignoter au rythme de *Because of Him,* interprétée par les Oak Ridge Boys et diffusée à l'intérieur de chaque boutique.

Le magasin de Marcus n'était pas décoré d'une manière aussi festive.

Sa vitrine était en avance sur le Kwanzaa kinara[1], les bougies rouges, noires et vertes desséchées et poussiéreuses datant sans doute de l'année précédente, et il y avait quelques photos jaunies accrochées aux fenêtres, des tableaux du lac et des dessins représentant des Indiens Caddos, ainsi que des photographies des premiers esclaves, un groupe rassemblé devant une petite cabane, la peau couverte de cicatrices, les os noueux au niveau des articulations. Cela mis à part, la devanture et le magasin mêmes semblaient presque vides. Il retira son chapeau pour plaquer son visage contre la vitre, et vit à l'intérieur un carton de livres

1. Fête afro-américaine qui se tient du 26 décembre au 1er janvier.

ouvert, une table avec une calculatrice, un bloc, et un crayon, mais pas de caisse enregistreuse, pas de propriétaire, aucun signe de vie.

La porte n'était pas verrouillée.

L'endroit sentait l'antimite et l'encens. Un appareil de climatisation vibrait dans l'une des fenêtres vers le fond du magasin, bien que le terme de *magasin* prît un sens ironique dans ce contexte et ne rendît pas justice à « Vérité et Trésors de Marcus Aldrich ». Il y avait d'autres photographies à l'intérieur, posées sur la longue table sans ordre apparent, chacune dans sa chemise de plastique avec une minuscule gommette de couleur dans l'angle. Darren glissa les doigts dans la pile d'images comme s'il étalait un jeu de cartes dans un saloon. Ses yeux s'arrêtèrent sur une reine : le daguerréotype d'une femme vêtue d'une robe blanche à volants familière, aussi serrée à la taille qu'au niveau de la gorge. Il vit les yeux noirs, et ressentit, en regardant son sourire pincé, la même panique que lorsqu'elle s'était dressée au-dessus de son lit. Elle ne tenait pas de pistolet dans sa main, mais c'était la même femme. Un fantôme ou un rêve, qui sait, mais il ne pouvait se résoudre à croire au premier.

« Les jaunes coûtent cinquante », dit une voix.

Darren leva les yeux et reconnut tout de suite Marcus. Ses cheveux étaient désormais beaucoup plus sel que poivre, mais il aimait toujours les chemises hawaïennes fripées, les Wranglers, et les bottes si usées qu'on pouvait compter ses orteils à travers le cuir couleur miel. Il avait des bandes de kenté attachées autour des poignets comme des bracelets, et un crayon glissé dans les boucles denses de sa coiffure afro. Il indiqua du menton la photo que tenait Darren, ornée d'un autocollant jaune, et répéta : « Ceux-là valent cinquante.

— Dollars ? demanda Darren, sa voix déraillant à cette idée.

— Cents, clarifia Marcus. La plupart des gens viennent ici pour le livre. »

Il lui montra un volume à la couverture rouge, manifestement auto-publié. Le titre était imprimé en lettres noires et vertes. VÉRITÉ ET TRÉSORS : LE VRAI TEXAS, JEFFERSON, TEXAS, PAR MARCUS L. ALDRICH, PH.D. À part le stock en surplus dans le carton, il y avait quelques exemplaires sur la table, près de la collection de photos. Darren en choisit un, le tendit à Marcus et ajouta : « J'emporte aussi ceci. » Il présenta le portrait du fantôme. « Cinquante cents, y a pas mieux », dit-il, essayant de prendre la situation à la légère, ainsi que sa raison d'acheter la photographie d'une femme blanche d'avant-guerre. Marcus acquiesça, marquant une pause pour examiner l'insigne et le chapeau avant d'enregistrer la vente. La boutique n'acceptait que les espèces, et tandis que Darren cherchait son portefeuille, Marcus le dévisagea, essayant de le resituer.

D'un ton taquin, Darren dit : « Vous pourriez peut-être le dédicacer à mon oncle Clayton ? »

Un si large sourire s'épanouit sur les traits de Marcus que Darren put entrevoir ses dents tachées de tabac, le halo marron de sa bouche. « J'ai pensé que c'était toi, Darren. »

Il fit le tour de la table et le serra dans ses bras, pouffant de rire à cause du caractère improbable de cette rencontre, de son irruption ici, à Jefferson. « La dernière fois que je t'ai vu, tu nous suivais quand

Clayton m'a aidé à déménager de la maison de mon ex-femme.

— C'est exact. » Ce souvenir fit sourire Darren. C'était l'une des rares fois où Clayton et lui s'étaient lancés seuls dans une aventure, juste tous les deux.

« Et il n'arrêtait pas de me harceler, disant que je gâchais mes super études à Prairie View dans ce trou...

— Pop a un tas de bonnes idées à propos de ce que les gens devraient faire de leurs vies. » Ne se mêlait-il pas toujours de celle de Darren ? De son mariage, en tout cas.

« T'as pas besoin de me dire que le ciel est bleu. » Marcus passa en revue sa minuscule boutique, la voyant peut-être à travers les yeux de Darren, et donc de Clayton. « Je suis heureux ici, vieux. Les affaires sont calmes. Le divorce m'a payé ce magasin. Je vends mon livre, j'écris un petit quelque chose à côté, je pêche dans le lac quand j'en ai envie. »

Darren leva les mains pour montrer qu'il n'avait aucune raison de le juger. Il tenait encore la copie du daguerréotype qu'il venait d'acheter.

« Penelope Deschamps, dit Marcus. L'une des deux survivantes connues du pire naufrage de bateau à vapeur dans l'histoire de ce comté, le *Magnolia.* Nous parlons de l'époque qui a précédé la guerre, des années avant le *Mittie Stephens,* l'incendie dont tout le monde se souvient. Soixante et une personnes sont mortes ce jour-là, en 1872, mais si tu veux savoir, le drame du *Magnolia* a été le plus intéressant en termes d'histoire et d'influence sur ce comté. » Il offrit un verre de thé glacé à Darren. Il en gardait un pichet dans le petit frigo de son bureau au fond de l'arrière-boutique, ainsi qu'une pinte de Chivas qui se mariait, dit-il, à merveille avec le thé. Malgré la matinée qu'il venait de passer, Darren refusa l'alcool. Quand Marcus revint, il tenait le verre de thé trop sucré dans une main et, de l'autre, une chaise pour le Ranger.

Puis il lui raconta une histoire.

Darren en connaissait déjà l'essentiel : Jefferson, la pomme de discorde dans l'œil du Texas d'avant-guerre. Une économie florissante rendue possible par le travail des esclaves et le bois, toujours abondant dans l'est de cet État, mais aussi en devenant ce que seule Galveston, sur la côte, avait été capable de réussir au milieu du XIXe siècle : une ville portuaire de premier ordre, grâce à la navigation à vapeur sur le lac Caddo et dans le bayou Big Cypress, jusqu'au centre-ville. Le coton et autres richesses des plantations exportés de Shreveport, de La Nouvelle-Orléans, et de villes plus au nord sur le Mississippi – ainsi que des produits manufacturés, des draps fins et des meubles pour les nouveaux riches – affluaient à Jefferson sur les eaux opaques du lac Caddo, requérant la technologie relativement moderne du bateau à vapeur pour affronter les marais périlleux. Aucun service de police ne s'était risqué à exercer un contrôle de ce qui se passait derrière les massifs d'arbres sur les nombreuses îles situées entre les forêts de cyprès et les plaques de nymphéas bleu-vert enchevêtrés flottant telles de petites villes. À une époque, les îles avaient abrité des hors-la-loi dont certains fuyaient leurs geôliers d'aussi loin que New York, et toutes sortes d'autres gens qui ne voulaient pas être retrouvés ; ils se réfugiaient dans ces zones de bois sauvages au milieu du lac le plus vaste de ce côté du Mississippi. On racontait qu'il y avait des Indiens sur l'une des îles, des Caddos qui dans l'ensemble vivaient paisiblement mais avaient la réputation de poignarder toute personne qui tentait d'accoster sur leur île en canoë. Darren se souvint des paroles de Margaret Goodfellow : *il existe des manières de se cacher au grand jour.*

Les bateaux à vapeur transportaient des marchandises, mais aussi des voyageurs fortunés, y compris des centaines de natifs de La Nouvelle-Orléans désireux de repartir de zéro, mais avec la mémoire de leur culture. Cela avait été d'autant plus vrai pendant les années après la guerre – l'époque du naufrage du *Mittie Stephens* – mais ça durait déjà depuis quelque temps. C'est ainsi que commença et faillit finir l'histoire de Penelope Deschamps. Une pauvre petite chose, dit Marcus, née Penny Deckard à Paroisse de l'Acadie, dans une famille de métayers blancs. Son papa était un homme en colère qui faisait le travail des nègres et tombait plus bas à chaque Noël. Il buvait beaucoup et avec un seul fils pour l'aider aux champs, il considérait Penny comme une bouche de plus à nourrir et se mit à chercher un moyen de la marier. Il dépensa l'argent qu'il n'avait pas pour commander des numéros de *Ladies' Magazine* et ordonna à Penny de les étudier du début à la fin, pour apprendre à devenir une dame. « Dieu sait que ta mama t'a rien appris de tout ça. Elle aurait pu te montrer comment saigner un cochon, mais c'est pas ça qui va t'aider à quitter la maison. »

Penny apprenait vite. Elle se mit à prendre plus d'un bain tous les quinze jours, elle commença à relever ses cheveux en *chignon*[1], une coiffure qu'elle ne pou-

1. En français dans le texte.

vait ni épeler ni prononcer – elle était pratiquement analphabète et s'inspirait largement des jolis dessins des magazines – et bientôt elle ordonna à sa famille et à quelques amies de l'église de l'appeler Penelope. Libérée des travaux des champs et inutile à la cuisine, elle commença à faire des petites promenades autour de l'ancienne plantation où vivait sa famille, dans une cabane éloignée des esclaves, mais à peine plus grande que la leur, et avec le même sol en terre battue. Elle partait de l'école de la plantation, doublée de l'église, marchait jusqu'au chêne royal sur le côté de la grande maison, et revenait, portant souvent des livres en guise d'accessoires ou d'instruments pour améliorer sa posture. Son papa la fouettait quand il la voyait se promener avec des livres sur la tête comme une putain de négresse transportant l'eau du puits. « Arrête tout de suite cette connerie. » On ignore si Penelope savait vraiment ce qu'elle faisait ou si la chance avait joué un rôle quelconque dans cet événement, mais lorsque le fils du maître revint d'un unique semestre à l'université d'État de Louisiane pendant l'hiver 1857, il posa les yeux sur Penelope et se déclara conquis. Louis Deschamps ne prit pas la peine de demander sa main à son père, à qui il n'adressa pas la parole avant les noces. Il annonça simplement ses intentions à son propre père, lui demandant *sa* bénédiction, puis il pria Penelope de se préparer au mariage.

La cérémonie eut lieu en mars 1858. Penelope emménagea dans la grande maison avec son époux et lui avait donné un fils et une fille lorsque la Louisiane vota pour se retirer de l'Union, et que la guerre devint imminente. Le vieux maître mourut avant les premiers coups de feu, faisant de Penelope la maîtresse de la plantation où son père avait travaillé dur toute sa vie. Ni le père ni la fille n'eurent le temps de saisir l'ironie de ce renversement des rôles, car peu après, son papa et son frère furent tués au combat et Louis, son mari, mourut de la scarlatine, laissant la jeune Penelope Deschamps à la tête d'une plantation dont elle ne comprenait pas le mode de fonctionnement, qu'elle n'avait ni l'intelligence ni la patience d'apprendre. En outre, les soldats confédérés saccagèrent la propriété, réquisitionnant la grande maison, volant l'argenterie, fracassant les chiffonniers et les colonnes de lit pour en faire du bois de chauffage. Voyant qu'elle ne s'en sortirait même pas avec deux pennies en poche, elle contacta un avocat à La Nouvelle-Orléans et vendit la plantation pour un quart de sa valeur, puis réserva des places sur le *Magnolia* pour elle-même, sa mère, ses deux enfants, et six de ses esclaves – un frère, une sœur et son mari avec leurs enfants qui aidaient à la cuisine et étaient des partenaires de jeu pour le fils et la fille de Penelope. Les autres avaient été vendus avec la plantation.

Les premiers jours du voyage furent sans histoire, et Penelope passa le plus clair de son temps à tenter de trouver une issue à son malheur. L'argent de la vente de la plantation lui permettrait sans doute de tenir quelque temps, mais elle était encore très jeune et savait qu'elle devrait créer sa propre activité pour survivre. Il fut question d'acquérir un restaurant, peut-être avec quelques chambres à louer. Elle et sa mère passaient en revue plusieurs recettes qu'elles se sentaient capables de réussir quand il y eut une explosion près des chaudières. Les flammes embrasèrent le *Magnolia* en quelques minutes. Penelope courut chercher ses enfants quand elle vit des hommes et des femmes en feu se jeter dans les eaux du lac Caddo. Elle perdit la trace de sa mère dans l'incendie et ne parvint pas à retrouver son fils. On la força à passer par-dessus bord avec sa fille, et elles crachotèrent dans l'eau au milieu de la fumée et de la brume jusqu'au moment où elles furent enfin sauvées par un pêcheur qui avait vu l'incendie depuis la ville voisine d'Uncertain, au Texas. Un nom adapté à la terre qu'elles ne tardèrent pas à fouler, Penelope dégoulinante, agrippant d'une main un sac rempli de son argent, et de l'autre la menotte de sa fille de cinq ans. Sa mère, son fils, et la plus grande partie de l'équipage du bateau et du reste des passagers avaient péri noyés dans le lac ou encerclés par les flammes, leurs corps disparus à jamais. « Les esclaves non plus n'ont jamais été retrouvés, dit Marcus. On les a comptés pour morts, mais un tas de gens d'ici ont pensé qu'ils s'étaient enfuis. À la nage, devrais-je ajouter... »

Il s'interrompit parce que le téléphone de Darren sonnait... *encore.*

Il n'avait pas reconnu le numéro les deux premières fois qu'il avait vibré, mais c'était son lieutenant, Fred Wilson. Darren fit signe à Marcus qu'il devait décrocher cette fois-ci. Sentant qu'il perdait un auditoire captif, Marcus se pencha au-dessus de la table qui contenait l'œuvre de sa vie. « J'essaie juste de proposer un autre point de vue sur l'amnésie blanche comme neige qui régit l'industrie du tourisme dans cette ville. La vie a toujours été difficile pour des gens comme nous à Jefferson ; ni belles ni bals et tout le tralala. Jefferson a choisi le camp de la Confédération et a mérité tout ce qui lui est arrivé ensuite : les voies ferrées qui l'ont contourné pour se rendre à Marshall. L'ouverture de la Rivière rouge qui a provoqué in fine l'abaissement de la nappe phréatique du lac Caddo, de telle sorte que les bateaux à vapeur ne pouvaient plus le traverser. Ça a tué cette ville instantanément », dit-il avec une certaine jubilation. À présent il se parlait surtout à lui-même, et Darren se leva, s'écartant de lui. Il avait décroché son téléphone.

« Le département de la Justice pénale a tenté de vous joindre, dit Wilson. Nous avons obtenu votre permis de visite à Bill King, mais il faut que ce soit aujourd'hui. Je ne sais pas pourquoi ils compliquent autant les choses, mais c'est le marché que nous avons conclu. Vous devez vous présenter à la prison d'État de Telford dans le comté de Bowie à quinze heures.

— C'est dans une heure.

— Ne faites pas tout foirer, Mathews. L'occasion ne se représentera peut-être pas. »

19

Il fit des adieux abrupts à Marcus, s'emparant de son exemplaire du livre et de la photo de Penelope Deschamps, qu'il jeta par-dessus la banquette avant de son pick-up, et décida rapidement d'un itinéraire pour la prison de Telford à New Boston, dangereusement proche de la frontière de l'Arkansas. Il n'avait rien mangé de la journée et s'autorisa un détour chez un marchand de poisson-chat. Il s'en gorgea en roulant vers le nord.

Il était nerveux à un point qui le choqua : ses mains tremblaient s'il lâchait le volant. Il sentit une moiteur âcre monter du col de sa chemise. Et le poisson frit lui donna mal au cœur moins d'un quart d'heure après avoir quitté Jefferson. Il avait déjà affronté des assassins, mais cette fois-ci c'était différent. Les crimes de Bill King avaient quelque chose de personnel. Il émit un rot mouillé et rance quand le téléphone sonna de nouveau.

C'était sa mère.

Le mot *bouillonnant* eût été trop doux pour décrire le ton bleu-noir de sa voix, le bourdonnement de rage que Darren sentait vibrer dans son portable quand il quitta la Route 59 à l'entrée de Texakarna pour se diriger à l'ouest, vers la ville-prison de New Boston. « Alors t'as envoyé ton oncle à mes trousses ? demanda Bell. Putain, Darren, pourquoi tu forces ta mama à t'faire du mal ? J'croyais qu'on s'comprenait. »

Darren ne s'y retrouvait plus. « Mama, dit-il, lui rappelant son dévouement filial tout neuf.

— Non, trop tard pour tout ça. Je sais pas si j'peux encore t'faire confiance, c'qui veut dire que j'sais pas c'que chuis censée faire à présent. J'croyais qu'on avait conclu un marché.

— Mama, de quoi parles-tu ? Clayton t'a téléphoné ?

— Me téléphoner ? Ce nègre prétentieux est venu chez moi. Quand j'reviens du lac Charles, qui j'trouve dans ma cour en train d'm'interdire de prendre ton argent ? L'était au courant pour l'pistolet, Darren. Y savait tout là-d'sus et m'a m'nacée d'faire croire qu'j'étais mêlée à c'meurtre. Je jure, Darren...

— Non », dit-il, son pick-up se rapprochant un peu trop près de la voiture sur la voie de droite. La zone entre son sternum et son cou s'était enflammée, et la puanteur moite de son corps avait envahi la cabine, embuant la fenêtre côté conducteur. « Je ne t'ai pas envoyé Clayton. »

Il ne lui avait rien dit non plus sur le pistolet, pensa-t-il.

Puis il se souvint. Lisa. *Putain.*

Il était si en colère qu'une lumière blanche douloureuse apparut à la limite de son champ de vision, et bien qu'il fût au volant, il ferma les paupières brièvement. Lisa avait recommencé. Elle avait parlé de Darren à Clayton, et son oncle, affolé par la situation, avait essayé de le protéger en allant voir Bell pour lui dire de lâcher l'affaire. Pire, il avait menacé de la coincer d'une manière ou d'une autre si elle n'arrêtait pas de persécuter son neveu et ne rendait pas le pistolet. La voix de Bell se brisa. Elle paraissait sincèrement blessée que son fils l'eût trahie ainsi – peu importait qu'elle l'eût fait chanter l'air de rien depuis des semaines. « Quand c'était juste un truc spécial entre toi et moi, un truc dont je pouvais te protéger », dit-elle, détournant la logique de façon à transformer ce racket en un acte maternel et généreux. « Mais Clayton a foutu le bordel.

— Non, mama, non.

— Si ce procureur me demande quelque chose maintenant je vais me protéger, fils.

— Attends une seconde, dit Darren au désespoir, haussant la voix. Il n'y a rien à faire. Laisse tout en l'état jusqu'à ce que je revienne dans le comté de San Jacinto, et je te promets que je vais tout arranger. Tu as assez d'argent pour tenir quelque temps ? » Son estomac se tordit encore et cette fois il crut qu'il allait vomir. Il se dégoûtait, sa mère et cette situation le dégoûtaient. Il en voulait à Clayton et à Lisa en particulier, à tel point que son cerveau lui donnait l'impression d'être en feu. Il mit la clim dans le pick-up. « Mack a donné à Puck une partie du loyer ?

— Je refuse que ce type m'approche, aboya-t-elle. Il est au courant ?

— À propos du pistolet que tu as trouvé ?

— Oui.

— Non m'dame, dit Darren. J'essaie de le protéger de tout ça.

— C'est pour toi que tu devrais t'inquiéter, putain,

pasque j'te dis, j'sais pas c'que j'suis capable de faire. Si ce M. Vaughn vient me voir...

— Ne fais rien, mama, dit-il d'un ton ferme. Je vais arranger ça. » Il raccrocha, se haïssant d'avoir dû supplier sa maître chanteuse de tenir jusqu'au moment où il pourrait lui donner encore de l'argent, n'importe quoi pour l'empêcher de commettre un acte irréfléchi.

Avant de franchir les barrières surmontées de rouleaux de barbelés et de pénétrer dans le parking de la prison, il avait envoyé un texto à Lisa, l'accusant de l'avoir trahi, et déposé également un message sur le répondeur de Clayton, le priant de rester à distance de Bell et de ne pas se mêler de ce putain de bordel. *Tu n'as aucune idée des dégâts que tu as causés.* Et quand il eut coupé le contact du pick-up et ouvert les fenêtres pour respirer l'air du dehors, il appela Mack chez lui. « Tu vas peut-être entendre des choses, commença-t-il, mais je peux t'assurer que rien n'a changé. Tant que tu ne modifies rien à ton récit, nous nous en sortirons indemnes tous les deux.

— "Nous"? De quoi tu parles, Darren?

— Rien dont je puisse parler au téléphone », répondit-il, regardant les barreaux d'acier renforcé autour des portes d'entrée, les hommes en armes dans les tours de guet. Il eut l'impression qu'ils pouvaient entendre ce qu'il disait en ce moment même, que, tels des faucons, ils sentaient l'odeur toute proche de la chair fraîche, d'un nouveau détenu potentiel. « On s'en tient à notre version, il n'y a rien de nouveau avec le procureur Vaughn. Peu importe ses questions, tu lui répètes juste exactement ce que tu lui as déjà dit, pas un mot sur l'altercation avec Ronnie Malvo chez toi. »

Mack grogna, l'air frustré. « Je veux pas qu'il harcèle ma petite-fille.

— Dis-lui ce que je viens de t'expliquer, insista Darren. Je serai bientôt de retour dans le comté de San Jacinto, et tout se passera très bien, c'est juré. » Mais il ne savait plus ce que cela signifiait. Il avait perdu le contrôle de ce gâchis.

Il entra dans le parloir avocat-client en se haïssant. Il fut donc soulagé par sa haine à l'égard de Bill King qui l'attendait, et heureux que la rage ignominieuse que lui inspirait sa boussole morale déréglée se concentrât sur cet homme blanc. Comment Darren pouvait-il se poser des questions sur lui-même face à un homme qui avait pratiqué la chasse aux Noirs comme un sport ? Oh oui, il haïssait Bill King à cet instant, il avait le goût de cette haine sur la langue. Il haïssait les liens de l'homme avec la Fraternité, il le haïssait pour les vies qu'il avait détruites, et quoi d'autre ? Il avait assassiné un homme qui ne lui avait rien fait, un homme dont il ignorait même le nom, juste pour prouver aux autres Blancs qu'il était loyal envers une idéologie toxique, et que fabriquer et vendre des drogues avec lui ne présentait aucun risque. Keith Washington, l'homme qu'il avait tué, avait une femme et deux enfants, dont l'un avait l'âge de Levi King, et qui grandissaient à Longview sans père. Darren savourait la chance d'être assis en face de Bill King, fort de sa propre humanité.

Bill King avait cessé d'être un homme à ses yeux.

Lorsqu'il fut escorté à l'intérieur de la petite pièce carrée dont les murs construits en béton lisses et gris – recouverts sans doute de centaines de couches de peinture gluante au cours des années, destinées à cacher tout et n'importe quoi, les dessins grossiers, la pisse et la merde –, Bill King se tenait debout, la tête baissée. Quatre gardiens l'encadraient, deux de chaque côté, il y avait donc six hommes dans la petite pièce, et Darren sentit l'odeur du café dans leur haleine, et le chewing-gum Juicy Fruit sans goût que l'un d'eux faisait claquer entre ses longues dents. Ce fut lui qui tira une chaise de la table ronde au centre de la pièce et y plaça Bill King. Les mains menottées du détenu heurtèrent le stratifié de bois avec un léger bruit métallique, une sorte de gong de départ. Ses cheveux avaient repoussé et cachaient les tatouages encerclant son cuir chevelu. Et il portait des lunettes. Il leva la tête et regarda le Ranger, l'appelant *Monsieur,* puis il lui demanda s'il préférait que les policiers restent. « C'est à vous de voir », dit-il.

Ses yeux étaient bleus comme ceux de Rosemary. Levi avait les yeux de sa mère. Darren aussi, qui, à son grand dam, ressemblait plus physiquement à sa mère qu'à ses oncles Mathews. Bill King parlait doucement et il y avait dans son expression un flottement qui évoquait un état chronique, au-delà du repentir. C'était la honte. Elle avait creusé sous ses yeux des sillons gris qui lui donnaient l'air vaguement malade. « Si vous êtes d'accord, Ranger, j'aimerais mieux vous parler seul à seul. En privé, si ça ne vous ennuie pas. » Les quatre gardiens haussèrent les épaules et se dirigèrent vers la sortie sans même s'assurer que Darren n'y voyait pas d'inconvénient. Il y avait une fenêtre dans la porte en acier. Bill King resterait menotté. Darren les laissa partir.

Lorsque la porte se fut refermée derrière lui, Bill se

leva de sa chaise, faisant grincer ses pieds sur le sol, et Darren sursauta. La main du Ranger se porta aussitôt vers son flanc. Mais il avait déposé son Colt .45 à la consigne avant de pénétrer dans les strates internes de la prison de Telford. Il recula et entendit le cliquetis des chaînes reliées aux menottes quand Bill, se rendant compte qu'il l'avait effrayé, revint à sa place, tout penaud. Il dit tout bas : « Je n'ai jamais été grand-chose d'autre qu'un gosse en colère et ensuite un homme en colère, pour des raisons dont je ne comprenais même pas la moitié alors. J'ai causé du chagrin à ma mère, et Dieu sait que j'ai gâché des vies.

— Keith Washington.

— Oui, dit Bill. Et Danielle, Keisha et Jarrod. »

Il parlait de la femme et des enfants de Keith.

Il connaissait leurs noms.

« Je leur ai écrit une fois par semaine ces six dernières années, m'excusant de toutes les manières possibles. Au début elles sont revenues intactes, mais depuis deux ans ça s'est arrêté, donc... peut-être, dit-il, la voix teintée de mélancolie. Je comprendrais qu'ils jettent les lettres, mais j'ai toujours l'espoir qu'ils aient entendu quelque chose dans ce que j'essaie de leur dire, le changement dans mon cœur.

— En réalité je ne suis pas là pour faciliter votre soi-disant rédemption, et franchement je me fous de savoir de quelle façon vous pensez avoir changé.

— *Dieu* le sait.

— Eh bien, vous êtes libre de vous arranger avec Lui plus tard. Je suis là...

— J'ai besoin que vous m'aidiez à retrouver mon fils, dit Bill. Je vous en prie.

— Je ne suis pas non plus là pour ça.

— Je sais, je sais, j'ai parlé à Marnie. »

Les oreilles de Darren étaient en feu ; sa tension artérielle monta en flèche et cette moiteur âcre envahit de nouveau son corps. « Vraiment ? » Ça serait vraiment aussi facile ? Il entendit les mots avant que Bill les eût prononcés.

« Je vais revendiquer le meurtre de Malvo. En échange, je veux que vous vous battiez pour mon fils. » Il regarda Darren, qui se rendit compte que c'était pour cette raison qu'il avait prié les gardiens de sortir de la pièce, pour s'assurer que lui et Darren étaient sur la même longueur d'onde. Avec un haussement d'épaules résigné, Bill dit : « J'aurais pris perpète, ou peut-être même la chaise si ce premier jury m'avait inculpé de meurtre, alors je peux aussi bien prendre ce qui se présente. Je connaissais Ronnie Malvo, je savais ce qu'il trafiquait, je veux bien m'attribuer le mérite de l'avoir tué.

— Je croyais que vous comptiez sortir bientôt, intervint Darren, se souvenant de son premier contact avec Bill King, de sa lettre au gouverneur.

— J'ai déjà dit à mama d'annuler la semaine prochaine.

— Que se passe-t-il la semaine prochaine ?

— Je suis prêt à purger ma peine, jusqu'au bout.

— Que se passe-t-il la semaine prochaine, Bill ?

— Je n'essaie pas de causer du tort à quelqu'un d'autre ; je veux juste que vous retrouviez mon fils. Levi, c'est la seule bonne chose que j'ai faite dans ma vie, et j'avais espéré rentrer à la maison un jour et être un vrai père pour le garçon, être sûr qu'il ne tourne pas mal comme moi. Mais la vérité, c'est que je me suis conduit comme un salopard en tant qu'être humain, et je suis prêt à sacrifier ma liberté pour cet enfant. Putain, peut-être que la meilleure façon d'être sûr qu'il va pas devenir comme moi, c'est de garder mon cul vissé ici.

— Qu'est-ce qui vous fait croire que je peux retrouver votre fils ? »

Bill poussa un soupir de frustration teinté de désespoir. « Je vous assure, monsieur, que je paierai le prix pour Ronnie Malvo si vous essayez seulement. S'il vous plaît, monsieur, pouvez-vous juste *essayer* de trouver mon fils ? » Il le suppliait du même ton que Marnie. Cela rappela à Darren les larmes de Dana et de sa mère. Cet amour était réel. Bill King était prêt à accepter une inculpation pour meurtre au premier degré afin de l'encourager à chercher Levi. Darren hésitait encore.

« Qu'est-ce qui vous fait croire qu'il est encore en vie ?

— Je n'ai pas d'autre choix, répondit Bill, les larmes aux yeux. Cet enfant est mon seul espoir de racheter les conneries que j'ai commises, le temps que j'aurai passé sur cette planète.

— Mais c'est impossible, Bill », rétorqua Darren, sentant une pierre brûlante se loger dans sa gorge, de telle sorte que sa voix prit une intonation dure et cruelle. « Je vous aide à trouver Levi, et qui va rendre leur papa à Keisha et Jarrod ? Comment ça marche ? Vous me dites que votre rédemption compte plus que la leur ? Vous pensez que sauver votre fils blanc – qui, d'ailleurs, est sans doute un crétin raciste comme son papa, donc il vaut mieux éliminer de votre esprit l'idée futile qu'il puisse ne pas l'être –, vous pensez que ça va tout arranger pour les gosses de Keith ? »

Bill passa ses doigts sales dans ses cheveux ; les chaînes fixées à ses menottes cliquetèrent contre la table. Il parut accablé par ces propos, défait par le refus de Darren de le féliciter pour sa renaissance morale. Il voulait tellement que cet homme noir lui tapote le dos pour ce que des millions de gens faisaient naturellement : c'est-à-dire ne pas éprouver de haine chaque fois qu'ils croisaient un Noir. Bill implorait sa grâce. « Je me repens chaque jour pour mes péchés, mec. Chaque jour. »

Darren fixa bien en face les yeux larmoyants de Bill. « Et ça ne suffit toujours pas. »

Darren n'avait rien accepté pendant l'entrevue, mais il n'avait pas eu besoin de le faire. Il savait déjà comment il allait procéder. Il lui faudrait pourtant deux verres bien tassés pour rassembler son courage. Il se gara devant le bar le plus proche de la prison, Bucky's, un bistrot rustique en bordure de route aménagé comme une grange. L'intérieur était plein de gardiens qui venaient de finir leur service. Darren avait laissé son chapeau et son insigne dans son pick-up pour éviter de se faire remarquer, et au bar, il commanda six doigts de bourbon dans deux verres. Il exigea que le garçon les aligne l'un contre l'autre sur le comptoir, afin d'exclure la moindre interruption entre les gorgées, et le temps de réflexion qui aurait pu le faire changer d'avis. Les lumières étaient basses et relaxantes comme la sensation qui envahit ses membres lorsque l'alcool produisit son effet, muselant le cortex cérébral. Il ne voulait ni penser ni ressentir quoi que ce soit, mais juste laisser les mots sortir de sa bouche quand il remonta ensuite dans son pick-up et transmit la nouvelle au lieutenant Wilson.

« Il dit qu'il a donné l'ordre d'abattre Ronnie Malvo.

— Ça alors, répondit Wilson d'un ton très surpris.

— Vous aurez besoin d'une attestation sous serment, bien sûr.

— Nous n'en espérions pas tant, Mathews. » Puis, presque comme s'il ne parvenait pas à croire en leur chance : « Complicité de meurtre, corruption d'un témoin fédéral. C'est ça. »

Darren, ressentant une étrange tension dans sa poitrine, presque comme s'il devait quelque chose à Bill King pour avoir allégé la pression sur Mack, ajouta : « Il pense que son fils est vivant.

— On dirait qu'il est le seul », répondit Wilson, puis il tenta de reprendre son souffle pour tout ce qui suivit. Ils auraient besoin d'obtenir cette attestation sous serment tout de suite, soit en renvoyant Darren là-bas, soit en chargeant un Ranger stationné à Texarkana de le faire. « Et nous devons tous étudier de près ce que cela implique pour la force opérationnelle – si Bill King savait que Ronnie Malvo était un indic, qui d'autre est au courant ? Et à ce propos... » Il appela alors la secrétaire qui organisait son agenda et l'aidait à saisir ses rapports. « Passez-moi Frank Vaughn dans le comté de San Jacinto quand vous pourrez. Nous devons l'avertir que la force opérationnelle conduira l'enquête à partir de maintenant. »

La mention de Vaughn rappela à Darren le marché conclu avec Bill, et un sens du devoir qu'il refusait d'éprouver à l'égard de l'ex-capitaine de la FAT lui étreignit le cœur. « Bill est préoccupé par l'enquête sur la disparition de son fils.

— Eh bien, ça ne vous concerne plus, Ranger. Darren, écoutez, vous avez fait un boulot formidable, vous avez résolu un problème épineux, vous avez accompli un miracle, fils. Vous méritez de boire un verre et de rentrer chez vous. »

Darren eut un sourire amer, sachant qu'il avait déjà bu le premier en double et n'était pas prêt pour la deuxième étape. « Ce n'est pas tout », reprit-il.

Il décrivit à Wilson le comportement bizarre de Rosemary King, et l'avocat attaché à ses pas depuis la première fois où il l'avait vue, ce qui empêchait toute forme d'interrogatoire, y compris les questions concernant le dernier mystère du comté de Marion. Il parla à Wilson de Monica Maldonado, des bruits dans la chambre, de l'altercation avec Gaines, des mensonges, de la notaire qui ne la trouvait nulle part, et du fait qu'elle semblait avoir totalement disparu. Wilson eut un léger rire à la fin de ce récit, comme s'il pensait que Darren cherchait quelque chose à faire pour éviter de quitter la ville. « Je croyais que vous m'aviez dit que ça s'était arrangé à la maison.

— Une femme qui était invitée chez Rosemary King a été vue en compagnie de l'homme qui est mêlé pour une raison quelconque à la vente de Hopetown, où vit Leroy Page et où Levi King a disparu. À présent cette femme a *elle aussi* disparu. » Darren prononça ces mots avec une certitude qu'en réalité il n'avait pas. Pouvait-il affirmer que la personne aperçue avec Sandler Gaines devant l'hôtel Cardinal était Monica Maldonado ? Non, sûrement pas. Mais il était persuadé que l'histoire ne s'arrêtait pas là. « Je pense que ça mérite une enquête plus approfondie.

— Vous avez déjà fait tout votre possible, Ranger. Vous avez attiré l'attention du shérif là-dessus ; à part ça, je ne pense pas que ce soit le rôle des Rangers du Texas de s'en charger. Arrêtez de perdre votre temps, quittez Jefferson et rentrez chez vous. »

20

Darren acheva de se soûler avec près d'un litre de Jim Beam acheté dans un magasin de spiritueux avant de regagner sa chambre de l'hôtel Cardinal, où il s'allongea sur la couette rouge sang et ignora une douzaine d'appels de Lisa, Clayton, Greg, et même de Mack, à qui il avait promis de bonnes nouvelles en théorie. La seule personne qui n'avait pas appelé était sa mère, mais les « aveux » de Bill King semblaient neutraliser cette menace, et Darren sentit qu'il pouvait respirer de nouveau, rester assis cinq minutes d'affilée en silence sans être saisi de terreur à l'idée du .38 en possession de Bell, et de sa capacité à détruire des vies.

Il songea à rappeler Randie, mais il se l'interdit, se sentant vulnérable et embarrassé à l'idée d'être allé trop loin pendant leur conversation de la nuit précédente. Elle devait savoir maintenant qu'il avait des sentiments pour elle. Et si elle n'éprouvait pas les mêmes en retour ? Tout cela avait créé une douleur là où il n'en existait aucune auparavant. Il aurait mieux valu la laisser tranquille ; leur rencontre aurait dû se limiter à celle de deux êtres se croisant dans cette vie.

Quelque chose d'autre vibrait à la lisière de sa conscience.

Quand le soleil se coucha, enveloppant Jefferson de rouge corail et de violet, et réduisant à une brume bleutée la clarté de la chambre d'hôtel, Darren laissa toutes les lampes éteintes et but dans l'obscurité qui s'épaississait. Le bourbon fit fondre sa première série de préoccupations comme du beurre, mais embrasa les pensées nouvelles qui se bousculaient dans son cerveau, portant à ébullition un maelström enfiévré d'autres sujets d'inquiétude. Il pensa à Bill et Marnie, convaincus que leur fils était en vie, à leur besoin désespéré que ce soit la vérité. Il se souvint de la dureté de ses sentiments à l'égard de Levi, puis se représenta son visage sur la photo de l'école, et se rappela que c'était juste un enfant. Il songea à l'arrestation de Leroy Page, à la froideur de sa fille envers Margaret Goodfellow. Il pensa à Rosemary et à son avocat, au sourire obséquieux et aux manières louches de Sandler Gaines, et il se demanda encore s'il avait raison à propos de Monica Maldonado. Cette femme avait-elle vraiment disparu, et dans ce cas, pour quelle raison ? Il revit sa carte de visite dans la cuisine de Leroy Page. Les mots étranges, incohérents de Page qui délirait ce matin à l'hôpital, quand Darren avait essayé de lui demander comment et quand il avait rencontré cette femme. *Rosemary pourrait arrêter ça quand elle veut,* avait-il dit. Comme Bill King déclarant : *J'ai déjà dit à mama d'annuler la semaine prochaine.*

Pourquoi les deux hommes semblaient-ils croire que Rosemary détenait un passe-partout qui ouvrirait un nombre conséquent des différentes portes verrouillées autour de ce mystère ?

La semaine prochaine, la semaine prochaine.

Darren marmonna les mots encore et encore, s'émerveillant de leur son pâteux. Sa langue était lourde et remuait au ralenti, mais derrière l'écran du bourbon, son esprit était en activité. La conviction première de Bill King avait été qu'il allait sortir de prison. *Bientôt,* écrivait-il dans sa lettre personnelle au gouverneur, soulignant le mot, se rappelait Darren. Sur une intuition, il prit son téléphone et commença à chercher l'historique carcéral de Bill King. Il était enfermé depuis 2010 pour trafic de drogue et vol qualifié aggravé : il avait cambriolé la planque d'un trafiquant de drogue rival, et l'autre type avait été abattu pendant l'opération. Bill avait demandé sa libération conditionnelle en 2012 et en 2014. Sa requête avait été rejetée les deux fois. D'après son témoignage lors des auditions, Bill avait déjà entamé sa transformation. Il y avait des lettres signées par le clergé de la prison confirmant ce changement. Bill King s'était isolé des autres membres de la FAT, commettant même de multiples infractions mineures pour être mis au régime cellulaire, ce qui l'empêchait de sympathiser avec son nouvel ennemi. Il étudiait la Bible et essayait aussi d'obtenir son GED[1] ; il lisait les œuvres de Nelson Mandela et de Martin Luther King. *Lettre de la prison de Birmingham* avait changé sa vie, affirmait-il depuis le fond de sa propre cellule, ce livre lui avait fait comprendre qu'une partie de ce qu'il détestait chez les Noirs depuis des années était leur dénuement supposé, leurs lamentations sans fin

1. Équivalence du bac.

sur ce qu'ils n'avaient pas ; ça le rendait ivre de rage, avait-il écrit au comité de probation.

Y avait aussi des Blancs dans le besoin. Pourquoi tout le monde oubliait ça? Où étaient nos revendications? Pas pour moi, bien sûr, j'ai toujours eu un petit quelque chose en grandissant, j'étais le fils de Rosemary King. Mais j'ai vu des amis de mon comté peiner à se nourrir et à trouver un moyen de gagner leur vie, et voilà les Noirs qui parlent de moi d'abord, et tu m'dois tout ça et vous nous devez tous ça. J'ai gardé cette colère très très longtemps, pasque j'avais pas ouvert un seul bouquin, que personne à la maison se comportait mieux que ça, et avant d'avoir lu le livre de M. King, et consulté d'autres documents, je comprenais pas qu'y zavaient raison. On leur devait pour tous les coups de pied au cul qu'y zavaient reçu depuis que Dieu était môme, pour tous les mauvais traitements qu'on leur avait fait subir. Et ceux qui marchaient et hurlaient : Nous voulons manger ici et nous voulons voter et nous avons besoin de bons emplois, *y zessayaient juste de faire vivre leurs familles comme tout le monde. Je veux dire, cette affaire de Birmingham, elle concernait les gosses. Vous le saviez? Ça doit être terrible d'avoir des gosses de l'âge de mon fils qui doivent se battre pour ce qu'on a eu en naissant. Les gosses, mec.*

C'était un tissu de conneries.

Ou pas.

C'était le problème avec les secondes chances : impossible de distinguer le vrai du faux ; chaque acte de pardon était un saut dans l'inconnu. Leroy Page disait s'être déjà fait avoir, comme tous les Noirs de ce pays. Mais Darren avait besoin de Bill King maintenant, et de ses faux aveux sur l'homicide de Malvo.

Il entendit encore ces mots : *La semaine prochaine, la semaine prochaine.*

Darren continua de chercher, de fouiller.

Selon un site qui étudiait les décisions du comité de probation de l'État, une réunion était prévue le jeudi suivant 15 décembre à la prison de Telford, et Bill Avery King devait se présenter devant ses membres. Était-ce la raison pour laquelle *bientôt* avait été souligné dans sa lettre au gouverneur ? Qu'est-ce qui le rendait aussi sûr d'être de retour chez lui à Noël ? Et que voulait-il faire annuler à Rosemary ?

La bouteille de bourbon, pleine d'air à présent, siffla quand Darren la porta à sa bouche. Il ne restait que quelques gorgées à avaler et il la reposa sur la table de chevet, puis attrapa le bloc de papier à lettres fleuri de l'hôtel. Il détacha cinq feuilles et inscrivit en haut de chacune d'elles le nom de chaque membre du comité de libération conditionnelle qui devait se réunir le 15 décembre pour décider du destin des détenus. Pam Sadler, Rita Montes, Arturo Valle, Austin Collins, et J.P. Graham. Puis il écrivit sous le nom de chaque personne toutes les informations qu'il put trouver en ligne, cherchant un lien avec Rosemary King. Ce fut seulement quand il découvrit qu'Austin Collins était un banquier de Dallas qui travaillait avec plusieurs promoteurs immobiliers du Texas, y compris Gaines Properties de Longview, que Darren comprit qu'il s'était trompé sur toute la ligne. Ce n'était pas Rosemary qui avait un lien avec au moins trois membres du comité de probation de Bill (une nette majorité). Ce n'était pas elle qui pouvait truquer les résultats de l'audition. C'était Sandler Gaines, semblait-il, qui était disposé à commettre un délit pour le fils de Rosemary.

21

Quand il se réveilla le lendemain matin, encore vêtu de ses habits de la veille, et seulement alors, il se rendit compte de son erreur. Le bourbon, le fait qu'il avait l'estomac vide, encore noyé dans la graisse de poisson, la conversation avec Wilson, le marché conclu avec Bill King : il se leva en regrettant tout cela.

Il était aussi incapable de se souvenir s'il avait vraiment téléphoné à Randie ou s'il l'avait rêvé, en tout cas il lui avait tout dit, avouant qu'il avait pensé à rendre son insigne à cause de cette succession d'événements, qu'il ne savait plus très bien pour qui ni pour quoi il se battait, ni comment le faire sans enfreindre les lois mêmes qu'il avait juré de respecter. Et il lui avait dit qu'il souhaitait la revoir. Un rêve. Putain, il espérait que ce n'était qu'un rêve, qu'il ne s'était pas livré aussi totalement à une femme qu'il connaissait à peine. Il se sentait emmuré par l'alcool, il voyait à peine à quelques centimètres devant lui, il se souvenait seulement qu'il venait de se réveiller.

Mais les papiers étaient là.

L'information concernant les membres du comité de probation et ses notes sur Sandler Gaines étaient éparpillées sur la couette en velours où il avait dormi, recroquevillé en boule, sans ôter ses bottes. Il les relut toutes à la lumière du jour, versa le fond du Jim Beam dans le lavabo de la salle de bains, afin de ne pas se laisser tenter. C'était si facile d'être sobre à l'aube, de jurer qu'on ne boirait plus une goutte. Puis il prit une douche froide et attendit l'heure où les bars seraient sans doute ouverts en ville, se disant qu'il pourrait trouver un café et un beignet chaud loin de l'hôtel Cardinal, jusqu'au moment où il jugea que Marcus Aldrich était arrivé dans son magasin.

« Tu as donc vécu ici vingt, vingt-cinq ans ? » demanda-t-il en tendant à Marcus un gobelet de café noir à emporter. Il avait parié qu'il ne se pliait pas au rituel matinal du lait et du sucre, mais il le vit en verser dans sa tasse six sachets d'une réserve de son bureau, et les remuer avec la gomme insérée au bout d'un crayon.

« Trente », répondit-il, secouant la tête d'un air incrédule. « Je me suis installé ici pour travailler à ma thèse, c'est-à-dire quelques mois à peine, et puis j'ai rencontré une fille, je suis tombé amoureux, et je ne suis jamais reparti. J'ai soutenu ma thèse en moins de vingt-quatre heures, je suis revenu à Jefferson et j'ai emménagé avec Betty. » Il portait une autre chemise hawaïenne, jaune banane, ornée d'une quantité de fleurs d'hibiscus rouges. Et il n'était pas rasé.

« Betty ?

— Mon ex. Elle dirige l'auberge Dogwood dans Bonham. L'un des innombrables B & B du comté de Marion. Je veux dire, on la dirigeait tous les deux quand j'écrivais mon livre. Nous aimions Jefferson, mais pour des raisons différentes, ça n'a pas tardé à se sentir, et notre mariage n'a pas survécu à une divergence de points de vue sur l'Histoire.

— Quel était le tien ?

— Que cette ville tout entière est un mensonge, répondit Marcus, rotant avec une force qui parut le propulser en avant. Perpétuer une fraude et en profiter – la fiction d'une prospérité, d'une vie d'avant-guerre où régnaient la courtoisie et la grâce – tout en oubliant commodément les vies qui ont rendu possible l'existence de cette ville. Laisse-moi te poser une question, fils. Lors de ces visites hantées, est-ce qu'ils ont prévu un arrêt pour rendre hommage aux esclaves tués dans les plantations, aux hommes lynchés en ville ? Bien sûr que non, dit Marcus, répondant à sa propre question. On ne parle que de dames blanches en détresse qui arpentent les couloirs, se tordant les mains à cause de leurs amoureux éconduits ou de la perte de leurs esclaves.

— Penelope Deschamps.

— Ta copine », dit Marcus d'un ton taquin, comme si Darren était un fan.

« Alors, c'est quoi l'accord entre Rosemary King et Sandler Gaines ? demanda Darren, changeant de sujet et abordant la vraie raison de sa venue ce matin.

— Tu parles de ce vieux type qu'a roulé son duck-boat en ville ?

— Le *Jeffersonian,* oui.

— Le camelot, dit Marcus, scufflant sur son café avant de boire une autre gorgée.

— Il a une société de développement à Longview. Ça a l'air légal.

— Tu sais pourquoi tant de types sont venus ici

convaincus d'être capables de rendre à Jefferson sa gloire passée ou au moins d'essayer d'exploiter son industrie touristique avec un homme d'affaires compétent et fiable ? Centres commerciaux discounts, hippodromes, salles de bingo, casinos, parcs d'attractions, tout ce que vous voudrez, quelqu'un a tenté sa chance.

— Gaines semble être à la solde de Rosemary King, ou bien c'est l'inverse, je ne sais pas exactement ce qu'il en est, dit Darren. Peut-être qu'elle est capable de faire bouger les choses finalement.

— C'est la reine des abeilles dans la région.

— Alors c'est quoi, cette Société historique du comté de Marion au Texas ? »

Marcus inclina la tête et fit la grimace : « Jamais entendu parler.

— T'es sûr ?

— Nous avons la Société historique de Jefferson, la Fondation historique de Jefferson, et la Commission historique du comté de Marion : tu parles de l'une d'elles ?

— Non », répondit Darren, se reculant un peu sur sa chaise. Il sentit la brûlure du café dans son estomac, et la chaleur envahir son torse tout entier. Avait-il mal compris le nom ?

« C'est l'accord conclu par Rosemary ?

— La Société historique du comté de Marion au Texas est censée acheter Hopetown, au bord du lac...

— Je sais exactement où c'est, intervint Marcus, le visage empreint de gravité. J'ai fait ma thèse sur les communautés des esclaves libérés dans l'État du Texas. Hopetown fait partie d'un récit historique plus vaste sur l'apparente liberté des Noirs.

— Rosemary regroupe les terres au sein d'une sorte de fondation, ou du moins c'est l'accord que Leroy Page était en train de conclure, à ce qu'il m'a dit. » Des documents qu'il n'avait pas pris la peine de signer, alors que d'après lui, le temps pressait. *Pour quelle raison, Leroy ?* « Mais je suis presque sûr qu'il s'agit d'une ruse, qu'elle va retourner sa veste et vendre ou donner ces terres à Sandler Gaines. » En échange de son aide pour faire sortir son fils de prison, peut-être. « Ce que je ne comprends pas, c'est pourquoi Leroy ferait une chose pareille, pourquoi un homme qui a vécu la plus grande partie de sa vie à l'écart des Blancs conclurait un deal avec Rosemary King. Comment est-ce possible ?

— Eh bien, tu y es presque, dit Marcus. La solution est entre tes mains. »

Darren examina alors ses mains vides, qui n'avaient tenu que les tasses de café depuis qu'il était entré. Marcus s'esclaffa – un son bref suivi d'un large sourire ; il se réjouissait à l'idée de l'histoire qu'il allait lui raconter.

« Penelope Deschamps, dit-il, est l'arrière-arrière-grand-mère de Rosemary King. Elle a acheté l'hôtel Cardinal juste après la guerre et passé des années à l'aménager, ce que le mariage de sa fille avec William Thaddeus King, magnat du bois de construction, l'a aidée à faire. Une fois sa fille bien mariée et lotie d'un logement, cette brave Penny Deckard s'est tiré une balle dans la bouche. »

Darren resta cloué sur place plusieurs minutes, lui sembla-t-il, le visage en feu, des perles de sueur glissant sur son front. Il se rappela le récit de Marcus sur Penelope et le naufrage du *Magnolia.* Six de ses esclaves préférés portés disparus avec les autres. Il se souvint de Marcus disant que les esclaves s'étaient enfuis. *À la nage.* Car le lac Caddo était parsemé d'une quantité d'îlots si on réussissait à les atteindre. Il se souvint de Margaret Goodfellow disant qu'on pouvait se cacher au grand jour, et de Leroy Page affirmant qu'il devait tout à Margaret et à son peuple.

« Tu me fais marcher », s'exclama Darren.

Le sourire de Marcus s'élargit encore. « L'Histoire est une drôle de chose, hein ? Tellement plus intéressante que ce que l'on nous apprend dans les manuels scolaires. C'est ce que ton oncle Clayton ne saisit pas, ou est incapable de comprendre. Il mène sa vie de professeur dans un amphithéâtre de l'université, à l'intérieur d'un monde de brillantes idées ciblées qui n'ont pas été mises à l'épreuve dans le maelström du monde réel. »

Depuis la mort de son oncle William, Darren n'avait entendu personne reprocher à Clayton d'être comme un poisson dans l'eau à l'université. Il aurait pu en faire la remarque à Marcus s'il n'avait éprouvé une curieuse sensation d'orgueil envahir sa poitrine. Il était facile de critiquer les interrogations du Ranger sur ce que représentait son insigne, mais du moins, il mettait tous les jours cette question en pratique. C'était le cas à cet instant même.

« Donc il y avait des Caddos sur les îles du lac ? demanda-t-il.

— L'île Gogo, répondit Marcus en acquiesçant. On l'appelle comme ça parce que c'était le cri poussé par les Indiens si des gens essayaient d'y débarquer. "Go, go"[1], et ils tiraient parfois une flèche, et plus tard,

1. Allez-vous-en, allez-vous-en.

une balle d'un pistolet acquis on ne sait comment. Ils faisaient du commerce avec des Blancs habitant sur le lac, des locaux, partisans du vivre-et-laisser-vivre, qui gardaient leur secret. Plus tard, un changement de leadership à Austin a déclenché les troubles. En effet, les Indiens ont accueilli la petite famille des esclaves de Penelope Deschamps. Plusieurs des anciens de Hopetown, que j'ai interviewés moi-même, m'ont parlé librement de la similitude des circonstances qui avaient rapproché les Caddos des esclaves noirs, de leur compréhension commune de la recherche d'une vraie liberté, les Indiens ayant été chassés de leur terre natale et expédiés dans le Territoire indien en Oklahoma, et les Noirs renvoyés à la servitude. »

Les esclaves restèrent des années, dit Marcus, partageant leurs connaissances sur l'agriculture et apprenant à construire des maisons avec des ressources infimes. Ils partageaient tout, et il y a eu des mélanges, bien sûr, de nouvelles lignées inscrites dans cette terre, créant un amour et une confiance qui avaient perduré pendant cinq générations. « Ils se doivent tout. » Cela expliquait pourquoi Leroy Page aurait fait n'importe quoi pour Margaret et sa famille.

Mais au cours de l'été 1865, ils apprirent que la guerre était finie, et beaucoup des anciens esclaves voulurent quitter l'île, une option qui ne semblait pas offerte aux Caddos. De nouvelles familles furent déchirées quand les Noirs migrèrent dans les terres où se trouve Hopetown aujourd'hui, et se servirent par la suite du Homestead Act[1] pour acquérir la pro-

1. Le Homestead Act est une loi des États-Unis, signée par le président Abraham Lincoln le 20 mai 1862. Elle permet à chaque

priété au bord du lac. Mais ils apportaient encore des produits sur l'île Gogo, et protégeaient les Indiens du monde extérieur. C'étaient les ancêtres de Leroy Page. Avec le temps, ils bâtirent une communauté florissante qui existait en dehors du monde des Blancs. Il y avait une école, une église, une petite banque, un jardin collectif, et des commerces. Pendant des années, ils ne se rendirent en ville, à Jefferson, qu'en cas de nécessité absolue, pour remplir des papiers ou acheter des produits qu'ils ne cultivaient pas ou ne trouvaient pas à Hopetown. Les anciens racontèrent à Marcus qu'ils redoutaient alors, peut-être avec raison, que leurs vies leur soient volées de nouveau. Bien que la guerre fût finie, ils avaient commis un crime, et n'étaient pas certains que Penelope Deschamps et sa famille l'oublieraient facilement. Aucun des habitants de Hopetown ne voulait admettre la peur fondée sur l'impression que leur liberté, telle une coquille d'œuf, pouvait se briser si on ne la manipulait pas avec un soin extrême.

« Mais comment les Caddos y ont-ils atterri eux aussi ? demanda Darren.

— Tu dois comprendre que le lac Caddo, aussi sauvage qu'un âne bâté, était à l'époque un terrain de prédilection pour toutes sortes de criminels, trafiquants d'alcool, voleurs et assassins, mais que la loi du Texas ne pouvait pas y changer grand-chose, ou préférait fermer les yeux. À la fin du XIXe siècle, l'État a créé ce qui est devenu par la suite la Commission du poisson et du gibier pour mettre fin à la pêche

---

famille en mesure de justifier qu'elle occupe un terrain depuis cinq ans d'en revendiquer la propriété, dans la limite de 80 hectares.

intensive du poisson-chat et du bar, et à la récolte d'huîtres dont les perles se vendaient à prix d'or, et qui menaçait l'espèce de disparition. Peu importe la raison initiale, mais brusquement on a vu des policiers sur les bateaux : ils passaient tout au peigne fin, les bayous, les chenaux, les îles, les bosquets de cyprès sur le lac. Ce sont les ancêtres de Page qui ont permis aux Caddos de l'île Gogo de la quitter sains et saufs, les invitant à s'installer à Hopetown. Pas une page de l'Histoire ne ressemble à ça. Je les crois quand ils disent qu'ils descendent d'un groupe d'Indiens Hasinai Caddos qui n'ont jamais quitté l'État du Texas, en dépit des lois de l'homme blanc. » Marcus asséna une claque sur son genou, satisfait du dénouement de son histoire.

« Donc cette vente à la fondation, dit Darren, si elle est réelle...

— Un énorme *si*.

— Ç'aurait été pour Leroy une manière d'honorer ses ancêtres, ceux qui ont été sauvés par la famille de Margaret Goodfellow. Sa manière de s'assurer, comme il me l'a dit, que les Caddos auraient dans cette partie du Texas de l'Est le toit auquel ils avaient droit depuis toujours. Il aurait fait promettre à Rosemary que ça faisait partie du deal.

— Mais tu penses que Gaines essaie de mettre la main sur les terrains ?

— Oui, répondit Darren. Il a reconnu avoir tenté de les acheter, mais quelqu'un a surenchéri. »

Marcus fit la grimace et se leva tout d'un coup. Il s'approcha des fenêtres de la devanture, et regarda les voies ferrées. « C'est vraiment dommage de perdre toute cette histoire pour des logements au bord du lac. »

Darren secoua la tête. Cette version sonnait faux pour lui. « Donc il construit des maisons de vacances et les gens dépensent, quoi, soixante, soixante-dix mille dollars pour habiter au bord de l'eau et aller chercher des fantômes en ville ? Il doit y avoir une attraction plus intéressante. » Il se remémora la réplique du bateau à vapeur. Que disait le prospectus ? *Venez visiter la toute nouvelle attraction de Jefferson,* quelque chose de ce genre. Il revit mentalement la photographie bon marché qui l'illustrait. Un couple qui souriait, trinquant devant le bayou sur fond de coucher de soleil. Mais il y avait aussi des images de tables de black jack, de roulette. Darren se leva lui aussi.

« Avant, tu as dit quelque chose sur les casinos, observa-t-il.

— Juste des rumeurs, répondit Marcus. Comme je l'ai dit, toutes sortes d'idées ont été lancées pour ramener à Jefferson les gens qui étaient partis à Dallas ou Shreveport – autre chose que le tourisme historique. Mais je n'ai jamais attaché d'importance à celle-là en particulier. Les jeux d'argent sont interdits au Texas depuis toujours.

— Oui », admit Darren. *À moins que...*

22

On avait tenté autrefois ce type d'expérience en Louisiane, se souvint Darren en attendant sur la véranda de Margaret Goodfellow, espérant qu'elle était revenue de l'hôpital. Il avait envoyé un texto à Greg pour prendre des nouvelles de M. Page, et avait reçu en guise de réponse un laconique « État stable ». Pendant le trajet jusqu'à Hopetown, Darren avait essayé de se souvenir des détails du scandale qui avait éclaté quand le minuscule groupe d'Indiens Choctaw avait essayé de créer une réserve en Louisiane dans le but d'obtenir une licence de la Commission indienne du jeu ; leur réserve devait être reconnue par le Bureau des affaires indiennes à Washington avant qu'elle leur soit accordée. L'infâme lobbyiste Jack Abramoff avait poussé les sénateurs et les membres du Congrès, auxquels son cabinet avait fait de généreux dons de campagne, à écrire des lettres au ministère de l'Intérieur accusant le minuscule groupe d'Indiens Choctaw de faire du « shopping de réserve », et de tenter de fonder un commerce à des kilomètres de leur territoire actuel. Il s'avéra que la vraie raison de l'intervention d'Abramoff était qu'il représentait déjà des casinos indiens rivaux dans la région. Le seul casino indien de l'État du Texas qui possédait des machines à sous et des tables de jeu était le Kickapoo Lucky Eagle tout en bas, dans la ville frontalière d'Eagle Pass, où il suffisait d'éternuer pour que votre ADN retombe au Mexique. Mais si Sandler Gaines en établissait un à Jefferson, il aurait le monopole des jeux de casino dans toute la région du Texas située à l'Est.

Darren frappa de nouveau à la porte moustiquaire dont la peinture jaune s'écaillait, guettant un bruit de pas. En tout cas, le bébé était à la maison. Il entendait ses cris et le joyeux gazouillis d'une émission de télé pour les enfants. Il espérait que Margaret lui ouvrirait, au lieu de Donald ou de son fils. Mais ce fut Virginia, la femme de Donald. Elle portait le bébé de sa belle-sœur Sadie sur sa hanche. Après un bref sourire, elle grimaça en disant : « *E'Nah* est à l'intérieur. » Elle s'écarta pour laisser passer Darren, le regardant retirer son chapeau une fois rentré. La table de la salle à manger et tous les meubles du salon étaient recouverts de vêtements en cours de fabrication. Des robes presque terminées, des franges de châles à ravauder, les chaussons du bébé sur lesquels sa mère cousait des orteils. Même Ray, le fils de Donald, avait devant lui une machine à coudre et piquait avec soin une bande de ruban sur une chemise d'homme turquoise. Il lança un regard à Darren mais se tut. Les couleurs – des bleus océan et des jaunes d'or, des roses pâles et le rouge de la vie, de la terre du Texas de l'Est – et le bourdonnement d'activité donnaient une première impression de joie. Mais les accords lents et tristes de la guitare de Donald contenaient l'énergie de la maison. Le fils de Margaret était blotti dans un coin avec quelques autres cousins et amis, préparant des instruments, attendant que quelque chose commence. Margaret émergea d'une pièce du fond vêtue d'une robe rouge brique, enveloppée d'un châle blanc à franges brodé de fleurs rouges, avec de petits traits bleus et verts. Ses cheveux grisonnants étaient ramassés en une seule natte couronnée d'un peigne en argent recouvrant l'arrière de sa tête. La natte était elle-même tressée de rubans, de bandes de cuir, et de perles. Margaret regarda Darren et porta la main à sa poitrine. « Leroy va bien ?

— Aux dernières nouvelles, oui.

— S'il tient bon, les esprits vont venir. Nous commençons la danse de la Vigne au coucher du soleil, empruntée à nos frères et nos sœurs Cherokee pour apporter la santé et la plénitude à Leroy, dernier de sa tribu. Nous danserons pendant des jours en prière.

— Madame Goodfellow.

— Margaret, s'il vous plaît. Ou *tayshas*... amie, dit-elle avec un sourire.

— *Tayshas* », répéta-t-il, son monde résonnant tout entier dans ce mot. Texas. Amie. « Que vous a dit exactement Leroy sur la vente de ces terres ?

— Que nous serions protégés.

— En faisant de ces terres une réserve Caddo ? »

Margaret se tourna vers Donald et lui dit : « Va chercher les papiers rangés au-dessus de mon lit, fils. » Quand il se leva, les notes de sa guitare se dissipèrent comme le brouillard à l'aube.

Darren entendit le bourdonnement de la machine à coudre de Ray et aussi des bruits de casseroles et de poêles dans la cuisine. Il sentit un parfum de courgette grillée et de nouveau l'odeur fumée des haricots carbonisés, de l'oignon et de la poudre de chili.

Lorsque Donald revint, il ne se retira pas dans un coin de la pièce, mais se serra contre sa mère, comme s'il était lui aussi très impliqué dans la discussion de Margaret et de Darren. Elle prit la pile de papiers qu'il lui apportait. « C'est la femme qui a tout expliqué. Elle est venue nous voir de la part de Leroy, à qui Rosemary l'avait adressée, je suppose.

— Monica Maldonado. »

Sur le moment, Margaret ne reconnut pas le nom, mais son fils hocha la tête.

« Une femme latino, un mètre soixante-dix environ, de longs cheveux noirs.

— C'est elle, confirma Donald. Elle nous a expliqué toute la paperasse. »

Darren prit les documents que lui tendait Margaret et vit une pétition adressée au Bureau des affaires indiennes pour la reconnaissance du groupe Hasinai d'Indiens Caddos du comté de Marion, au Texas. Un récit de l'histoire de la famille Goodfellow et de leur lien avec l'endroit y était agrafé. Le mot *ancestral* était employé plus d'une fois. Darren feuilleta les pages, qui offraient une version similaire à celle que Marcus Aldrich lui avait donnée, mais avec beaucoup moins d'emphase. Cette requête avait peu de chances d'aboutir, et pourtant quelqu'un avait engagé Chafee, Humboldt, et Greene, un cabinet qui, selon Lisa, avait encore assez de liens avec Washington pour contribuer au succès de ce projet.

Mais aucune des pages n'était signée.

Darren demanda pourquoi.

« Elle a dit qu'elle reviendrait, dit Donald.

— On s'est assis dans cette pièce et on a bu du thé d'hibiscus avec du miel, dit Margaret. Une gentille petite femme, mais nerveuse, tripotant sa montre, étudiant les papiers encore et encore, comme si elle était sûre d'oublier quelque chose.

— C'était un détail sur la dernière page, dit Donald. Elle a demandé sans arrêt si nous étions sûrs. Elle a dit qu'elle se sentirait en faute si elle partait et s'apercevait ensuite que nous ne comprenions pas vraiment ce que nous étions en train de signer. C'était la raison pour laquelle elle avait voulu nous parler avant, et ensuite elle a annoncé qu'elle reviendrait avec un notaire dans quelques jours. Elle nous a dit qu'on pourrait peut-être changer certains passages.

— Elle n'arrêtait pas d'étudier le document et de secouer la tête, dit Margaret. Elle a même demandé à utiliser les toilettes et elle est revenue avec un air malade.

— Plutôt comme si elle avait pleuré », dit Virginia, qui venait d'entrer dans la pièce.

Darren demanda s'il pouvait s'asseoir. Il ne voulait surtout pas perturber les préparatifs de la danse de la Vigne, ainsi qu'ils l'appelaient. Virginia souleva un paquet de tissus et de vêtements, et il s'assit sur un fauteuil dont le cuir marron était usé et aussi pâle que le ventre d'un cochon de ferme à certains endroits des accoudoirs. Il ouvrit le document à la dernière page, ses yeux se posant sur un paragraphe tout en bas. SACHANT QUE CHAQUE MEMBRE DU GROUPE HASINAI DES INDIENS CADDOS DU COMTÉ DE MARION, TEXAS, RENONCE À TOUTE REVENDICATION DE REVENUS FUTURS TIRÉS DU JEU INDIEN EN RAPPORT AVEC CETTE TRIBU. TOUTES LES DEMANDES FAITES

EN NOTRE NOM À LA COMMISSION INDIENNE DU JEU N'ANNULENT PAS L'OBJECTIF DU PARAGRAPHE 11.2. Darren leva les yeux vers la famille Goodfellow. « Vous avez compris ce que ça signifie ?

— Bien sûr, répondit Margaret, mais nous lui avons dit que nous serions heureux de renoncer au jeu si cela permettait de faire approuver notre pétition. Nous voulons seulement les terres. C'est ce que nous avons dit à l'avocate, mais elle n'a pas voulu nous laisser signer ça.

— Ça n'a jamais été une question d'argent pour nous », dit Donald.

Mais ça l'était pour quelqu'un, pensa Darren. Monica Maldonado l'avait bien compris, elle savait qu'elle aidait à les escroquer.

« Et quels sont les termes exacts de la vente ? demanda-t-il. Concernant la surface de la parcelle qui vous appartiendrait et celle qui serait mise de côté pour un autre usage ? »

Ils s'étaient tous regroupés près de lui, sentant que quelque chose n'allait pas du tout ; même Sadie ou Sakou était venue de la cuisine. Elle tenait l'enfant, un torchon drapé sur l'épaule. Margaret s'était laissée tomber sur plusieurs des robes. Virginia n'avait pas bougé du canapé.

« Un autre usage ? » dit Donald.

Le bébé s'agita, commençant à pleurer. Sadie le posa sur le sol.

« Leroy Page s'occupe de tout cela », dit Margaret avant de demander à Virginia d'aller chercher sa pipe et une flasque de whisky qu'elle gardait dans un tiroir de la cuisine. « Il travaille avec Rosemary King pour mettre au point les détails de la vente. Les gens de la

Société historique mettent les terres dans une fondation pour les préserver et nous permettre de rester ici.

— Elle vous évince, intervint Darren, comprenant tout à cet instant. Rosemary.

— Mais ça », protesta Donald, s'emparant de la pétition pour une reconnaissance fédérale de la tribu que Darren avait dans les mains. « Ça ferait de nous une nation souveraine.

— Sur des terres qui ne vous appartiennent pas. »

Tout le monde se tut jusqu'au moment où Margaret hurla à Ray d'arrêter tout ce bruit. Il retira son pied de la pédale de la machine à coudre, et le calme régna dans la maison, mis à part le bruit des pas du bébé qui sautillait avec une plume trouvée sur le sol ; Virginia la fit tomber de sa main avant qu'il la fourre dans sa bouche.

« Et une fois que cette fondation, s'il s'agit bien de ça, sera propriétaire de Hopetown, elle pourra vendre une partie des terres ? demanda-t-elle.

— Alors c'est un piège », dit Donald.

Vous leur donnez un doigt, ils prennent une ville.

Margaret secoua la tête, incrédule. « Leroy le sait ?

— Je pense que c'est pour ça qu'il n'a pas encore signé les papiers », dit Darren, se souvenant de l'agacement d'Erika la veille et de l'autre déclaration délirante de Leroy qui prenait à présent tout son sens.

Rosemary pourrait arrêter ça.

Mary, la bonne de Mme King, essaya de bloquer Darren à la porte.

« Mais vous n'avez pas de rendez-vous, Monsieur », dit-elle, jouant la comédie à merveille, projetant la voix vers le fond de la maison. Puis elle dit tout bas à

Darren : « Allez-vous-en pendant que vous le pouvez encore. » Il se rendrait compte trop tard qu'elle le mettait en garde contre quelque chose de plus grave que la fureur de Rosemary. Mais sur le moment, il écarta de son chemin la frêle femme noire – qui avait sali son tablier d'un blanc éclatant en se plaquant contre la lourde porte pour l'empêcher d'entrer – le plus doucement possible. Il avait un insigne, dit-il, ce qui lui tenait lieu de rendez-vous, et il s'avança à grands pas en appelant Rosemary. Il la trouva dans une immense pièce tapissée de livres jusqu'au plafond, meublée de plusieurs fauteuils et banquettes en velours disposés en forme de U, assise à son magnifique bureau en acajou, un coupe-papier en argent massif à la main devant une pile de correspondance en papier épais, avec des enveloppes gaufrées crème et blanches. Elle leva les yeux, vit Darren, et sans s'étonner le moins du monde de sa présence – nous étions au Texas, en fin de compte, semblait-elle se dire ; il y avait des cafards partout, malgré les efforts déployés pour les éradiquer –, elle pointa le coupe-papier vers Mary. Sa bonne s'attardait sur le seuil de la pièce, cramponnée au chambranle comme à un arbre pendant un orage déchaîné, n'importe quoi pour ne pas glisser sur le sol.

« Appelez Roger.

— J'ai essayé de l'empêcher d'entrer...

— Tout de suite ! »

Pour quelque raison, Darren s'était attendu à ce que Rosemary se lève, pour se défendre de ce qui allait inévitablement arriver. Mais elle retourna à sa pile de courrier, faisant à peine mine de le reconnaître par-dessus les verres des lunettes de lecture perchées sur son nez. Elle portait un jodhpur et un cardigan bleu pâle à torsades qui faisait ressortir le ton glacé de ses yeux alors même qu'ils reflétaient la lueur du feu crépitant dans la cheminée.

« Alors vous avez donné à Sandler Gaines un casino en échange de la liberté de votre fils ? »

Elle ouvrit le haut d'une autre enveloppe de la pointe du coupe-papier. Avec une intonation apparemment teintée d'ennui, elle dit : « Vous ne savez pas de quoi vous parlez. Et si vous ne sortez pas de chez moi immédiatement, ce ne sera pas le shérif Quinn que vous devrez affronter. J'ai l'impression que ce genre de personne ne vous incite pas à décamper.

— Il n'y a pas de fondation, n'est-ce pas ? dit Darren. C'est une société écran, un mensonge que vous avez inventé de toutes pièces pour convaincre Leroy de vous vendre Hopetown.

— C'est un *rapprochement*[1] », dit-elle avant de lécher le sceau d'une enveloppe avec la pointe rouge de sa langue. Elle écrivit son nom avec soin au recto. « Sa famille m'a volée, et je lui ai pardonné, et j'ai promis que ses Indiens seraient en sécurité. »

Il y avait tant de mauvaise foi dans ce qu'elle venait de dire que Darren recula d'un pas et pencha la tête, comme pour la voir sous un autre angle. Cette femme était-elle folle et bourrée de convictions, ce qui la rendait aussi dangereuse que son fils autrefois ? Sauf que la violence de Rosemary était contenue à l'intérieur de la distinction de ce manoir victorien. « Ses ancêtres ne vous ont pas volée, dit Darren. Ils ont sauvé leurs propres vies.

1. En français dans le texte.

— Occupant ainsi une propriété qui revenait de droit à ma famille.

— Elle en avait fait l'acquisition elle-même ?

— Qui sait ce que mon arrière-arrière-grand-mère aurait pu accomplir si elle avait eu l'occasion de vendre ses esclaves avant la fin de la guerre.

— Margaret Goodfellow et ses proches n'appartiennent pas à M. Page, et les ancêtres de Leroy ne vous ont jamais vraiment appartenu non plus. Ils sont comme une famille. Et vous vous êtes servie de ça pour essayer de voler les terres à leur insu.

— Ils gardent leur bout de territoire souverain. Je ne vois pas pourquoi ils ont tellement de mal à comprendre ça. La communauté entière, la tribu, peu importe comment ça s'appelle, compte moins d'une douzaine de personnes. Combien d'espace leur faut-il ? Un casino en bord de lac avec des balades exotiques depuis Jefferson sur un bateau à vapeur d'époque, ça pourrait être une aubaine pour tout le monde. Marée montante et tout le reste. Il y aura des emplois pour eux au casino s'ils le veulent. Je m'en assurerai personnellement.

— Mais ça n'arrivera pas, n'est-ce pas ?

— Nous avons encore du temps, dit-elle.

— Votre fils, Rosemary, il vous a demandé d'annuler ça. Il ne va pas obtenir sa libération conditionnelle. Pas plus tard qu'hier, il a reconnu avoir commandité le meurtre d'un type de la FAT. »

Rosemary se leva, repoussant sa chaise avec une telle force que les deux pieds de devant quittèrent le sol un instant avant d'atterrir en raclant les dalles de pierre. « Qu'est-ce que vous avez fait ?

— Rien, répondit Darren. C'était son idée... et celle

de Marnie. » Il savait que ça la ferait exploser, et voulait la mettre dans cet état, la rage entaillant la fine membrane qui maintenait sa langue en place. « Il ne va pas sortir, Rosemary. »

Elle secoua la tête. « Ils se détestent. C'est impossible qu'ils aient mijoté ça ensemble. Pas lui. Bill sait à quel point je veux l'avoir à la maison. »

C'était comme si son amant l'avait quittée pour une autre. « Je pense qu'ils souhaitent surtout que Levi revienne à la maison. »

Elle eut un rire brutal comme un coup de poing. « Mon petit-fils est mort. »

Puis elle retourna s'asseoir derrière le bureau, les jambes coupées par un chagrin de circonstance, mais Darren ne put déterminer si elle croyait à ce qu'elle disait.

« Et Monica Maldonado ? reprit-il. Vous avez fait appel à son cabinet, ou bien c'est Sandler Gaines qui s'en est chargé, à moins que ça ne fasse aucune différence ?

— Je pense que rien de tout cela ne vous regarde.

— C'est le cas si elle a disparu.

— Eh bien, votre séjour à Jefferson vous a donné le goût des contes à dormir debout. Vous avez lu trop de nos histoires de fantômes, monsieur Mathews ?

— Ranger. »

Elle haussa légèrement les épaules pour indiquer qu'elle s'en moquait.

« Vous essayez de me dire que vous n'avez jamais été en contact avec elle ? dit-il.

— Pas du tout, Ranger. Vous avez dit vous-même qu'elle a été vue en train de sortir de chez moi après le dîner où, si je me souviens bien, elle a annoncé à plusieurs de mes invités qu'elle avait l'intention de voir le lac et avait prévu de louer un petit bateau à l'un des vendeurs locaux dans la ville de Uncertain pour l'explorer avant de quitter le Texas.

— Un bateau?

— Je crois que plusieurs de mes invités à ce dîner peuvent témoigner des intentions qu'elle a exprimées.

— Vous savez ce que je pense? Je pense que Monica a pris peur et s'est rétractée quand elle a su ce que vous lui demandiez de faire ici, et lorsque vous avez compris qu'elle risquait de raconter à la famille de Margaret ce qui se passait en réalité et qu'ils refuseraient de signer...

— Et quoi? J'ai assassiné la pauvre fille?

— Je n'ai pas parlé de meurtre.»

Il se rappela de nouveau les bruits qu'il avait entendus, les chocs intenses, répétés. Quelqu'un lui avait-il cogné la tête contre le mur, l'assommant au point de lui faire perdre connaissance, ou pire encore? Était-ce de cette façon que son peigne s'était cassé en deux? Darren était sorti de sa chambre cette nuit-là et remarquant que l'ascenseur était déjà au premier étage, il avait emprunté l'escalier. Rosemary était-elle déjà en train de la faire disparaître? C'était assez difficile à imaginer, à moins que quelqu'un l'eût aidée. Il revit soudain l'image de Clyde garé devant l'hôtel Cardinal toujours à l'entière disposition de Rosemary.

«Ranger, mon petit, savez-vous combien de gens disparaissent dans ce lac? Elle a peut-être eu un accident. Ou mangé de mauvaises huîtres, qu'est-ce que j'en sais, et je m'en fiche. Ça ne changera rien à ce qui se passera à Hopetown.

— Et si Leroy ne signe pas les papiers?

— Il le fera, dit-elle. Sinon il va en prison. »

Darren se leva au-dessus d'elle assise à son bureau, sentant la chaleur du feu monter de la pointe de ses bottes jusqu'à ses cuisses. Il essayait de comprendre ce qu'elle venait de dire quand il entendit des pas derrière lui et sentit un effluve d'English Leather.

« Roger, Dieu soit loué », s'exclama-t-elle, contournant le bureau. Elle s'approcha de lui, étreignant ses deux mains dans les siennes. « Il vient de forcer ma porte.

— Ranger Mathews, si vous n'avez pas un mandat quelconque signé par un juge du comté de Marion, je crains de devoir vous prier de quitter les lieux. »

Mais Darren n'obtempéra pas. En fait, il ne bougea pas. Il repassait encore et encore les phrases de Rosemary dans sa tête. *Sinon il va en prison.* C'était seulement si les accusations s'avéraient fondées, et si on ne retrouvait jamais son petit-fils en vie et en bonne santé, que Leroy Page irait en prison, supposait-il.

« Oh, pour l'amour du ciel », dit Rosemary, retournant à son bureau. Elle appuya sur un bouton d'interphone de sa ligne fixe et aboya le mot : « Maintenant. »

Darren crut qu'elle prévenait Mary de l'arrivée de Roger, mais un réflexe animal de son cerveau était déjà à l'œuvre, sachant que c'était absurde. Un instant plus tard une silhouette massive apparut dans l'encadrement de la porte, et Roger poussa un cri d'orfraie, hurlant : « Je ne reste pas ici. Putain, Rosemary, je refuse d'assister à ça. » Il s'éclipsa de la pièce à l'instant où Bo, le voisin de Gil Thomason, se ruait à l'intérieur. Il évita Rosemary, souleva Darren et le projeta sur le bureau, faisant voler les courriers tandis que le coupe-papier piquait le dos du Ranger. Un quart de seconde, il fut sous le choc. Jamais aucun homme n'avait méprisé le pouvoir de son insigne avec ce brio et cette nonchalance, sans aucune crainte. Le type balança deux ou trois baffes à Darren avant que le Ranger puisse dégainer son Colt et le planter dans les entrailles de son agresseur. Ça le soulagea de l'énorme masse qui l'écrasait, et lui permit de respirer quand l'autre se redressa.

« Pas question d'abattre ce garçon, dit Rosemary à Darren, pas dans ce comté, pas sous mon toit, et de vous en tirer comme ça. J'ai payé la campagne de Steve Quinn. Les deux fois. Et Bo vous a enregistré en train de menacer des citoyens blancs à Hopetown. Votre réputation de Ranger qui agit fréquemment en violation du cadre légal vous précède et m'autorise à déployer une certaine créativité pour expliquer ce qui s'est passé ici ce soir. Ça devrait vous faire assez peur pour ne plus fourrer votre nez dans certaines affaires de ma ville qui ne vous regardent pas. Compris ? Vous descendez Bo, et je dirai qu'il ne vous a pas provoqué. Je dirai que vous avez hurlé *Sale Blanc* ou *Raclure blanche* ou n'importe quoi d'autre. Il est temps de vous en aller, Ranger Mathews. Je veux que vous quittiez ma maison et ma ville. »

Darren sentit le goût du sang au coin de sa bouche. Il le lécha, un velouté cuivré sur la langue.

Il leva les mains en l'air comme pour se rendre, mais son esprit était déjà hors de la pièce, à mi-chemin de l'hôpital, sur la Route 59, où il devait voir Leroy Page. « Vous avez dit que si Leroy ne signe pas les papiers de la vente, il va en prison. Dites-moi comment, aidez-moi à comprendre, et je m'en vais. Pourquoi avez-vous dit cela ?

— Parce que nous avions un accord. »

23

Rosemary et Leroy avaient passé un accord, mais il s'était soldé par un double échec. Elle voulait son casino et faire sortir son fils de prison ; il voulait que Margaret Goodfellow et les membres de sa famille obtiennent des droits fonciers inaliénables.

Et quelqu'un, supposait Darren, s'était retrouvé coincé au milieu.

Lorsqu'il arriva à l'entrée de la chambre de M. Page, Greg était posté devant, assis sur une chaise, utilisant un plateau roulant en guise de bureau. D'autres agents montaient aussi la garde, ainsi que les adjoints présents lors de l'arrestation. L'un d'eux grignotait un paquet de Chuckles acheté dans un distributeur automatique. L'autre jouait à Candy Crush sur son téléphone. Greg se leva en voyant Darren, et lui barra le passage quand il essaya de l'écarter. Par la petite fenêtre de la porte, le Ranger vit le vieil homme encore menotté au lit, Erika à son chevet, l'air plus défait qu'avant, se tapotant les yeux avec un mouchoir.

« Tu ne peux pas entrer », dit Greg. Il regarda Darren, pénétré de l'autorité supérieure conférée par le pouvoir fédéral, mais en réalité ils se faisaient face comme deux amis dont l'un soupçonnait l'autre d'avoir couché avec sa femme. Greg perçut l'accusation. Elle planait dans l'air comme une chape de plomb qui menaçait de s'abattre sur eux si leur détermination à l'éviter venait à faiblir.

« Je dois lui parler. Le temps va nous manquer.

— Il est dans le coma. » Greg le repoussa doucement. « Seule la famille a le droit de le voir. Je peux pas te laisser entrer, mec », dit-il. Puis, voyant l'expression paniquée de Darren, il ajouta : « Qu'est-ce qui se passe, Darren ? Quinn a dit que tu parlais d'une femme disparue, quelqu'un que tu aurais vu en compagnie de Sandler Gaines.

— C'est en rapport avec la vente. Comme toute l'affaire.

— Qu'est-ce que tu racontes ?

— Le gosse est encore en vie. » Une fois qu'il l'eut dit à voix haute, et seulement alors, il sut que c'était vrai.

Greg regarda les autres agents et policiers, et l'air embarrassé pour son ami, il chuchota : « T'as pris de la dope ?

— Le vieux l'a utilisé comme monnaie d'échange. Stupide, je suis d'accord, mais il est dehors quelque part et nous devons le retrouver. » Il se dirigea de nouveau vers la porte de la chambre de M. Page. Mais Greg lui empoigna le bras et l'entraîna quelques mètres plus loin dans le couloir, hors de portée de voix des agents dont le costume noir était aujourd'hui fripé et défraîchi.

« Darren, je viens d'inculper ce type pour homicide devant la Cour fédérale. »

Mais si Levi est vivant et rendu à sa mère, pensa Darren, *Leroy n'ira pas en prison.*

C'était ce qu'attendait Rosemary, espérant que M. Page allait reprendre ses esprits, mais ignorant qu'il les avait perdus.

Il fit claquer sa paume contre le mur. « Greg, ce gosse est en vie, et nous devons le retrouver.

— Je m'inquiète pour toi, Darren », insista Greg, se penchant assez près pour respirer son haleine. Darren savait qu'il devait paraître dérangé. Il y avait encore du sang séché sur sa bouche. « Nous avons trouvé les vêtements de l'enfant dans la maison de Page. C'est on ne peut plus clair. Qu'est-ce qui t'arrive ? Qui t'a frappé le visage ?

— Vous ne pouvez pas avoir eu les résultats de l'ADN si vite.

— Non, mais nous tablons sur l'identification des vêtements par la mère et la sœur. Les habits, la chemise, le short, et même le linge de corps, ont été nettoyés. Il les avait pliés et posés sur le haut de la machine à laver. Ce salopard a cru qu'il pouvait faire disparaître toutes les preuves. »

Darren revit brusquement les dizaines de sandwichs préparés d'avance dans le frigo de Leroy le jour où il était revenu de la pêche sans poisson, les jambes de son pantalon trempées jusqu'au genou, comme s'il avait pataugé dans l'eau pour aller quelque part. Et Greg disait qu'ils avaient trouvé les vêtements du garçon propres et pliés. Il n'avait fait aucun mal à l'enfant ; Margaret avait raison. Il prenait soin de lui.

Darren pensa qu'il savait à quel endroit.

Il laissa Greg bouche bée et s'élança dans les couloirs pour regagner le parking au plus vite. Il monta dans son pick-up et fonça en direction des voies ferrées et du magasin Vérité et Trésors.

« J'ai besoin d'une carte, dit-il à Marcus. L'île Gogo. Elle est où exactement ? »

Marcus, assis les pieds calés sur sa table, écoutait un podcast sur son téléphone tout en glissant un nouveau stock de photographies dans des pochettes en plastique, et il tendit le bras pour prendre un exemplaire de son livre dans le carton posé sur le sol. Il le feuilleta et finit par trouver une carte sommaire du lac Caddo dessinée à la main, nettement moins impressionnante que celle montrée par Quinn lors de leur première rencontre. Marcus arracha la page du livre comme s'il accomplissait un acte héroïque.

La carte n'était pas à l'échelle ; elle ne représentait même pas la totalité du lac, mais seulement la rive longeant le comté de Harrison, les quais proches de la ville de Karnack, une partie de l'île Goat, la plus grande du lac, et l'île Horse. Entre ces deux îles était situé ce qu'on appelait le Back Lake, ou lac du fond, et Darren se souvint que l'eau y était si vaste et déchaînée que les gens l'avaient divisée mentalement pour appréhender une telle masse d'eau. Le Back Lake s'écoulait à la fin dans le lac Clinton, sur les rives duquel s'étendait Hopetown, la partie la plus au nord-est du lac qui appartenait au Texas.

Quelque part dans tout ce bleu, Marcus posa son doigt sur un îlot qui avait la forme et la taille d'un haricot blanc.

« C'est celui-là, dit-il d'une voix sourde, presque avec respect. Bordé de tous côtés par des pins et des caryers de haute taille, de telle sorte qu'on peut à peine savoir tout ce qui s'est passé ici. Mais c'est bien là. Gogo.

— Tu en as une autre ? » s'enquit Darren, secouant la tête quand Marcus attrapa un autre livre. « Non, une carte plus grande, quelque chose qu'on distribue aux touristes et aux pêcheurs, tu vois ce que je veux dire ? Avec les deux cartes, je crois que je peux le trouver.

— Comment tu vas y aller ? »

Il n'y avait pas encore réfléchi. En venant, Darren avait appelé le shérif Quinn à trois reprises, chaque fois en laissant le même message, disant qu'il avait besoin de se mettre en contact avec le garde-chasse. Le shérif ne l'avait pas rappelé, et Darren jugea qu'il n'y avait plus rien à attendre de ce côté-là. Il téléphona donc à son lieutenant à Houston. « Mathews, aboya Wilson dès qu'il eut décroché. Pourquoi est-ce que je reçois encore des appels de Frank Vaughn ? Vous n'avez pas mentionné le dossier Bill King ?

— Non. » Il ne l'avait pas fait. Et sa mère ne lui avait retourné aucun de ses appels à ce jour.

« Bien. Une fois que nous aurons ses aveux par écrit, et convoqué un notaire pour assister à sa confession, je ne veux pas exposer notre affaire au grand jour. Frank et son équipe du comté de San Jacinto travaillent dessus depuis près de deux mois à présent, et je veux être sûr qu'on ait ça dans la boîte avant de lui annoncer que nous tenons l'assassin, et de le prier de nous laisser désormais gérer l'enquête depuis nos services.

— Je souhaite la même chose.

— Eh bien, je vais peut-être attendre de savoir ce qu'il veut », dit Wilson. Il émit un léger frémissement de dégoût et but une gorgée du verre posé sur son bureau. Sans doute une autre des mixtures concoctées par sa femme, un mélange de babeurre et de purée de haricots blancs, imagina Darren. « Vous êtes en route pour Houston ? Je suppose que vous avez épuisé votre capital sympathie dans le comté de Marion.

— Nous avons toujours un enfant disparu. »

Wilson rota dans l'oreille de Darren. « Je ne comprends pas. Steve Quinn m'a dit que les Fédéraux procédaient à une arrestation dans cette affaire, l'un des anciens habitants de Hopetown.

— Je pense que le gamin est vivant, monsieur, et j'ai besoin de l'aide du garde-chasse pour obtenir une escorte sur l'eau.

— Sur l'eau ?

— Il est sur le lac, monsieur, sur une île, j'en suis presque sûr. Une île qui a un rapport avec l'histoire de Hopetown. Je pense que le vieil homme l'a retenu pour s'en servir comme moyen de pression et forcer Rosemary King à changer les termes de la vente.

— Mathews, vous en êtes bien sûr...

— J'ai trouvé un nid de vipères par ici. Des voleurs et des menteurs. Leroy Page a une idée erronée de la manière d'arranger les choses, et il a enlevé le gamin. Et une femme est impliquée, une femme qui a disparu, une juriste travaillant sur la vente, et je pense que Rosemary King a quelque chose à voir là-dedans.

— Fils », dit Wilson. Il l'appelait le plus souvent *Ranger,* bien que *Darren* lui échappât souvent, à cause de sa relation avec William Mathews quand ils avaient servi ensemble dans ce département. Ce *fils* résonna avec la douceur d'une caresse. Mais Wilson essayait en réalité de communiquer un sentiment auquel Darren ne s'attendait pas : la confiance. « Je ne suis pas sur le terrain et je ne peux pas vraiment appréhender la situation, mais Darren, si vous me dites qu'à votre avis il y a un enfant en vie quelque part sur ce lac, je ne vais sûrement pas vous empêcher d'y aller. Mais je peux vous assurer que vous n'obtiendrez aucune aide du comté de Marion. Donnez-moi une heure ou deux pour passer quelques coups de téléphone. Je vais voir lequel de nos bureaux régionaux a accès à un bateau que nous puissions vous procurer.

— On n'a pas le temps. Ça fait près de six jours.

— Vous pensez qu'il est en danger ?

— Assez bizarrement, je pense que Leroy a nourri et pris soin d'un gosse qu'il ne supportait pas, il l'a reconnu ouvertement. » C'était Leroy qui était en danger d'aller en prison si quelqu'un ne retrouvait pas ce gosse avant qu'il meure là-bas, à présent que le vieux pote de pêche de son grand-père n'était plus là pour lui donner à manger et à boire. « Il est temps qu'il rentre à la maison, c'est tout », conclut Darren, sans aller plus loin.

« Faites votre devoir. Je vous soutiens à cent pour cent. »

Il ne se souvenait pas d'avoir jamais entendu ces mots dans la bouche de Wilson, et bien sûr il lui traversa l'esprit que pour sauver un enfant blanc on lui donnait *carte blanche* auprès des autorités locales, et qu'avec cette affaire il avait Wilson dans sa poche. La colère envahit sa poitrine et s'éteignit aussi vite qu'une allumette. Pensait-il que le garçon blond disparu attisait un brasier sous Wilson ? Oui. Cela signifiait-il que l'enfant n'avait pas besoin de son aide ? Non. Pouvait-il réellement sauver Leroy de la prison ? Oui.

Il prit la carte arrachée au livre de Marcus, plus une version destinée aux touristes, fourra les deux feuilles dans sa poche, et se dirigea vers la sortie. Une fois dehors sur le trottoir, il entendit la porte du magasin se refermer derrière lui, et se rendit compte alors seulement que Marcus le suivait.

« Je viens aussi, dit l'ancien camarade de chambre de son oncle à l'université.

— Comment ?

— Tu ne trouveras jamais l'île sans moi », dit Marcus, glissant ses bras dans les manches d'un blouson aviateur en faux cuir rouge. Il posa la main sur l'épaule de Darren comme s'ils se mettaient tous les deux en route pour une aventure grandiose, s'apprêtant à vivre le plus beau jour de leur vie.

Marcus lui dit qu'ils trouveraient une tonne de bateaux sur les quais de Karnack près du Big Pines Lodge, mais il omit de préciser que chacun d'entre eux serait rempli de touristes, d'hommes, de femmes et d'enfants qui avaient payé très cher des billets d'excursion sur le lac à l'un des cinq tour-opérateurs établis dans les cabanes disposées en demi-cercle comme des dents pourries derrière le parking du restaurant. L'odeur du gasoil de bateau s'échappant des moteurs au ralenti planait dans l'air, se mêlant aux vapeurs de graisse des cuisines de l'estaminet, où alligators, poissons-chats et boules de semoule frites nageaient dans une même bassine d'huile bouillante.

Les bateaux étaient surtout des pontons, chargés chaque fois de dix à dix-huit personnes. Darren posa une botte sur le rebord de l'embarcation la plus proche. Il garda la main posée sur son pistolet mais ne le sortit pas de son étui, sachant que la posture suffisait à retenir l'attention des gens. « Tout le monde quitte le bateau. » Le capitaine était un homme blanc parcheminé qui avait la peau sur les os – aussi épais que des pierres sculptées, ce qui lui donnait un air vulnérable et terrifiant à la fois. Son crâne était rasé sur les côtés, et ses longs cheveux décolorés par le soleil dansaient dans son cou quand il se fraya un chemin entre ses clients jusqu'à l'arrière du bateau pour voir ce qui se passait. « Nous avons un gamin disparu sur le lac et très peu de temps devant nous », dit Darren. Le capitaine vit la main du Ranger posée près de son Colt .45. Il vit aussi l'insigne. Il y eut un éclair dans ses yeux – le devoir maritime, espéra Darren. Il crut qu'ils se comprenaient. « C'est une urgence. Nous avons besoin que tous les passagers quittent le bateau. »

Un enfant en bas âge se mit à pleurer pendant que le capitaine commençait à évacuer les touristes, promettant de les rembourser et de leur offrir un tour gratuit plus tard. Marcus s'attarda à l'arrière, offrant son aide aux passagers qui débarquaient en maugréant, les femmes tenant solidement la main de leurs enfants. Une fois que le *Blue Heron* fut vide, Marcus rejoignit Darren à bord. Il enfila deux gilets de sauvetage, sanglés l'un sur l'autre. Darren sortit les cartes de sa poche et demanda au capitaine de les emmener au nord, le long de l'étroite branche du bayou Big Cypress qui offrait un passage jusqu'au lac Carter, lequel conduirait au Back Lake, à l'île Goat et au point que Darren indiquait sur la carte. « L'île Gogo », dit-il.

Jim, le capitaine, se dirigea vers le panneau de commande du moteur. Il était placé au centre du bateau, avec des sièges tout autour, installés dans l'idée d'offrir aux touristes une vue dégagée. Darren lui laissa donc la carte et alla se poster à l'avant du bateau, les hanches pressées contre le bastingage en métal. Marcus n'avait pas dit un mot depuis le début du trajet. Il était tassé sur la banquette du fond, immobile. « Jamais entendu parler, lui cria Jim. Mais bordel, on peut vivre cinquante, soixante ans ici et ne jamais connaître chaque coin d'île, chaque détroit de bayou, chaque affût de chasse ou matériel d'alcool de contrebande autrefois dissimulé dans ces bois. Je parie qu'il y a des trucs là-dedans que Dieu en personne ne trouverait pas avec une carte.

— Soyons un peu plus optimistes, OK ? » dit Darren, agacé par le défaitisme d'un homme qui l'aidait à retrouver un enfant. Il demanda à Jim s'ils ne pouvaient pas accélérer la cadence, puis se pencha en arrière pour voir si Marcus pensait que tout était normal. Allaient-ils dans la bonne direction ? Soit Marcus ne l'entendit pas, soit il était plus nerveux sur l'eau que ne l'aurait cru Darren. « Sérieusement, dit le Ranger, se tournant vers le capitaine. Sans vouloir vous casser les couilles, on pourrait pas aller un peu plus vite ?

— Il y a une forêt de cyprès plus loin, répondit Jim. Si on fonce là-dedans, et qu'on se heurte à un de ces genoux qui jaillissent de l'eau, on risque d'éventrer le bateau. Vous pouvez me croire si je vous dis qu'il est pas question de rester ici après le coucher du soleil. On appelle ça "passer une nuit au motel Caddo". Vous avez choisi la voie la plus rapide, mais un tas de choses pourraient tourner mal entre ici et là-bas. »

Derrière lui, Marcus émit un son, un hoquet de panique.

Le ciel n'avait même pas viré au violet cendré du crépuscule à venir. Il leur restait au moins deux heures de lumière, pensa Darren. Il n'arrivait pas à comprendre l'étrange attitude du capitaine, la joie légère que semblait lui inspirer la situation dramatique dont il n'avait pas le contrôle. Darren eut l'impression que l'homme souriait, bien que sa moustache hirsute l'empêchât d'en être certain. Il s'apprêtait à dire au type d'arrêter de faire le con et de mettre les gaz quand ils pénétrèrent dans la forêt de cyprès. Jim ralentit le moteur au maximum, et il *souriait,* vit Darren à présent. Il rayonnait. « La voilà.

— Mon Dieu », murmura Marcus.

À l'intérieur de la forêt où ils flottaient, on n'entendait aucun son excepté le clapotis de l'eau du lac contre les parois du bateau ; plus rien n'existait en dehors du lac Caddo. Darren n'avait jamais vu un pareil spectacle. Les cyprès aux troncs garnis de jupes, telles des danseuses timides lors d'une fête paroissiale, laissant entre eux assez d'espace pour Dieu, et pour que le bateau se fraie un chemin à travers des dizaines d'arbres jaillis vers le ciel qui s'assombrissait, remarqua Darren. Cela, ou la voûte de mousse espagnole suspendue aux cyprès, avait enveloppé la forêt, déposant un toit sur ce sanctuaire sacré de l'eau.

Les trois hommes voguèrent en silence pendant ce qui leur parut une éternité.

C'était une beauté crue, flottant à travers une forêt plus vieille que le temps, les arbres dressés en sentinelles face aux intrus, face à tout homme ou femme incapable de respecter l'histoire du lac, et de comprendre ce qui avait existé ici avant qu'un seul des passagers de ce bateau soit venu au monde, avant que l'idée de l'Amérique ait vu le jour, avant que le Mexique et l'Espagne en aient grignoté un morceau, que les Français aient tenté leur chance, et que le Texas ne se résume plus à ce mot si doux sur les lèvres d'un Caddo. *Tayshas.*

Quand ils quittèrent la forêt, atteignant les eaux libres du lac Carter, Darren fut heureux d'apercevoir un rayon de soleil derrière les nuages qui arrivaient de l'est. S'ils ne retrouvaient pas rapidement le gamin, ils seraient pris par la nuit ou par l'orage. Une fois parvenu sur le lac, Jim accéléra comme le lui avait demandé Darren. Ils parvinrent au Back Lake et contournèrent l'île Horse, puis le bord sud de l'île Goat, qui s'étendait sur plusieurs kilomètres. Le *Blue Heron* se rapprochait de la zone qui représentait l'île Gogo sur la carte de Marcus. Darren scruta l'eau qui s'étendait devant lui, fixant les pins qui semblaient jaillir du lac mais formaient plutôt un mur autour du morceau de terre à mesure que le bateau s'avançait. Darren se tourna vers Marcus, toujours tassé sur son siège à l'arrière du bateau.

« C'est ça ? » demanda Darren.

Marcus resta silencieux. Le Ranger lui fit signe de s'avancer. « C'est l'île ? » Quand Marcus secoua la tête d'un air vague, Darren lui hurla de se lever et de venir voir. Jim avait commencé à ralentir à l'approche de ce qui n'était pas vraiment un rivage, mais un endroit où le sol s'élevait à une trentaine de centimètres au-dessus de l'eau. Darren poussa Marcus contre le bastingage.

« J'en sais rien, vieux, dit Marcus.

— Comment ça, t'en sais rien ?

— Je l'ai jamais vue.

— Tu m'as menti ?

— J'sais pas nager », répondit Marcus avec un haussement d'épaules gêné.

D'où les deux gilets de sauvetage ; et Marcus se cramponnait si fort au bastingage en métal que Darren distinguait chaque bosse et chaque repli de ses phalanges. Il entrevit un éclair du coin de l'œil, suivi quelques secondes après par un coup de tonnerre. L'orage menaçait, c'était sûr. « Si vous voulez fair' c'truc, dit Jim, allez-y. »

Marcus arracha la page de son livre des mains du capitaine. Il l'examina un moment, puis regarda l'espace ouvert derrière eux. Il hocha la tête d'un air moins assuré que ce que Darren aurait souhaité et dit : « C'est bien là. » Ajoutant quelques instants plus tard un équivoque « sans aucun doute ».

Darren hocha la tête, et se hissa au-dessus du bastingage. Il devrait nager ou patauger et trouver une racine à laquelle se raccrocher pour accéder à l'île. Mais à l'instant où il s'apprêtait à se laisser glisser de l'autre côté, il entendit Marcus hurler son nom et sentit un bras autour de son cou. C'était Jim, et ses os ciselés comme de la pierre lui écrasaient la trachée. Pire, il sentit qu'on le soulageait d'un poids sur le côté et sut que le type s'était emparé de son arme. Il comprit ce qui lui arrivait au moment où ses yeux, pleins de larmes, virent le tatouage sur le poignet du capitaine.

Un minuscule drapeau confédéré.

« Tu crois que Rosemary nous a pas transmis un ou deux trucs sur toi ? La mère de Bill King peut toujours compter sur notre soutien.

— Il a quitté la Fraternité.

— Quoi ? répliqua Jim, serrant plus fort le cou de Darren.

— Lâche-le, mec », dit faiblement Marcus.

Jim rit dans l'oreille de Darren. « La Fraternité, c'est pour la vie.

— Le gamin, croassa le Ranger.

— Si c'est pas d'la magie d'nègre, une histoire merdique sur les îles indiennes, et qu'le gosse de Bill King est vraiment sur ce bushland flottant, *c'est moi* qu'irai l'chercher. »

À cet instant, Darren entendit un léger choc métallique.

La pression sur son cou disparut aussitôt.

Quand il se retourna, il vit Marcus qui tenait l'extincteur du bateau. *Putain, non.* Darren examina le capitaine plus attentivement et vit qu'il respirait encore. Il reprit son arme dans la main de Jim et la tendit à Marcus, qui parut terrorisé à l'idée de la toucher. « T'as dit quoi sur mon oncle qu'avait préféré le milieu universitaire à la vraie vie de merde ? Eh bien, y a pas plus réel que ça. »

Marcus prit le pistolet et avant de sauter par-dessus bord, Darren lui dit que leurs deux vies se trouvaient entre ses mains. L'eau était beaucoup plus profonde que ne l'avait dit le shérif Quinn, du moins dans cette partie du lac. Il contourna la terre en marchant dans l'eau, à la recherche de quelque chose qui l'aiderait à grimper sur le rivage. Son pied se posa enfin sur une racine, ou un genou de cyprès, qui lui fournit un appui d'une hauteur suffisante pour atteindre le tronc d'un chêne des marais coincé entre deux pins. Il était assez petit pour lui permettre d'enrouler ses bras autour de sa base. Il se hissa au niveau du sol et parvint sur l'île Gogo.

Au début, il eut l'impression de se promener dans un parc, ou de partir à l'aventure, même s'il entendait le murmure de l'eau autour de l'île. Il trouva des vestiges d'anciennes vies éparpillés ici et là. Des fragments de poteries brisées, des cercles dans le sol où des douzaines, peut-être des centaines de feux de camp avaient provoqué des incendies, changeant le paysage à jamais. Il vit des oiseaux nicher, des écureuils, et des ragondins ; il faisait trop froid pour les mocassins d'eau, mais à une autre saison il les aurait ajoutés à la liste des espèces sauvages. Il marchait depuis une dizaine de minutes quand il tomba en arrêt, fasciné par ce qu'il voyait devant lui. Si immobile qu'il entendait l'eau dégouliner de son pantalon sur la terre dure et tassée. Il regardait une hutte conique presque semblable à celle construite près de la maison de Margaret à Hopetown, mais celle-ci était pourrie par endroits, et un morceau de son toit s'effondrait. À travers les trous de la paroi en paille et en bois, il entrevit un mouvement. Il cria le nom de Levi et se rua vers la hutte.

Il y était presque lorsqu'une pierre vola près de sa tête. Une autre jaillit de la hutte, lui heurtant carrément l'épaule gauche. Une troisième vint frapper l'os de sa hanche. « Va-t'en ! », lança une voix étouffée par la morve, écumant de rage. « Je vais te tuer, je le jure. »

Darren dut se plier en deux pour entrer dans la hutte. Ce qui avait été à une époque un site sacré pour les Indiens Caddos sentait maintenant la pisse, la mortadelle et la puanteur d'un gamin crasseux disparu depuis des jours. Il était plus maigre que ne l'avait imaginé Darren, mais peut-être que près d'une semaine passée seul ici sans une alimentation appropriée avait épuisé les réserves du garçon ; sa clavicule saillait sous sa chemise en flanelle trop large qui devait appartenir à Leroy Page, supposa Darren. Il portait aussi la salopette du vieil homme, roulée trois ou quatre fois au niveau des chevilles. Il était couvert de marques rouges dues aux morsures d'aoûtats qu'il avait grattées furieusement. Darren vit aussi des cicatrices plus anciennes sur ses jambes. Il se souvint de Marnie disant que Gil avait battu le gosse auparavant et il pensa à toutes les blessures qui n'apparaissaient pas sur sa peau.

« On va te sortir d'ici, Levi.

— J'fais plus rien de c'que les nègres veulent.

— Je suis venu pour te ramener à la maison », dit Darren, s'accroupissant devant lui.

Levi essuya sa morve du dos de la main. « C'est c'que M. Page a dit quand il m'a porté ici. C'est un mensonge, et toi aussi t'es un mensonge, et tu f'rais mieux d'filer avant qu'j'mette ta vie de nègre en bouillie. » Il ramassa un énorme bloc, qu'il avait manifestement mis de côté pour un combat rapproché. Il le souleva très haut, des perles de sueur se formant sur son front tandis qu'il en supportait le poids, préparant ses bras décharnés à attaquer Darren, qui ne flancha pas. « Et ensuite quoi, Levi ? dit-il. Que ça te plaise ou non, à part M. Page, je suis la seule autre personne à savoir que tu es ici. Et il est dans le coma. » Il vit Levi écarquiller les yeux avant de se mordre la lèvre, essayant de comprendre ce que tout cela signifiait. « Donc, plus de sandwichs, plus d'eau, plus de vêtements propres. Personne d'autre ne viendra te chercher, Levi. Mais Leroy, il voulait te sortir de là. Je crois qu'il en avait l'intention avant d'être blessé.

— Il s'est passé quoi ?

— Quelqu'un lui a tiré dessus. Avec tous ces discours de haine, ça ne peut que finir dans la violence. C'est la nature humaine. T'en parles tout le temps et au fond de toi tu te sens tout permis, tu te dis que les pires conneries, c'est juste normal.

— J'voulais pas qu'on blesse quelqu'un, dit Levi. C'était c'connard de Gil, non ? » Il parut soudain être le garçon de neuf ans le plus vieux, le plus désabusé de la planète. Les cernes bouffis sous ses yeux faisaient penser à des volutes grises de barbe à papa.

« Non, il est en taule. »

Ce fut alors qu'il explosa, les larmes et la morve ruisselant sur son visage. « Gil est parti ? » Darren acquiesça et Levi s'élança vers lui, se jetant dans ses bras, manquant le faire tomber en arrière. Son corps chaud semblait presque fiévreux. Il était secoué de sanglots et Darren sentait les os de sa cage thoracique trembler sous ses mains. « J'veux mama et Dana. J'veux rentrer à la maison. »

La nouvelle de la mise hors jeu de Gil Thomason avait libéré la douleur et la peur que le gamin avait accumulées en lui – pendant combien de temps, nul ne le savait. Il s'essuya le nez sur la chemise de Darren, puis il regarda l'étoile à cinq branches de son insigne de Ranger, et la peau foncée de Darren, baissant de nouveau les yeux vers l'insigne argenté.

« Ça alors, c'est un vrai ? »

Darren ne put réprimer un petit rire. Le gosse ne parvenait même pas à croire un sauveur assis en face de lui. Ou peut-être, pensa Darren, peut-être que c'était simplement un enfant qui voyait l'insigne d'un Ranger du Texas pour la première fois.

« Oui, répondit-il. C'est un vrai. »

24

Marcus dut diriger le bateau vers Hopetown sous la pluie pendant que Darren gardait son Colt braqué sur le capitaine du bateau menotté. Marcus ne savait pas du tout ce qu'il faisait, et à plusieurs reprises, Levi dut prendre la relève pour lui montrer quels boutons il fallait pousser, quels accélérateurs actionner de tel ou tel côté. Il n'était jamais monté non plus sur un bateau de cette dimension, mais il dit que c'était exactement comme un jeu vidéo. Chaque fois qu'il quittait le tableau de commande, il se postait près de Darren, comme s'il craignait de s'éloigner du Ranger, de s'apercevoir que tout cela n'avait été qu'un rêve et qu'il risquait de se réveiller dans cette hutte s'il ne sentait plus la présence du policier. *Personne d'autre ne viendra te chercher.* Darren sentait l'odeur de ses cheveux blonds, et la chaleur de son corps augmenter à mesure qu'ils s'approchaient de la rive.

Des coups de téléphone avaient été échangés pendant la traversée, et quand ils arrivèrent, s'arrêtant non loin du hangar à bateaux du grand-père de Levi, le shérif Quinn attendait, ainsi que Marnie King et sa fille Dana. Marnie, ses cheveux dégoulinants de pluie plaqués sur le visage, se précipita dans l'eau peu profonde pour serrer Levi dans ses bras sans même lui laisser le temps d'escalader le bord du bateau. Elle baisa ses joues, ses mains sales, et leva les yeux au-dessus de sa tête en pleurant pour regarder Darren et lui dire : « Merci. » Une fois à terre, Levi courut vers sa sœur qui l'étreignit très fort et le fit tourner autour d'elle. Darren les laissa en famille. Marcus ne retira les gilets de sauvetage qu'une fois parvenu sain et sauf sur la rive, et il assura Quinn qu'il avait frappé le capitaine en légitime défense. Le shérif examina attentivement Jim prostré sur le sol du bateau, et il émit un sifflement. « Putain, ça va faire un sacré ramdam. »

Darren descendit du bateau lui aussi. Il n'était pas question pour lui de refaire la traversée du lac sur cette embarcation. Il trouverait un autre moyen de retourner en ville. Il marchait déjà dans cette direction pour sortir de Hopetown quand il entendit des pas minuscules foulant le sable et la poussière rouges dont les routes étaient faites dans la région. Il se retourna et vit Levi arriver derrière lui, le visage ouvert comme une pâquerette buvant la rosée, comme si Darren était le soleil qui rendait tout possible. « Mais pour papa, il va se passer quoi ? » demanda-t-il. Il avait dû ressasser cette question pendant le trajet jusqu'à Hopetown. Gil était parti. Cette prière avait été exaucée. Levi était de retour à la maison avec sa sœur et sa mama. « Est-ce que papa va rentrer bientôt comme il l'a dit ? » demanda-t-il encore.

Darren le regarda et resta un instant sans voix.

À cause de lui, Bill King ne sortirait sans doute jamais de prison. Il avait ce qu'il méritait, considérant le meurtre pour lequel il n'avait jamais été condamné. Darren perçut néanmoins l'impact de son mensonge, car les libertés qu'il avait prises l'obligeaient à regarder Levi en face et à dire : « Non, fils, il ne rentre pas à la maison. »

Désorienté, blessé, Levi se mordit la lèvre et donna un coup de pied dans la poussière.

« Et le papa de Keisha et de Jarrod Washington ne rentre pas non plus à la maison.

— Qui ?

— Demande à ta mama de le chercher pour toi », répondit Darren, essayant de présenter l'information en termes pragmatiques, sans cruauté délibérée. La vie de Levi était précaire. Tel un ballon vacillant sur un grillage, il pouvait tomber d'un côté ou de l'autre. Sa famille devrait faire très attention avec lui. « Ou mieux encore, écris une lettre à ton papa et pose-lui la question. S'il a changé comme il le dit, il te dira la vérité. » Il continua de marcher et en sortant de Hopetown, il entendit le battement du tambour au loin, le gémissement de la guitare de Donald, et se représenta Margaret et sa famille en train de danser sous la pluie.

À la fin, le seul procès fédéral qui résulta des événements de ce mois de décembre dans le comté de Marion fut l'enquête sur le complot ourdi par Rosemary King et Sandler Gaines dans le but de commettre une fraude, ce dernier ayant quitté la ville peu après le retour de l'enfant. Rosemary, assistée par Roger, donna une conférence de presse sur la pelouse manucurée de sa demeure coloniale victorienne et qualifia toute l'affaire de « foutaise ».

La voiture de location de Monica Maldonado fut retrouvée, abandonnée sur une route de terre à mi-chemin de Longview, mais rien ne laissait supposer qu'elle ne s'était pas garée là elle-même avant de partir à pied – aucun signe physique n'indiquant l'intrusion de quiconque à l'intérieur du véhicule, en dehors d'elle et d'un employé de l'agence de location. Ainsi que l'avait prédit Rosemary, elle s'était simplement évanouie dans la nature, et bien que le shérif Quinn eût fini par déceler le côté sordide de l'histoire, sans cadavre il n'avait aucune marge d'action, à part l'ouverture d'une enquête pour disparition dans ses services et l'attente de nouveaux éléments.

Darren resta en ville assez longtemps pour rencontrer deux des sœurs de Monica, venues en avion de Washington DC et de Pennsylvanie ; elles le remercièrent d'avoir alerté les autorités à son sujet, mais il se sentit tout de même honteux de ne pas pouvoir les aider plus. Les Rangers du Texas n'avaient pas choisi de s'impliquer dans ce genre d'affaire. C'était à Quinn de gérer ça. Darren expliqua aux sœurs que Monica avait essayé de bloquer une manœuvre qu'elle jugeait peu légale, et permis à des personnes honorables de conserver leurs droits imprescriptibles. On l'avait peut-être assassinée pour cette raison. Elles dirent qu'elles allaient rester quelque temps en ville, louant une chambre dans l'hôtel où leur sœur avait été vue pour la dernière fois, et promirent de se garer pendant des jours d'affilée devant la maison de Rosemary King. Elles voulaient lui faire sentir la présence du fantôme de leur sœur.

Quand Leroy Page sortit de son coma une semaine plus tard, il fut arrêté de nouveau, cette fois pour enlèvement et mise en danger d'un enfant, mais seuls les hommes du shérif Quinn étaient présents. Greg avait déjà quitté la ville, et Darren aussi, non sans avoir fait signer au vieil homme les documents juridiques que Lisa avait généreusement prié un avocat de son cabinet de préparer, pro bono, pour M. Page, des papiers qui cédaient les droits de propriété à Margaret et Donald Goodfellow avec une clause qui interdisait en particulier toute sous-location des terres, éliminant ainsi la faille légale et culturelle dont s'étaient servis les nationalistes blancs du parc de caravanes pour s'arroger tout un territoire de Hopetown.

Lisa semblait heureuse d'avoir pu l'aider.

C'était la moindre des choses, ils le savaient tous les deux.

Greg et Darren s'étaient retrouvés à la lisière de Hopetown pour regarder les adjoints du comté de Marion mettre dehors tous les résidents de chaque caravane, camionnette, voiture, péniche, et tente, leur disant que tout ce qu'ils ne parviendraient pas à emporter hors du territoire dans le quart d'heure serait démoli par un bulldozer. Les gens couraient pieds nus avec leurs albums de photos, leurs postes de télé, et un type bataillait pour transporter un petit frigo. Ils remplissaient à ras bord les véhicules, les pick-up, et la caravane où Gil Thomason avait vécu avec Marnie et ses enfants. Ils couraient tous, excepté Bo, que les adjoints avaient arrêté deux jours plus tôt pour avoir tiré à l'intérieur de la maison de Leroy Page et failli tuer le vieil homme. Tentative de meurtre, un autre crime d'État. Greg, son travail sur le crime de haine achevé, avait apporté des bières pour assister au spectacle, et ils s'appuyèrent tous les deux au pick-up de Darren, goûtant le calme de cet instant ensemble, le premier depuis une éternité, enchantés par le spectacle de ces Blancs chassés d'une terre qui ne leur avait jamais appartenu, et qu'ils n'avaient pas le droit d'occuper.

À un moment donné, l'expression de Greg s'adoucit et il devint pensif. « Il faut qu'on parle, vieux. »

Darren secoua la tête. « Pas maintenant, Greg. Bientôt. Mais pas maintenant. »

Il n'eut jamais l'occasion de dire vraiment au revoir à aucun d'entre eux.

Ni à Leroy, Margaret, Ray, Donald, Virginia, Sadie, au bébé, ni aux autres membres de la tribu Caddo qu'il avait à peine croisés. Il ne reparla plus jamais à Dana ni à Marnie, ni à Gil Thomason, qui s'apprêtait à passer de longues années à l'intérieur du lieu de détention du Service de justice pénale au Texas. Leur caravane étant sur le point d'être détruite par un bulldozer, Marnie s'était installée avec ses enfants dans un motel sur la Route 59, juste au sud de Jefferson. Il passa devant en voiture en quittant la ville, et chercha un blondinet aux épaules minces et tendues. Il vit Dana en train de surveiller Levi dans la piscine, Marnie assise un pied dans le grand bain, aucun d'entre eux ne portant de maillot approprié. Elles riaient de quelque chose que Levi avait dit. Le regard de Darren s'attarda une dernière fois sur le garçon ; il espérait de tout son cœur avoir eu raison au sujet de l'enfant et prouver à Greg qu'il s'était trompé, et ne pas rencontrer un jour, après tous ces événements, un Levi King de dix-neuf ans, un homme-enfant avec des éclairs SS tatoués sur le poignet.

Camilla

Il se réinstalla dans la maison où il avait grandi, la propriété du comté de San Jacinto, son Camilla bien-aimé. Il ne fixa pas de date pour son retour, disant à Lisa qu'il avait besoin d'être au plus près de ses origines pendant quelque temps. *À la maison.* Elle n'insista pas, elle s'était sentie confortée par l'aide qu'elle avait pu apporter à Darren pour une fois, en chassant les intrus de ce qui était désormais le domaine du groupe d'Indiens Caddos Hasinai du comté de Marion, au Texas, leur pétition adressée au Bureau des affaires indiennes enrichie de nouveaux documents dénués de la puanteur mercenaire de Sandler Gaines. Il lui avait accordé sa confiance, et ça lui suffisait pour l'instant. S'il avait besoin d'espace – lui laissant quelques jours de répit avant d'exiger d'elle des réponses à ses questions –, elle le lui accordait avec joie.

Faire la navette entre Camilla et Houston pour se rendre au bureau des Rangers parut bizarre à Darren, une sensation qui s'accentua encore le premier matin lorsqu'il se trouva nez à nez avec un pilier du comté de San Jacinto en entrant dans le bureau de son lieutenant.

Le procureur Frank Vaughn était assis en face de Wilson qui se tenait debout derrière son bureau, les bras croisés aussi étroitement que si deux pythons étaient en train de l'étouffer. Il fixait un objet posé sur la pile de documents et de dossiers sur son bureau. Le sac plastique où il se trouvait captait la lumière et Darren ne l'identifia que lorsqu'il vit l'étiquette collée dessus, où était inscrit le mot PREUVE. Il ne bougea pas, et ne s'avança pas non plus. Vaughn se retourna sur son siège et s'aperçut que Darren était entré dans la pièce. Il lui adressa un sourire glaçant. « Et voilà ce brave garçon », dit-il.

L'arme, le revolver .38 à nez retroussé, était posé sur le bureau de Wilson.

Le lieutenant leva enfin les yeux vers son Ranger, avec sur le visage une expression où se mêlaient le désarroi, le sentiment d'avoir été trahi, et la déception. « Mathews.

— Vous allez maintenant raconter à votre lieutenant comment le pistolet qui a tué Ronnie Malvo s'est retrouvé entre mes mains au moment même où vous obteniez des aveux de Bill King ? dit Vaughn. Alors que personne dans mes services ne peut relier Bill King à cette arme ni à quiconque aurait été chargé d'exécuter le job ?

— Vous n'en savez rien », dit Darren, rien d'autre ne lui venant à l'esprit.

« Vraiment ?

— Darren ? » Le ton de Wilson était plein d'espoir, dans l'attente d'une explication toute simple.

« Vous avez trouvé ça où ? » demanda Darren à Vaughn.

Il sentait son cœur battre comme un tambour à la base de sa gorge.

« Je ne suis pas tenu de vous révéler la moindre information... commença Vaughn.

— C'était un tuyau anonyme, intervint Wilson, agacé par la joie manifeste du procureur. Mais la balistique de leur comté dit que c'est bien ça. L'arme du crime. »

Vaughn examina sa cravate, la soulevant comme s'il cherchait à décrypter le sens du motif cachemire, puis il la laissa retomber contre son ventre rebondi. « Nous avons donc un problème ici, dit-il, fixant la chevalière de son université du Texas. Nous essayons...

— De reconstituer le lien entre cette arme et Bill King ? »

Wilson lança à Darren un regard de rage à peine refoulée, puis vint néanmoins à son secours. « Nous souhaitons traiter cette affaire à partir de nos services, Frank, mener l'enquête sur le meurtre en dehors de la force opérationnelle mixte, coincer Bill King pour conspiration.

— Bill King n'a rien à voir avec l'assassinat de Ronnie Malvo, et il le sait. » Il désignait Darren. « Le tuyau que j'ai eu, poursuivit Vaughn, suggère que vous aviez des informations sur le meurtre de Ronnie Malvo que vous n'avez pas révélées à la police ni à mes services, que vous saviez peut-être où se trouvait cette arme depuis l'assassinat. Putain, vous avez peut-être même commis un parjure devant le grand jury, pour autant que je sache.

— Ça suffit, intervint Wilson. Darren, y a-t-il du vrai là-dedans ? »

Il jugea prudent de se taire.

Vaughn tripota de nouveau sa cravate et dit : « Nous enquêtons sur vous pour entrave à l'exercice de la justice. Je suis venu ici pour vous en informer tous les deux. » À Wilson : « Vous devriez y réfléchir à deux fois avant de renvoyer ce gars-là sur le terrain.

— C'est moi qui décide de ce qui se passe dans mon service, monsieur Vaughn.

— Faites ce que vous avez à faire ici, et je m'occupe du comté de San Jacinto, y compris de l'enquête sur Ronnie Malvo. Mon bureau continue de la mener et nous examinerons tous les chefs d'accusation éventuels. »

Il prononça cette dernière phrase en fixant Darren.

« Vous avez terminé ? dit le Ranger.

— Sûrement pas.

— Je suis en état d'arrestation ? »

Vaughn s'interrompit assez longtemps pour donner un peu d'espoir à Darren. Le procureur en savait moins qu'il ne le laissait entendre. Darren savait d'où était venu le tuyau anonyme ; il avait maintenant besoin de savoir ce que sa mère avait dit exactement. Vaughn essaya de retrouver le ton lourd de menace de sa voix, de faire trembler le Ranger à l'idée du danger qui planait sur lui.

Il sourit, découvrant de nouveau ses dents, et dit : « Pas encore. »

Elle n'était pas dans sa caravane.

Tout avait disparu.

Il ne restait plus rien à l'intérieur. Les placards de la cuisine étaient vides ; il restait à peine une fourchette en plastique et un sachet de sauce piquante dans les tiroirs. Le poste de télé avec lequel Darren avait acheté son silence avait disparu, ainsi que la box qui le connectait au service du câble qu'il avait fait installer. Elle avait laissé le sommier et le matelas, mais emporté tous ses vêtements et ses chaussures. Même les petits flacons poisseux de shampoing qu'elle volait dans l'hôtel où elle travaillait n'étaient plus alignés sur le bord de la baignoire en plastique.

Bell Callis avait pris l'argent et filé.

Elle l'avait abandonné une deuxième fois, pensa-t-il en descendant les marches de la caravane d'un pas incertain, le soleil de midi lui tapant sur le sommet du crâne. Il tomba à genoux dans la poussière et les mauvaises herbes, retira son chapeau et y enfouit son visage, profitant de la seule ombre qu'il pouvait trouver. Il y dissimula sa honte, hurlant sa rage tout entière, suppliant Dieu de l'aider à la surmonter, puis il fondit en larmes. Pour ce que Bell lui avait infligé et à cause des conneries qu'il avait faites, lui donnant ainsi l'occasion de le blesser encore. Il avait menti et abusé du pouvoir de son insigne – pour de nobles raisons, certes, mais des raisons susceptibles de l'envoyer en prison aujourd'hui. Il songea à son oncle William avec son chapeau et son insigne, perché dans la cabine de son vieux pick-up Ford, se souvenant qu'il lui avait permis, même s'il était déjà un peu trop âgé pour ça, de s'asseoir à côté de lui, assez près pour poser la tête sur son épaule, à l'abri de la muraille impénétrable de sa bonté. Mack avait lui aussi été l'ami de William. Peut-être son oncle aurait-il compris ce que Darren avait tenté d'accomplir. Ou bien il l'aurait traité de crétin fini.

Il devrait informer Mack en essayant de ne pas l'effrayer. Pendant le trajet jusqu'à la cabane A-Frame des McMillan, à la limite nord-ouest du comté de San Jacinto, il se persuada qu'il n'y avait aucune raison de paniquer. La meilleure chose qu'ils avaient à faire, c'était de s'en tenir à l'histoire qu'ils avaient toujours racontée, et de ne rien révéler sur le soir où Mack avait pointé une arme sur Ronnie « Redrum » Malvo, furieux de le voir faire irruption dans sa propriété et terroriser sa petite-fille, Breanna, après l'avoir harcelée de toutes les façons possibles depuis des semaines.

Un feu était allumé à l'intérieur. Darren vit une volute de fumée au-dessus du toit, et il sentit l'odeur du mélange de pin et de châtaignier qui brûlait dans la cheminée. Il gara son Chevy derrière le vieux pick-up Ford de Mack. Il y avait une autre voiture dans l'allée, une petite Chevy Spark, rouge comme une pomme.

Darren jeta un coup d'œil à l'intérieur du véhicule compact en s'approchant de la véranda de la maison. Il aperçut quelques manuels scolaires et un attrape-rêves suspendu au rétroviseur. Il devina que Mack avait réuni assez d'argent pour offrir une voiture à Breanna, afin de lui éviter de circuler à pied en ville, de prendre le bus pour le comté de Polk, où se trouvait son université, et de croiser des types comme Ronnie Malvo et d'autres salopards de son espèce.

Mack ouvrit la porte à l'instant où Darren allait frapper.

La télévision était allumée et Mack buvait une bière en mangeant un sandwich au jambon sur un plateau en regardant un jeu télévisé. Il ne prit pas la peine d'offrir même un verre d'eau à Darren, qui comprit alors la gravité de la situation. Il examina plus attentivement le maillot de corps de Mack, couvert de taches multiples d'une variété de couleurs qui donnait à penser qu'il ne l'avait pas quitté depuis des jours. Ses cheveux étaient emmêlés par endroits, il n'avait sans doute pas pris la peine d'y passer un peigne depuis un bon bout de temps, et ses yeux se voilèrent tandis qu'il fixait l'écran.

Darren s'assit près de lui. « Vaughn est revenu ici ? » dit-il, se demandant si c'était la cause de cette sorte de dépression. Il n'avait jamais vu Mack aussi défait depuis le début de cette histoire, y compris le soir où il avait sangloté en présence du Ranger en se rendant compte qu'il avait failli tuer un homme. Peut-être que le fait d'avoir réellement commis cet acte commençait peu à peu à le ronger.

« Écoute, Darren, il faut qu'on parle.

— Je suis au courant pour l'arme, je sais qu'ils l'ont.

— Quoi ? » Mack se leva brusquement, renversant le plateau TV et la bouteille de bière qui se coucha sur le côté, inondant l'assiette et le sandwich, avant de se répandre sur le tapis tissé à ses pieds qui, découvrit Darren, étaient nus et couleur de cendre.

« Bon, écoute, ça ne change rien dans l'immédiat, reprit Darren. J'ai fait en sorte de te protéger dans cette affaire, je te le promets. »

Mack se laissa retomber sur un canapé dont la couleur était celle des soucis qui ont viré au marron avec le temps. Il émit un grognement qui ressemblait presque à un ricanement macabre, comme s'il était secrètement fasciné par un trait d'humour noir. « Bre, ma chérie, viens ici. C'est Darren, mon petit. »

Elle arriva de l'autre pièce vêtue d'un legging noir et d'un immense pull qui lui descendait jusqu'aux genoux. Elle devait être en train de tresser ses cheveux, parce que la moitié de sa tête était gonflée, aussi cotonneuse que le duvet d'un édredon, mais noire et luisante d'huile de coco. « Oui, Paw-Paw ? »

Son grand-père lui adressa un regard sévère et dit : « Assieds-toi. »

Elle s'exécuta et prit place le plus loin possible de Mack et de Darren, contrainte à son corps défendant de rester dans la même pièce, sur le même canapé. Elle ne se tourna pas vers Darren, gardant les yeux fixés sur son peigne dont elle retira quelques cheveux, les laissant se déposer sur le tapis.

« C'est le moment, mon enfant. Dis à cet homme ce que tu m'as raconté. »

Darren les regarda tour à tour, sentant que ce moment avait été chorégraphié, que c'était une mise en scène planifiée depuis quelque temps. Le gong du jeu télévisé emplit l'atmosphère, et lorsque Mac prit la télécommande et éteignit le poste, plongeant la pièce dans le silence et dans une relative obscurité, Darren se rendit compte que les rideaux étaient tirés, et le reste du monde exclu du drame à venir.

Breanna leva les yeux vers Darren et dit : « J'ai tué Ronnie Malvo. »

Mack laissa ces mots planer dans l'air quelques minutes, accordant à Darren le temps de les tourner et retourner dans tous les sens, jusqu'au moment où il jugea que le Ranger avait enfin compris ce qu'il lui disait depuis si longtemps, à savoir qu'il y avait dans cette affaire beaucoup plus d'éléments en jeu que ne l'avait imaginé son ami. « Donc tu vois, dit-il, que ce n'est pas moi, la personne à protéger. »

Apparemment, c'était une longue histoire. En réalité, Ronnie et la fille se connaissaient, peut-être pas sur un plan social, mais ils étaient en quelque sorte liés par un partenariat commercial. Convictions personnelles et politiques mises à part, Ronnie vendait de la drogue à n'importe qui, et malgré l'organisation du business de la meth gérée par la Fraternité Aryenne, quasiment aussi performante que celle d'une entreprise – empiétant jusque sur le domaine des gangs mexicains dans le Texas du Sud –, il vendait en plus de l'herbe et des pilules aux étudiants. Breanna lui en avait acheté plusieurs fois pour les revendre à des pom-pom girls qu'elle connaissait. « C'était juste de l'herbe », dit-elle en fixant le sol.

« Mais pourquoi ? » dit Darren, entonnant sa phrase comme un hymne, une prière plaintive pour appréhender une situation qu'il avait mal interprétée depuis le début. « Pourquoi tu l'as tué, Breanna ? Pourquoi l'avoir tué de sang-froid ? »

Ronnie était contrarié qu'elle tire profit de lui et avait menacé de la virer, et ils avaient peut-être – ou peut-être pas – commencé à coucher ensemble pour qu'elle continue de se faire de l'argent de poche en vendant de la dope à ses amies. Mais bientôt, Ronnie en avait eu assez de craindre que ses frères aryens ne découvrent l'impureté de son appétit sexuel pour les filles noires, au pluriel, qu'il baisait. Il avait voulu récupérer tout son argent, indiquant le montant que Breanna lui devait pour la drogue, et il lui avait donné quarante-huit heures pour lui rapporter une somme qu'elle n'avait jamais vue de sa vie. C'était la vraie raison pour laquelle Ronnie était venu chez Mack ce soir-là. Oui, il harcelait Breanna – mais l'argent était le point de départ. « Il a menacé de faire du mal à Paw-Paw si je ne réglais pas la totalité de ma dette. Mais je n'avais pas cet argent, monsieur Mathews. »

Darren avait cessé de l'écouter. Il avait l'impression que sa tête n'était plus à sa place ; elle était trop lourde pour son cou, et son chapeau était la seule chose qui la maintenait sur ses épaules. S'il soulevait son Stetson, son crâne risquait de se détacher de son corps et de rouler sur le sol, aux pieds de Mack. « Je ne devrais pas être ici », dit-il en se levant.

Il ne voulait rien avoir à faire avec ça.

Durant tout ce temps, il avait cru sauver un vieil homme noir dont les soixante-dix ans de vie au Texas justifiaient l'assassinat d'un suprémaciste blanc en train de menacer sa petite-fille dans sa propriété, mais en fait, il protégeait une fille noire génération Y qui couchait pour obtenir de l'herbe d'un homme qui la traitait de négresse.

Oui, Pop, je ne suis qu'un imbécile.

Il croyait tout devoir à Mack, devoir à son aîné ce que le monde n'avait pas pu, ni voulu, lui accorder la plus grande partie de sa vie : une protection. Mais que devait-il à Breanna McMillan, une fille qui ignorait l'histoire et baisait avec l'ennemi ? « C'est juste une façon de parler, y détestent pas tous les Noirs. C'est comme n'importe quel gang. Y roulent des mécaniques, vous savez.

— Ils tuent des gens, Breanna, dit Darren.

— Pas Ronnie. »

Elle prononça ces mots avec une note de tendresse qui lui donna envie de vomir. Il avait sa dose. Il ne voulait plus rien avoir à faire avec tout le gâchis qu'il avait créé, il fichait le camp. Il entendit Mack l'appeler depuis la véranda tandis qu'il se dirigeait vers son pick-up. Mais il ne se retourna pas ; il ne se retournerait peut-être plus jamais.

Il rentra à Camilla, fou de rage.

Il vit que Clayton avait appelé à deux reprises depuis qu'il avait quitté la maison de Mack, et il imagina sans peine que le bruit courait – dans la famille, du moins – que la petite-fille de Mack avait des ennuis. Il ne voulait plus en entendre parler, il y avait un trou dans sa poitrine à l'endroit où son cœur aurait dû être pour sauver Breanna d'une situation critique si différente de celle qu'il avait imaginée dans le cas de Mack pendant tout ce temps. Mack avait été une victime ; Breanna était une enfant divorcée de l'histoire, et donc perdue. En réalité, elle avait dix-neuf ans, se rappela-t-il, ce n'était plus une enfant, on ne pouvait donc pas lui trouver d'excuses pour ses choix. Il était trop en colère pour avoir pitié d'elle. Et si la découverte de l'identité de la meurtrière avait changé à la vitesse de l'éclair son point de vue sur l'aspect vertueux d'un tel crime, avait-il vraiment eu raison dans sa manière de l'aborder ? Avait-il eu raison d'extorquer de faux aveux à Bill King pour sauver une fille de dix-neuf ans d'une relation tordue avec Ronnie Malvo qu'elle avait *choisie* ?

Il entra dans la maison de Camilla avec une bouteille de Jim Beam qu'il avait achetée chez Frank's Liquor sur la Route 150 à Coldspring. Il mit le premier disque qu'il put trouver sur la platine de la chaîne hi-fi de ses oncles, et sentit la main du destin quand *I Can't quit you, Baby* de Little Milton résonna dans les haut-parleurs quelques secondes plus tard.

I can't quit you, baby... so I'm gon' have to put you down for a while. J'arrive pas à te quitter chérie... alors je dois te lâcher quelque temps. Les paroles se fondirent dans les riffs de guitare larmoyants de dégoût de soi. Il augmenta le volume, assez fort pour l'entendre depuis la véranda située à l'arrière de la maison où il alla s'asseoir avec le bourbon, les bottes posées sur la balustrade en bois, face aux pins entourant la propriété et au vieil étang en partie asséché au cours des années mais encore humide et assez profond pour attirer les oiseaux. Deux merlebleus – des jumeaux, pensa Darren – s'envolèrent des arbres de l'autre côté de la maison et se posèrent au bord de l'étang. L'herbe haute les cachait presque entièrement quand ils plantaient leurs becs dans l'eau, chacun levant la tête toutes les deux ou trois secondes pour surveiller l'autre, puis, sans émettre un seul son, ils décidèrent d'un commun accord de quitter ce lieu au même instant, l'un plongeant sous l'autre pour traverser le ciel, puis inversant la formation pour le laisser en tête, et avant même d'en prendre conscience, Darren pensa à ses oncles William et Clayton. Lorsque William était encore en vie, Clayton ne lui avait jamais pardonné de lui avoir pris Naomi, ni d'être devenu un policier du mauvais côté de la loi, ni de s'être fait tuer. Et leur rupture avait brisé quelque chose en Darren, elle lui avait déchiré l'âme, le faisant douter la moitié du temps de son identité, ou de ses convictions. Il but en regardant les arbres osciller, les merlebleus et les fauvettes voler, il vit une buse à queue rousse épousseter la cime des pins avec ses ailes, et il guetta le réconfort terne de l'indifférence, sachant que son point de basculement était à portée de main.

Il ne savait pas depuis combien de temps il était assis là quand il entendit une voiture se garer devant la maison, mais la première face de l'album de *Grits Ain't Groceries* de Little Milton avait fini de jouer, et c'était la seule raison pour laquelle il avait prêté l'oreille au bruit du moteur. Il se redressa d'un coup, ses bottes claquant sur le plancher de la véranda, traversé par l'idée terrifiante que Frank Vaughn venait l'arrêter. Il laissa le bourbon sur la balustrade et rentra dans la maison, traversant le séjour et le petit salon, sentant sous sa chemise le picotement de la sueur quand il arriva derrière la porte. Il s'immobilisa un instant, assez longtemps pour voir s'il se souvenait de toutes les paroles de sa chanson favorite de Freddie King, un moyen de rassembler son courage. *Let me down easy, baby, tell it to me slow.* Vas-y en douceur chéri, dis-le-moi lentement. Il était juste assez éméché par l'alcool pour fredonner l'air en ouvrant la porte.

Randie Winston se tenait sur le porche.

Il était soûl, sans aucun doute.

Elle portait un chemisier blanc impeccable et un jean noir, et haussa légèrement les épaules pour l'informer qu'elle savait comme lui à quel point cette situation était improbable, et que sa présence sur le seuil de la maison où il avait été élevé tenait de la pure folie. Elle lui adressa un pâle sourire. « Vous m'avez dit que je devrais la voir. »

Il ne l'invita pas à entrer parce qu'il ne parvenait pas encore à croire à ce qu'il voyait. Malgré sa bonne éducation, il s'appuya simplement contre le chambranle et contempla émerveillé la femme debout devant lui. Elle était la même. En mieux. Parce qu'elle était ici. Parce qu'elle avait fait ce long voyage pour le revoir.

« Comment avez-vous seulement...

— Il suffit de prononcer le nom Mathews par ici et aussitôt cinq personnes surgissent de nulle part et vous montrent le chemin. Je vous ai trouvé avec une facilité déconcertante, Darren. » Son sourire s'estompa et disparut de son visage. « Écoutez, si c'est trop bizarre... »

Il lui répondit par un baiser, glissant la main dans son dos.

Elle s'offrit à lui, entrouvrant ses lèvres dont le goût doux-amer lui fit penser à l'anis et au miel. Elle posa une main sur sa nuque et l'embrassa plus profondément, s'écartant juste pour plonger ses yeux dans les siens, avec un léger soupir. Puis elle posa la tête sur son épaule, et il appuya le menton sur ses cheveux, les bras encore noués autour d'elle. Ils restèrent ainsi un long moment, appuyés l'un contre l'autre, insensibles à la fraîcheur de la brise de décembre qui soufflait à travers les portes ouvertes de sa maison de famille, apportant l'odeur des pins du Texas.

REMERCIEMENTS

Tout d'abord, merci à ma famille d'éditeurs : Reagan Arthur et Joshua Kendall, qui ont non seulement créé une maison d'édition dont je suis fière de faire partie, mais qui m'ont traitée, moi et mon travail, avec un respect, un enthousiasme (et une patience) extrêmes. Je vous en suis profondément reconnaissante. Tous mes remerciements à Sabrina Callahan, Lena Little, et Pamela Brown pour avoir permis au monde de découvrir Darren Mathews et lancé cette série avec maestria. Je souhaite également remercier ma famille d'éditeurs britannique de Serpent's Tail : Rebecca Gray, Hannah Westland, Drew Jerrison, Anna-Marie Fitzgerald, et Valentina Zanca. Je respecte infiniment le soin et l'intelligence avec lesquels vous avez publié tous mes livres. Et enfin, Richard Abate, à qui je dois tout. Merci pour votre foi en moi, votre perspicacité, et votre amitié.

À ma famille du Texas de l'Est : merci à mon père, Gene Locke, d'avoir accepté de s'installer avec moi dans une cabane sur le lac Caddo où j'avais trop peur de rester toute seule. Merci à ma grand-mère Jean Birmingham de m'avoir prêté son pistolet. Merci à ma mère, Sherra, de m'avoir ancrée dans mes origines, et pour son sens de l'humour particulier au blues. Merci à Tembi, ma sœur, qui partage avec moi nos premiers souvenirs à Coldspring, Lufkin et Marshall, et qui m'accompagne le long de ma route. Merci aussi à ma belle-mère, Aubrey, de m'avoir accueillie toutes les fois où je suis venue dans la maison de campagne du comté de San Jacinto pour fouler la terre du Texas de l'Est. Et à toute ma famille texane, merci pour vos histoires, votre amour et votre soutien.

Aux gens de Jefferson et du lac Caddo qui m'ont aidée à écrire ce livre : merci à Randie et Sam Canup, propriétaires du cabanon des invités Host 'n Holler à Uncertain, Texas, pour un magnifique séjour sur le lac (et si c'est vous qui avez réglé discrètement mon déjeuner au Big Pines Lodge mon dernier jour en ville, merci beaucoup !). Merci au capitaine Ron et à Jean, sa charmante compagne, de Manchester, Angleterre, gérants des visites guidées des marais du capitaine Ron à Karnack, Texas. Vous m'avez aidée à découvrir l'intérieur de l'un des endroits les plus majestueux sur terre, et je vous en remercie. À Tammy et David Griot, propriétaires du White Manor Oak B & B à Jefferson, merci pour votre hospitalité. L'extraordinaire collection de guitares dans votre hôtel valait le déplacement.

Au Dr Cheryl Arutt, merci pour l'assistance psychologique que vous m'avez procurée, et dont je vous suis infiniment reconnaissante. Sans nos jeudis matin, aucun livre n'aurait existé.

Et enfin, merci à mes deux grands amours : Clara, je lis dans tes yeux la raison pour laquelle tu aimes tant qu'on te raconte des histoires. J'ai vu comment les livres ont développé ton intelligence et ta sensibilité, et j'ai l'immense privilège de partager l'amour des livres avec toi. Et à Karl, mon meilleur ami, mon partenaire si patient, je suis tellement reconnaissante d'avoir un mari qui me soutient dans ma vie d'écrivain. Merci pour ta patience, merci pour l'espace que tu m'accordes pour écrire mes livres. Je t'aime tendrement.

DE LA MÊME AUTRICE

Aux Éditions Gallimard

PLEASANTVILLE, Série Noire, 2018, Folio Policier nº 883.
DERNIÈRE RÉCOLTE, Série Noire, 2014, Folio Policier nº 802.
MARÉE NOIRE, Série Noire, 2011, Folio Policier nº 687.

Aux Éditions Liana Levi

AU PARADIS JE DEMEURE, 2022, Folio Policier nº 994.
BLUEBIRD, BLUEBIRD, 2021, Folio Policier nº 957.

Tous les papiers utilisés pour les ouvrages
des collections Folio sont certifiés
et proviennent de forêts gérées durablement.

Composition APS-ie
Impression Maury Imprimeur
45330 Malesherbes
le 17 mai 2023
Dépôt légal : mai 2023
N°d'impression : 270371

ISBN 978-2-07-302470-1 / Imprimé en France

596728